Dostojewski war selbst von Spielleidenschaft besessen. Im Sommer 1865 fuhr er mit den 3000 Rubeln, die ihm sein Verleger für die Herausgabe seiner Werke übergeben hatte, nach Wiesbaden und verspielte dort das Geld in wenigen Tagen. An die Honorarzahlung war auch die Bedingung geknüpft, bis zum Jahre 1866 einen neuen Roman dem Verlag vorzulegen. Dostojewski diktierte seiner späteren Frau Anna Grigorjewna innerhalb von vier Wochen den Roman *Igrok* (Der Spieler), der 1867 erschien.

Die Hauptgestalt Alexei Iwanowitsch wird von Dostojewski selbst als ein vielseitiger, aber unfertiger Mensch bezeichnet. Er porträtiert in dieser Figur weitgehend sich selbst.

In einem seiner Vorträge über Dostojewski im Vieux-Colombier sagte André Gide: »Dostojewski beobachtet niemals, um zu beobachten. Das Werk entsteht bei ihm nicht aus der Beobachtung des Wirklichen; oder wenigstens entsteht es nicht nur daraus. Es entsteht auch nicht aus einer vorgefaßten Idee heraus, und darum ist es in keiner Weise theoretisch, sondern bleibt der Wirklichkeit tief verbunden; es entsteht aus einer Begegnung zwischen der Idee und der Tatsache, der Vermischung (dem ›blending‹, würden die Engländer sagen) des einen mit dem andern, die so vollständig ist, daß man niemals sagen kann, eines von den beiden Elementen sei das stärkere, – so daß die Szenen seiner Romane, die der Wirklichkeit am nächsten sind, auch zugleich die größte psychologische und moralische Bedeutung aufweisen; genauer gesagt, jedes Werk Dostojewskis ist das Ergebnis einer Befruchtung der Tatsache durch die Idee.«

insel taschenbuch 515
Dostojewski
Der Spieler

Fjodor Michailowitsch Dostojewski

DER SPIELER

Aus den Aufzeichnungen eines jungen Mannes

Aus dem Russischen von Hermann Röhl

Insel Verlag

insel taschenbuch 515
Erste Auflage 1980

Vertrieb durch den Suhrkamp Taschenbuch Verlag
Umschlag nach Entwürfen von Willy Fleckhaus
Satz: LibroSatz, Kriftel
Druck: Nomos, Verlagsgesellschaft, Baden-Baden
Printed in Germany

Der Spieler

Erstes Kapitel

Endlich bin ich nach vierzehntägiger Abwesenheit zurückgekehrt. Die Unsrigen befinden sich schon seit drei Tagen in Roulettenburg. Ich hatte geglaubt, sie warteten bereits auf mich mit der größten Ungeduld; indes ist dies meinerseits ein Irrtum gewesen. Der General zeigte eine sehr stolze, selbstbewußte Miene, sprach mit mir ein paar Worte sehr von oben herab und schickte mich dann zu seiner Schwester. Offenbar waren sie auf irgendwelche Weise zu Geld gekommen. Es kam mir sogar so vor, als sei es dem General einigermaßen peinlich, mich anzusehen. Marja Filippowna hatte außerordentlich viel zu tun und redete nur flüchtig mit mir; das Geld nahm sie aber in Empfang, rechnete es nach und hörte meinen ganzen Bericht an. Zum Mittagessen erwarteten sie Herrn Mesenzow, außerdem noch einen kleinen Franzosen und einen Engländer. Das ist bei ihnen einmal so Brauch: sobald Geld da ist, werden auch gleich Gäste zum Diner eingeladen, ganz nach Moskauer Art. Als Polina Alexandrowna mich erblickte, fragte sie mich, was ich denn solange gemacht hätte; aber sie entfernte sich dann, ohne meine Antwort abzuwarten. Selbstverständlich tat sie das mit Absicht. Indessen müssen wir uns notwendigerweise miteinander aussprechen. Es hat sich viel Stoff angesammelt.

Es wurde mir ein kleines Zimmer im vierten Stock des Hotels angewiesen. Hier ist bekannt, daß ich »zur Begleitung des Generals« gehöre. Aus allem war zu entnehmen, daß sie es bereits verstanden hatten, sich ein Ansehen zu geben. Den General hält hier jedermann für einen steinreichen russischen Großen. Noch vor dem Diner gab er mir, außer anderen Kommissionen, auch den

Auftrag, zwei Tausendfrancscheine, die er mir einhändigte, zu wechseln. Ich bewerkstelligte das im Büro des Hotels. Nun werden wir, wenigstens eine ganze Woche lang, für Millionäre gehalten werden. Ich wollte mit Mischa und Nadja* spazierengehen, wurde aber, als ich schon auf der Treppe war, zum General zurückgerufen; er hielt es für nötig, mich zu fragen, wohin ich mit den Kindern gehen wolle. Dieser Mann ist schlechterdings nicht imstande, mir gerade in die Augen zu sehen; in dem Wunsch, es doch fertigzubringen, versucht er es öfters; aber ich antworte ihm jedesmal mit einem so unverwandten, respektlosen Blick, daß er ordentlich verlegen wird. In sehr schwülstiger Redeweise, wobei er eine hohle Phrase an die andere reihte und schließlich völlig in Verwirrung geriet, gab er mir zu verstehen, ich möchte mit den Kindern irgendwo im Park spazierengehen, in möglichst weiter Entfernung vom Kurhaus. Zum Schluß wurde er ganz ärgerlich und fügte in scharfem Ton hinzu: »Also bitte, führen Sie sie nicht ins Kurhaus zum Roulett. Nehmen Sie es mir nicht übel; aber ich weiß, Sie sind noch ziemlich leichtsinnig und wären vielleicht imstande, sich am Spiel zu beteiligen. Ich bin zwar nicht Ihr Mentor und hege auch gar nicht den Wunsch, eine solche Rolle zu übernehmen; aber jedenfalls habe ich wenigstens ein Recht darauf, mich von Ihnen nicht kompromittiert zu sehen, um mich so auszudrücken.«

»Ich habe ja gar kein Geld«, antwortete ich ruhig. »Um Geld verspielen zu können, muß man doch welches besitzen.«

»Geld sollen Sie sofort erhalten«, erwiderte der General, wühlte in seinem Schreibtisch umher, nahm ein

* Koseformen für Michail und Nadeschda. A. d. Ü.

kleines Buch heraus und sah darin nach; es ergab sich, daß er mir ungefähr hundertzwanzig Rubel schuldig war.

»Wie wollen wir also unsere Rechnung erledigen?« sagte er; »wir müssen es in Taler umrechnen. Nehmen Sie da zunächst hundert Taler; das ist eine runde Summe; das übrige bleibt Ihnen natürlich sicher.«

Ich nahm das Geld schweigend hin.

»Sie müssen sich durch meine Worte nicht gekränkt fühlen; Sie sind so empfindlich . . . Ich wollte Sie durch meine Bemerkung nur sozusagen warnen, und das zu tun habe ich doch natürlich ein gewisses Recht . . .«

Als ich vor dem Mittagessen mit den Kindern nach Hause zurückkehrte, fand ich eine ganze Kavalkade vor. Die Unsrigen machten einen Ausflug, um eine Ruine zu besuchen. Eine schöne Equipage, mit prächtigen Pferden bespannt, hielt vor dem Hotel; darin saßen Mademoiselle Blanche, Marja Filippowna und Polina; der kleine Franzose, der Engländer und unser General waren zu Pferde. Die Passanten blieben stehen und schauten; der Effekt war großartig, kam aber dem General verhältnismäßig teuer zu stehen. Ich rechnete mir aus: wenn man die viertausend Franc, die ich mitgebracht hatte, und das Geld, das sie inzwischen augenscheinlich erlangt hatten, zusammennahm, so mochten sie jetzt sieben- oder achttausend Franc haben. Das war für Mademoiselle Blanche eine gar zu geringe Summe.

Mademoiselle Blanche wohnt gleichfalls in unserem Hotel, und zwar mit ihrer Mutter; desgleichen auch unser kleiner Franzose. Die Hoteldienerschaft nennt ihn *»monsieur le comte«*, und Mademoiselle Blanches Mutter wird *»madame la comtesse«* betitelt; nun, vielleicht sind sie auch wirklich ein Graf und eine Gräfin.

Ich wußte vorher, daß *monsieur le comte* mich nicht erkennen werde, als wir uns nach dem Mittagessen zusammenfanden. Dem General kam es natürlich nicht in den Sinn, uns miteinander bekanntzumachen oder auch nur mich ihm vorzustellen; *monsieur le comte* aber hat sich selbst in Rußland aufgehalten und weiß, was für eine unbedeutende Person ein Hauslehrer in Rußland ist. Er kennt mich übrigens recht gut. Aber, die Wahrheit zu gestehen, ich erschien beim Mittagessen, ohne überhaupt dazu aufgefordert zu sein; der General hatte wohl vergessen, eine Anordnung darüber zu treffen; sonst hätte er mich wahrscheinlich geheißen, an der Table d'hôte zu essen. Ich stellte mich von selbst ein, so daß der General mir einen unzufriedenen Blick zuwarf. Die gute Marja Filippowna wies mir sogleich einen Platz an; aber mein früheres Zusammentreffen mit Mister Astley half mir aus der Verlegenheit, und so wurde ich, wie wenn das selbstverständlich wäre, als berechtigtes Mitglied dieser Gesellschaft angesehen.

Mit diesem sonderbaren Engländer war ich zum erstenmal in Preußen zusammengetroffen, im Eisenbahnwagen, wo wir uns gegenübersaßen, als ich in Eile den Unsrigen nachreiste. Dann war ich jetzt auf ihn gestoßen, als ich nach Frankreich hineinfuhr, und endlich in der Schweiz, also während dieser zwei Wochen zweimal. Und nun kam ich mit ihm plötzlich hier in Roulettenburg zusammen. Nie in meinem Leben habe ich einen Menschen gefunden, der schüchterner gewesen wäre; seine Schüchternheit streift schon an Dummheit, und er selbst weiß das natürlich, da er ganz und gar nicht dumm ist. Im übrigen ist er ein sehr lieber, stiller Mensch. Gleich bei der ersten Begegnung in Preußen faßte er ein solches Zutrauen zu mir, daß er ganz gesprächig wurde. Er teilte mir mit, er sei in diesem Sommer am Nordkap gewesen und habe große Lust, sich die Messe in Nischni-Nowgorod anzusehen. Ich weiß nicht, wie er mit dem General bekannt wurde; mir scheint, daß er bis über die Ohren in Polina verliebt ist. Als sie eintrat, wurde sein Gesicht rot wie der Himmel beim Aufgang der Sonne. Er freute sich sehr darüber, daß ich bei Tisch neben ihm saß, und scheint mich schon als seinen Busenfreund zu betrachten.

Bei Tisch spielte sich der kleine Franzose stark auf und benahm sich gegen alle geringschätzig und hochmütig. Und dabei weiß ich noch recht gut, wie knabenhaft er in Moskau zu reden pflegte. Er sprach jetzt furchtbar viel über Finanzwesen und über die russische Politik. Der General raffte sich mitunter dazu auf, ihm zu widersprechen, aber nur in bescheidener Weise und lediglich in der Absicht, auf seine Würde nicht völlig Verzicht zu leisten.

Ich befand mich in einer eigentümlichen Stimmung. Selbstverständlich legte ich mir, schon ehe noch die Mahlzeit halb zu Ende war, meine gewöhnliche, stete Frage vor: »Warum gebe ich mich mit diesem General ab und bin nicht schon längst von all diesen Menschen weggegangen?« Mitunter blickte ich zu Polina Alexandrowna hin; sie schenkte mir gar keine Beachtung. Schließlich wurde ich ärgerlich und bekam Lust, grob zu werden.

Ich machte den Anfang damit, daß ich mich auf einmal ohne jede Veranlassung laut und ungefragt in ein fremdes Gespräch einmischte. Namentlich hatte ich den Wunsch, mich mit dem kleinen Franzosen zu zanken. Ich wandte mich an den General und bemerkte, indem ich ihn unterbrach, auf einmal sehr laut und in sehr bestimmtem Ton, es sei in diesem Sommer für Russen so gut wie unmöglich, in den Hotels an der Table d'hôte zu speisen. Der General warf mir einen verwunderten Blick zu.

»Wenn man einige Selbstachtung besitzt«, fuhr ich fort, »so gerät man unfehlbar in Streit und setzt sich argen Beleidigungen aus. In Paris und am Rhein, sogar in der Schweiz sitzen an der Table d'hôte so viel Polen und so viel Franzosen, die mit ihnen sympathisieren, daß es unmöglich ist, ein Wort zu reden, wenn man bloß Russe ist.«

Ich hatte das auf französisch gesagt. Der General sah mich ganz verblüfft an und wußte nicht, sollte er sich darüber ärgern oder sich nur darüber wundern, daß ich mich so vergessen hatte.

»Es hat Ihnen gewiß irgendwo jemand eine Lektion erteilt«, sagte der kleine Franzose in nachlässigem, geringschätzigem Ton.

»In Paris stritt ich mich einmal zuerst mit einem Polen herum«, antwortete ich, »und dann mit einem französischen Offizier, der die Partei des Polen nahm. Darauf aber ging ein Teil der Franzosen auf meine Seite über, als ich ihnen erzählte, daß ich einmal einem Monsignore hätte in den Kaffee spucken wollen.«

»Spucken?« fragte der General mit würdevollem Erstaunen und blickte rings um sich. Der kleine Franzose sah mich ungläubig an.

»Allerdings«, erwiderte ich. »Da ich ganze zwei Tage lang glaubte, daß ich in unserer geschäftlichen Angelegenheit möglicherweise würde für ein Weilchen nach Rom reisen müssen, so ging ich in die Kanzlei der Gesandtschaft des Heiligen Vaters in Paris, um meinen Paß visieren zu lassen. Dort fand ich so einen kleinen

Abbé, etwa fünfzig Jahre alt, ein dürres Männchen mit kalter Miene; der hörte mich zwar höflich, aber sehr gleichgültig an und ersuchte mich zu warten. Obwohl ich es eilig hatte, setzte ich mich natürlich doch hin, um zu warten, zog die *Opinion nationale* aus der Tasche und begann eine furchtbare Schimpferei auf Rußland zu lesen. Währenddessen hörte ich, wie jemand durch das anstoßende Zimmer zu dem Monsignore ging, und sah, wie mein Abbé ihn durch eine Verbeugung grüßte. Ich wandte mich noch einmal an ihn mit meiner früheren Bitte; aber in noch trocknerem Ton ersuchte er mich wieder zu warten. Bald darauf trat noch jemand ein, kein Bekannter, sondern einer, der ein geschäftliches Anliegen hatte, ein Österreicher; er wurde angehört und sogleich nach oben geleitet. Da wurde ich nun aber sehr ärgerlich; ich stand auf, trat an den Abbé heran und sagte zu ihm in entschiedenem Ton, da der Monsignore empfange, so könne er auch mich abfertigen. Mit einer Miene des äußersten Erstaunens wankte der Abbé vor mir zurück. Es war ihm geradezu unfaßbar, wie so ein wertloser Russe es wagen könne, sich mit den andern Besuchern des Monsignore auf eine Stufe zu stellen. Im unverschämtesten Ton, wie wenn er sich darüber freute, mich beleidigen zu können, rief er, indem er mich vom Kopf bis zu den Füßen mit seinen Blicken maß: ›Meinen Sie wirklich, daß Monsignore um Ihretwillen seinen Kaffee stehenlassen wird?‹ Nun fing ich gleichfalls an zu schreien, aber noch stärker als er: ›Spucken werde ich Ihrem Monsignore in seinen Kaffee; das mögen Sie nur wissen! Wenn Sie meinen Paß nicht augenblicklich fertigmachen, so gehe ich zu ihm selbst hin.‹

›Wie? Während der Kardinal bei ihm ist?‹ rief der kleine Abbé, indem er erschrocken von mir wegtrat, zur

Tür eilte, die Arme kreuzweis übereinanderlegte und dadurch zu verstehen gab, daß er eher sterben als mich durchlassen wolle.

Da antwortete ich ihm, ich sei ein Ketzer und ein Barbar, *que je suis hérétique et barbare,* und all diese Erzbischöfe, Kardinäle, Monsignori usw. seien mir absolut gleichgültig. Kurz, ich machte Miene, meinen Willen durchzusetzen. Der Abbé blickte mich mit grenzenlosem Ingrimm an; dann riß er mir meinen Paß aus der Hand und ging mit ihm nach oben. Eine Minute darauf war er schon visiert. Da ist er; wollen Sie ihn sich ansehen?« Ich zog den Paß heraus und zeigte das römische Visum.

»Aber da haben Sie denn doch. . .«, begann der General.

»Das hat Sie gerettet, daß Sie sich als einen Barbaren und Ketzer bezeichneten«, bemerkte der kleine Franzose lachend. »*Cela n'était pas si bête.*«

»Sollen wir Russen uns so behandeln lassen? Aber unsere Landsleute sitzen hier, wagen nicht, sich zu mukken, und verleugnen wohl gar ihre russische Nationalität. Aber wenigstens in Paris, in meinem Hotel, gingen die Leute mit mir weit respektvoller um, nachdem ich allen mein Renkontre mit dem Abbé erzählt hatte. Ein dicker polnischer Pan, der an der Table d'hôte am feindseligsten gegen mich aufgetreten war, sah sich völlig in den Hintergrund gedrängt. Die Franzosen nahmen es sogar geduldig hin, als ich erzählte, daß ich vor zwei Jahren einen Menschen gesehen hätte, auf den im Jahre 1812 ein französischer Chasseur geschossen habe, einzig und allein, um sein Gewehr zu entladen. Dieser Mensch war damals noch ein zehnjähriger Knabe gewesen, und seine Familie hatte nicht Zeit gefunden, aus Moskau zu flüchten.«

»Das ist unmöglich!« fuhr der kleine Franzose auf. »Ein französischer Soldat wird nie auf ein Kind schießen!«

»Und es ist trotzdem wahr«, erwiderte ich. »Der Betreffende, nun ein achtungswerter Hauptmann a. D., hat es mir selbst erzählt, und ich habe auf seiner Backe die Schramme von der Kugel selbst gesehen.«

Der Franzose opponierte mit großem Wortschwall und in schnellem Tempo. Der General wollte ihm dabei behilflich sein; aber ich empfahl ihm, beispielsweise einzelne Abschnitte aus den Memoiren des Generals Perowski zu lesen, der sich im Jahre 1812 in französischer Gefangenschaft befunden hatte. Endlich begann Marja Filippowna, um dieses Gespräch abzubrechen, von etwas anderem zu reden. Der General war sehr unzufrieden mit mir, weil ich und der Franzose schon beinahe ins Schreien hineingeraten waren. Aber Mister Astley hatte, wie es schien, an meinem Streit mit dem Franzosen großes Gefallen gefunden; als wir vom Tisch aufstanden, lud er mich ein, mit ihm ein Glas Wein zu trinken.

Am Abend gelang es mir, wie das ja auch dringend erforderlich war, eine Viertelstunde lang mit Polina Alexandrowna zu sprechen. Unser Gespräch kam auf dem Spaziergang zustande. Alle waren in den Park zum Kurhaus gegangen. Polina setzte sich auf eine Bank, der Fontäne gegenüber, und gestattete der kleinen Nadja in ihrer Nähe mit anderen Kindern zu spielen. Ich ließ Mischa gleichfalls zur Fontäne gehen, und so blieben wir beide endlich allein.

Zuerst begannen wir natürlich von den geschäftlichen Angelegenheiten zu reden. Polina wurde geradezu böse, als ich ihr insgesamt nur siebenhundert Gulden einhändigte. Sie hatte mit Bestimmtheit geglaubt, ich würde ihr aus Paris als Erlös von der Verpfändung ihrer Brillanten mindestens zweitausend Gulden oder sogar noch mehr mitbringen.

»Ich brauche unter allen Umständen Geld«, sagte sie. »Beschafft muß es werden; sonst bin ich einfach verloren.«

Ich fragte, was sich an Ereignissen während meiner Abwesenheit zugetragen habe.

»Weiter nichts, als daß wir aus Petersburg zwei Nachrichten erhielten: zuerst die, daß es der alten Tante sehr schlecht gehe, und zwei Tage darauf eine andere, daß sie, wie es verlaute, schon gestorben sei. Diese letztere Nachricht stammt von Timofei Petrowitsch«, fügte Polina hinzu, »und das ist ein verläßlicher Mensch. Wir warten nun auf die letzte, endgültige Nachricht.«

»Also befinden sich hier alle in gespannter Erwartung?« fragte ich.

»Gewiß, allesamt; seit einem halben Jahr leben sie nur von dieser Hoffnung.«

»Und auch Sie hoffen darauf?«

»Verwandt bin ich ja mit ihr eigentlich überhaupt nicht; ich bin nur eine Stieftochter des Generals. Aber ich glaube bestimmt, daß sie in ihrem Testament meiner gedacht haben wird.«

»Ich meine, es wird Ihnen eine bedeutende Summe zufallen«, erwiderte ich zustimmend.

»Ja, sie hatte mich gern; aber wie kommen gerade Sie zu dieser Meinung?«

»Sagen Sie«, antwortete ich mit einer Frage, »unser Marquis ist wohl gleichfalls in alle Familiengeheimnisse eingeweiht?«

»Warum interessiert Sie denn das?« fragte Polina, indem sie mich kühl und unfreundlich anblickte.

»Nun, das ist doch sehr natürlich. Wenn ich nicht irre, hat der General schon Geld von ihm geborgt.«

»Ihre Vermutung trifft durchaus zu.«

»Nun also; hätte der denn etwa das Geld hergegeben, wenn er nicht über die alte Tante orientiert wäre? Haben Sie nicht bei Tisch bemerkt: als er irgend etwas von ihr sagte, nannte er sie etwa dreimal ›Großmamachen‹. Was für ein vertrauliches, freundschaftliches Verhältnis!«

»Ja, Sie haben recht. Und sobald er erfahren wird, daß auch mir etwas durch das Testament zufällt, wird er sofort zu mir kommen und um mich werben. Das wollten Sie doch wohl gern wissen.«

»Er wird erst noch werben? Ich dachte, er täte das schon längst.«

»Sie wissen recht gut, daß das nicht der Fall ist«, sagte Polina ärgerlich. »Wo sind Sie denn mit diesem Engländer früher schon zusammengetroffen?« fügte sie nach kurzem Stillschweigen hinzu.

»Das habe ich doch gewußt, daß Sie nach dem sofort fragen würden.«

Ich erzählte ihr von meinen früheren Begegnungen mit Mister Astley auf Reisen.

»Er ist schüchtern und liebebedürftig, und natürlich ist er schon in Sie verliebt?«

»Ja, er ist in mich verliebt«, antwortete Polina.

»Und er ist selbstverständlich zehnmal so reich wie der Franzose. Besitzt denn der Franzose wirklich etwas? Ist das nicht sehr zweifelhaft?«

»Nein, zweifelhaft ist das nicht. Er besitzt ein *Château*. Noch gestern hat der General zu mir mit aller Bestimmtheit davon gesprochen. Genügt Ihnen das?«

»Ich würde an Ihrer Stelle unbedingt den Engländer heiraten.«

»Warum?« fragte Polina.

»Der Franzose ist schöner, aber er hat einen schlechten Charakter; der Engländer dagegen ist nicht nur ein ehrenhafter Mann, sondern auch zehnmal so reich wie der andere«, erklärte ich in entschiedenem Ton.

»Ja, aber dafür ist der Franzose ein Marquis und klüger«, entgegnete sie mit größter Seelenruhe.

»Aber ist das auch sicher?« fragte ich wie vorher.

»Vollständig sicher.«

Polina war über meine Fragen sehr ungehalten, und ich sah, daß sie mich durch den scharfen Ton ihrer Antwort ärgern wollte. Das hielt ich ihr denn auch sofort vor.

»Nun ja, es amüsiert mich wirklich, wie grimmig Sie werden«, entgegnete sie darauf. »Schon allein dafür, daß ich Ihnen erlaube, solche Fragen zu stellen und solche Mutmaßungen zu äußern, müssen Sie einen Preis bezahlen.«

»Ich halte mich in der Tat für berechtigt, Ihnen solche Fragen zu stellen«, antwortete ich ganz ruhig, »namentlich deswegen, weil ich bereit bin, dafür jeden Preis zu zahlen, den Sie verlangen, und mein Leben jetzt für nichts achte.«

Polina lachte.

»Sie haben das letztemal auf dem Schlangenberg zu mir gesagt, Sie seien bereit, sich auf das erste Wort von mir kopfüber hinabzustürzen, und es geht dort, glaube ich, tausend Fuß tief hinunter. Ich werde später einmal dieses Wort aussprechen, lediglich um zu sehen, wie Sie Ihrer Verpflichtung nachkommen, und seien Sie überzeugt, daß ich nicht aus der Rolle fallen werde. Sie sind mir verhaßt, besonders weil ich Ihnen soviel erlaubt habe, und in noch höherem Grade deshalb, weil ich Sie so nötig habe. Aber solange Sie mir nötig sind, darf ich Sie nicht zu Schaden kommen lassen.«

Sie stand auf. Sie hatte in gereiztem Ton gesprochen. In der letzten Zeit schloß sie jedes Gespräch, das sie mit mir führte, mit Ingrimm, Gereiztheit und ernstlichem Zorn.

»Gestatten Sie mir die Frage: was für eine Person ist eigentlich diese Mademoiselle Blanche?« fragte ich. Ich wollte sie nicht fortlassen, ohne einige Auskunft von ihr erhalten zu haben.

»Was für eine Person Mademoiselle Blanche ist, das wissen Sie selbst. Neues hat sich seit Ihrer Abreise weiter nicht begeben. Mademoiselle Blanche wird wahrscheinlich Frau Generalin werden, selbstverständlich nur, wenn sich das Gerücht von dem Tod der Tante bestätigt; denn Mademoiselle Blanche und ihre Mutter und ihr entfernter Vetter, der Marquis, wissen alle sehr genau, daß wir ruiniert sind.«

»Ist denn der General ernstlich in sie verliebt?«

»Das geht uns jetzt nichts an. Hören Sie einmal zu, was ich sagen will, und merken Sie es sich genau: nehmen Sie diese siebenhundert Gulden und spielen Sie damit! Gewinnen Sie mir damit am Roulett, soviel Sie nur können: ich brauche jetzt um jeden Preis Geld!«

Hierauf rief sie die kleine Nadja heran und ging nach dem Kurhaus, wo sie sich an die ganze Gesellschaft der Unsrigen anschloß. Ich meinerseits schlug, nachdenklich und verwundert, den erstbesten Steig nach links ein. Von ihrem Auftrag, zum Roulett zu gehen, fühlte ich mich wie vor den Kopf geschlagen. Es ging mir seltsam: ich hatte doch so vieles, worüber ich hätte nachdenken können und sollen; aber dennoch vertiefte ich mich vollständig in eine kritische Prüfung meiner Empfindungen gegenüber Polina. Wahrlich, während meiner vierzehntägigen Abwesenheit war mir leichter ums Herz gewesen als jetzt am Tag meiner Rückkehr, obgleich ich auf der Reise mich wie ein Unsinniger nach ihr gesehnt hatte, wie ein Verrückter umhergerannt war und sogar im Schlaf sie alle Augenblicke vor mir gesehen hatte. Als ich einmal im Waggon eingeschlafen war (es war in der Schweiz), fing ich laut mit Polina zu sprechen an, zur großen Erheiterung aller Mitreisenden. Und jetzt legte ich mir noch einmal die Frage vor: »Liebe ich sie?« Und auch diesmal wieder verstand ich nicht auf diese Frage zu antworten, das heißt, richtiger gesagt, ich antwortete mir zum hundertsten Male wieder, daß ich von Haß gegen sie erfüllt sei. Ja, ich haßte sie. Es gab Augenblicke (namentlich jedesmal am Schluß unserer Gespräche), wo ich mein halbes Leben dafür gegeben hätte, sie zu erwürgen. Ich schwöre es: wenn ich ihr hätte ein spitzes Messer langsam in die Brust bohren können, so hätte ich, wie ich glaube, nach diesem Messer mit Wonne gegriffen. Und trotzdem schwöre ich bei allem, was heilig ist: hätte sie auf dem Schlangenberg, auf jenem Aussichtspunkt, wirklich zu mir gesagt: »Stürzen Sie sich hinab!«, so würde ich mich sogleich hinabgestürzt haben, und sogar mit Wonne; das weiß ich sicher. Aber nun mußte, so oder so, die Entscheidung kommen. Polina hat für all dies ein überaus feines Verständnis, und der Gedanke, daß ich mit vollkommener Klarheit und Richtigkeit ihre ganze Unerreichbarkeit für mich, die ganze Unmöglichkeit der Erfüllung meiner Träumereien einsehe, dieser Gedanke gewährt ihr (davon bin ich überzeugt) einen außerordentlichen Genuß; könnte sie, eine so vorsichtige, kluge Person, denn sonst mit mir in so familiärer, offenherziger Art verkehren? Mir scheint, als habe sie von mir bis jetzt eine ähnliche Anschauung gehabt wie jene Kaiserin des Altertums von ihrem Sklaven, in dessen Gegenwart sie sich entkleidete, weil sie ihn nicht für einen Menschen hielt. Ja, sie hat mich viele, viele Male nicht als einen Menschen angesehen.

Aber nun hatte sie mir einen Auftrag erteilt: am Roulett zu gewinnen, zu gewinnen um jeden Preis. Ich hatte keine Zeit, darüber nachzudenken, zu welchem Zweck und wie schnell dieser Geldgewinn nötig sei, und was für neue Pläne in diesem fortwährend spekulierenden Kopf entstanden sein mochten. Außerdem hatte sich in diesen vierzehn Tagen offenbar eine Unmenge neuer Ereignisse zugetragen, von denen ich noch keine Ahnung hatte. All dies mußte ich enträtseln, in all dies klaren Einblick gewinnen, und zwar so schnell wie möglich. Aber vorläufig, im Augenblick hatte ich dazu keine Zeit: ich mußte zum Roulett.

Zweites Kapitel

Ich muß gestehen: dieser Auftrag war mir nicht angenehm. Ich hatte mir zwar vorgenommen gehabt, mich gleichfalls am Spiel zu beteiligen, dabei aber in keiner Weise angenommen, daß ich damit anfangen würde, es für andere zu tun. Das stieß mir gewissermaßen meine Pläne über den Haufen, und so betrat ich denn die Spielsäle in einer recht verdrießlichen Stimmung. Unausstehlich ist mir die Lakaienhaftigkeit in den Feuilletons der Zeitungen der ganzen Welt und namentlich unserer russischen Zeitungen, wo fast in jedem Frühjahr unsere Feuilletonisten von zwei Dingen erzählen: erstens von der prachtvollen, luxuriösen Einrichtung der Spielsäle in den Roulettstädten am Rhein, und zweitens von den Haufen Goldes, die angeblich auf den Tischen liegen. Bezahlt werden ja die Schriftsteller dafür nicht; sie erzählen das aus eigenem Antrieb, aus uneigennütziger Dienstfertigkeit. Von Pracht ist in diesen dürftigen Sälen nicht die Rede, und Gold bekommt man überhaupt kaum zu sehen, geschweige denn, daß es in Haufen auf den Tischen läge. Allerdings, manchmal erscheint im Laufe der Saison plötzlich irgendeine wunderliche Persönlichkeit, ein Engländer oder ein Asiat oder wie in diesem Sommer ein Türke, und verliert oder gewinnt auf einmal eine sehr große Summe; aber alle übrigen spielen um ein paar lumpige Gulden, und im großen und ganzen liegt auf den Tischen immer nur sehr wenig Geld.

Als ich in den Spielsaal trat (es war das erstemal in meinem Leben), konnte ich mich eine Zeitlang nicht dazu entschließen mitzuspielen. Ich fühlte mich durch das dichte Gedränge abgestoßen. Aber auch wenn ich allein dagewesen wäre, auch dann wäre ich wohl am liebsten bald wieder weggegangen und hätte nicht angefangen zu spielen. Ich bekenne: das Herz klopfte mir stark, und ich war nicht kaltblütig; ich glaubte zuverlässig und sagte mir das schon lange mit aller Bestimmtheit, daß es mir nicht beschieden sein werde, aus Roulettenburg so ohne weiteres wieder fortzukommen, daß sich da mit Sicherheit etwas zutragen werde, was für mein Lebensschicksal von tiefgehender, entscheidender Bedeutung sei. Das sei ein Ding der Notwendigkeit und werde so geschehen.

Mag es auch lächerlich sein, daß ich vom Roulett soviel für mich erwarte, für noch lächerlicher halte ich die landläufige, beliebte Meinung, daß es töricht und sinnlos sei, vom Spiel überhaupt etwas zu erwarten. Und warum soll denn das Spiel schlechter sein als irgendein anderes Mittel des Gelderwerbs, zum Beispiel schlechter als der Handel? Das ist ja richtig, daß von hundert nur einer gewinnt. Aber was geht mich das an?

Jedenfalls beschloß ich, zunächst nur zuzusehen und an diesem Abend nichts Ernstliches zu unternehmen. Wenn an diesem Abend überhaupt etwas geschah, so sollte es nur zufällig und nebenbei geschehen; das war meine Absicht. Überdies mußte ich doch auch das Spiel selbst erst lernen; denn trotz tausend Beschreibungen des Rouletts, die ich stets mit großer Gier gelesen hatte, verstand ich, ehe ich nicht seine Einrichtung selbst gesehen hatte, schlechterdings nichts davon.

Von vornherein erschien mir alles überaus schmutzig, ich meine im übertragenen Sinne garstig und schmutzig. Ich rede nicht von jenen gierigen, unruhigen Gesichtern, die zu Dutzenden, ja zu Hunderten die Spieltische umgeben. Ich sehe absolut nichts Schmutziges in dem Wunsch, möglichst schnell und möglichst viel Geld zu gewinnen; als sehr dumm ist mir immer der Gedanke eines behäbigen, wohlsituierten Moralphilosophen erschienen, der auf jemandes Entschuldigung: »Es wird ja nur niedrig gespielt«, antwortete: »Um so schlimmer, da dann der Eigennutz kleinlich ist.« Als ob kleinlicher Eigennutz und großartiger Eigennutz nicht auf dasselbe hinauskämen! Das sind nur relative Begriffe. Was für Rothschild eine Kleinigkeit ist, das ist für mich eine große Summe; aber was Gewinn und Profit anlangt, so geht das Streben der Menschen nicht etwa nur beim Roulett, sondern auf allen Gebieten nur darauf, einander etwas wegzunehmen oder abzugewinnen. Ob Profitmachen und Gewinnen überhaupt etwas Garstiges ist, das ist eine andere Frage, auf deren Beantwortung ich mich jetzt nicht einlasse. Da ich selbst im höchsten Grade von dem Wunsch, zu gewinnen, erfüllt war, so hatte all dieser Eigennutz und, wenn man es so ansehen will, all dieser Schmutz des Eigennutzes beim Eintritt in den Saal für mich sozusagen etwas Vertrautes und Verwandtes. Das beste ist, wenn einer dem andern gegenüber keine gewundenen Redensarten macht, sondern offen und ehrlich verfährt; und nun gar sich selbst zu betrügen, was hat das für einen Zweck? Eine ganz wertlose, unökonomische Tätigkeit!

Besonders häßlich erschien mir auf den ersten Blick bei dem unfeinen Teil der Roulettspieler die Wichtigkeit, die sie ihrer Tätigkeit beilegten, das ernste, sogar respektvolle Wesen, mit dem sie alle die Tische umringten. Darum wird hier scharf unterschieden zwischen derjenigen Art zu spielen, die als »*mauvais genre*« bezeichnet wird, und derjenigen, die einem anständigen Menschen gestattet ist. Es gibt eben zwei Arten zu spielen: eine gentlemanhafte und eine plebejische, selbstische, das ist die der unfeinen Menge, des Pöbels. Hier wird dazwischen ein strenger Unterschied gemacht; und doch, wie wertlos ist in Wirklichkeit dieser Unterschied! Ein Gentleman wird zum Beispiel fünf oder zehn Louisdor, selten mehr, setzen oder auch, wenn er sehr reich ist, tausend Franc; aber er darf das lediglich um des Spieles willen tun, nur zum Zeitvertreib, eigentlich nur um den Vorgang des Gewinnens oder Verlierens zu verfolgen; für den Gewinn selbst darf er durchaus kein Interesse zeigen. Hat er gewonnen, so darf er zum Beispiel laut lachen, zu einem der Umstehenden eine Bemerkung machen; er darf sogar noch einmal setzen und dabei verdoppeln, aber einzig und allein aus Wißbegierde, um die Chancen zu beobachten und Berechnungen anzustellen, aber nicht in dem plebejischen Wunsch zu gewinnen. Kurz, all diese Spieltische, Rouletts und *Trente-et-quarante*-Spiele darf er nur als einen Zeitvertreib betrachten, der lediglich zu seinem Amüsement eingerichtet ist. Von der Gewinnsucht und den Fallstricken, die die Grundlage und Einrichtung der Spielbank bilden, darf er nicht einmal eine Ahnung haben. Sehr gut wäre es sogar, wenn es ihm schiene, daß auch alle übrigen Spieler, dieser Pöbel, der um einen Gulden bangt und zittert, daß auch sie ebensolche reichen Leute und Gentlemen seien wie er selbst und nur zur Zerstreuung und zum Zeitvertreib spielten. Eine solche völlige Unkenntnis der Wirklichkeit und harmlose Meinung von den Menschen wäre gewiß sehr aristokratisch. Ich sah, daß viele Mütter ihre unschuldigen, hübschen, fünfzehn- oder sechzehnjährigen Töchter zum Spieltisch vorwärtsschoben, ihnen einige Goldstücke gaben und sie über das Spiel belehrten. Die jungen Damen gewannen oder verloren, lächelten aber in jedem Falle und traten sehr zufrieden wieder zurück. Unser General kam in gemessenem Schritt und würdevoller Haltung zum Spieltisch; ein Diener eilte herbei, um ihm einen Stuhl zu reichen; aber er bemerkte den Diener gar nicht. Sehr langsam zog er seine Börse heraus, sehr langsam entnahm er ihr dreihundert Franc in Gold, setzte sie auf Schwarz und gewann. Er nahm den Gewinn nicht, sondern ließ ihn auf dem Tisch. Wieder kam Schwarz; auch diesmal nahm er nichts an sich, und als nun beim drittenmal Rot kam, verlor er mit einem Schlag zwölfhundert Franc. Er ging lächelnd weg und fiel nicht aus der Rolle. Ich bin überzeugt, daß sein Herz sich krampfhaft zusammenzog, und daß, wäre der Einsatz zwei- oder dreimal so groß gewesen, er seiner

Rolle nicht treu geblieben wäre, sondern seine Erregung verraten hätte. Übrigens gewann in meiner Gegenwart ein Franzose bis zu dreißigtausend Franc und verlor dann diese Summe wieder, beides mit heiterer Miene und ohne jede sichtbare Erregung. Ein wirklicher Gentleman darf, selbst wenn er sein ganzes Vermögen im Spiel verlöre, sich nicht darüber aufregen. Das Geld muß so tief unter der Würde eines Gentleman stehen, daß es kaum wert erscheint, daß man sich darum kümmere. Gewiß, es würde sehr aristokratisch sein, die ganze moralische Unsauberkeit des gesamten Pöbels und der gesamten Umgebung überhaupt nicht zu bemerken. Manchmal indessen ist das entgegengesetzte Verfahren nicht minder aristokratisch, nämlich dieses ganze Pack zu bemerken, das heißt, es zu betrachten, es etwa durch die Lorgnette in Augenschein zu nehmen, aber nur in der Weise, daß man diesen ganzen Schwarm und diesen ganzen Schmutz als eine Art von Zerstreuung auffaßt, gleichsam als eine zur Unterhaltung der Gentlemen arrangierte Vorstellung. Man kann sich selbst in dieser Menge mit herumdrängen, muß dabei aber mit der festen Überzeugung um sich blicken, daß man eigentlich nur ein Beobachter ist und in keiner Weise zu dieser Gattung gehört. Übrigens würde es auch wieder ungehörig sein, wenn man all dies sehr aufmerksam betrachten wollte; das wäre wieder nicht gentlemanhaft, weil dieses Schauspiel jedenfalls eine längere und besonders aufmerksame Betrachtung nicht verdient. Überhaupt gibt es wenige Schauspiele, die einer besonders aufmerksamen Betrachtung von seiten eines Gentleman würdig wären. Persönlich war ich trotzdem der Meinung, daß all dies recht wohl einer sehr aufmerksamen Betrachtung wert sei, namentlich für denjenigen, der nicht allein um der Betrachtung willen gekommen ist, sondern sich selbst offen und ehrlich zu diesem ganzen Pack zählt. Was aber meine innersten moralischen Überzeugungen anlangt, so ist für die natürlich in meinen jetzigen Überlegungen kein Platz vorhanden. Mag es meinetwegen so sein; ich rede, um mein Gewissen zu erleichtern. Aber eines möchte ich hervorheben: in der ganzen letzten Zeit ist es mir sehr zuwider gewesen, meine Handlungen und Gedanken an irgendwelchen moralischen Maßstab zu halten. Etwas ganz anderes hat die Herrschaft über meine Seele übernommen . . .

Die Art, in der der Pöbel spielt, ist tatsächlich sehr unsauber. Ich kann mich sogar des Gedankens nicht erwehren, daß dort am Tisch manchmal ganz gewöhnlicher Diebstahl vorkommt. Die Croupiers, die an den Enden der Tische sitzen, nach den Einsätzen sehen und die Zahlungen berechnen, haben eine gewaltige Arbeit. Die gehören auch mit zum Pöbel. Es sind größtenteils Franzosen. Übrigens verfolge ich hier bei meinen Beobachtungen und Bemerkungen ganz und gar nicht den Zweck, das Roulett zu beschreiben; ich stelle diese Beobachtungen vielmehr im Hinblick auf mich selbst an, um zu wissen, wie ich mich künftig zu verhalten habe. Ich bemerkte zum Beispiel als einen sehr gewöhnlichen Hergang folgendes: wenn ein am Tisch Sitzender gewonnen hat, so streckt sich auf einmal von hinten her der Arm eines anderen vor und nimmt sich den Gewinn. Dann beginnt Streit und nicht selten lautes Geschrei; und nun soll einmal der erste beweisen und Zeugen dafür suchen, daß der Einsatz der seinige war!

Anfangs war das ganze Spiel mir so unverständlich wie Chinesisch; was ich erriet und merkte, war nur, daß auf die Zahlen, auf Paar und Unpaar und auf die Farben gesetzt wurde. Von Polina Alexandrownas Geld beschloß ich es an diesem Abend mit hundert Gulden zu versuchen. Der Gedanke, daß ich mich auf das Spiel nicht für mich, sondern für einen andern einließ, verwirrte mich einigermaßen; diese Empfindung war sehr unangenehm, und ich wünschte, sie so schnell wie möglich loszuwerden. Es kam mir vor, als untergrübe ich mein eigenes Glück dadurch, daß ich damit anfinge, für Polina zu spielen. Kann man denn mit dem Spieltisch nicht in Berührung kommen, ohne sogleich vom Aberglauben angesteckt zu werden? Ich begann damit, daß ich fünf Friedrichsdor herausnahm, das sind fünfzig Gulden, und sie auf Paar setzte. Das Rad drehte sich, und es kam Dreizehn; ich hatte verloren. Mit einer peinlichen Empfindung, lediglich um irgendwie loszukommen und wegzugehen, setzte ich noch fünf Friedrichsdor auf Rot. Es kam Rot. Ich setzte alle zehn Friedrichsdor; es kam wieder Rot. Ich setzte wieder das Ganze auf einmal; es kam wieder Rot. Nachdem ich so vierzig Friedrichsdor erhalten hatte, setzte ich zwanzig auf die zwölf mittleren Zahlen, ohne zu wissen, was dabei herauskommen kann. Es wurde mir das Dreifache ausgezahlt. Auf diese Art hatte ich statt zehn Friedrichsdor auf einmal achtzig. Eine mir bisher fremde, sonderbare Empfindung bedrückte mich dermaßen, daß ich beschloß wegzugehen. Es schien mir, daß ich in ganz anderer Weise spielen würde, wenn ich für mich selbst spielte. Jedoch setzte ich alle achtzig Friedrichsdor noch einmal auf Paar. Diesmal kam Vier; es wurden mir noch achtzig Friedrichsdor hingeschüttet; ich ergriff den ganzen Haufen von hundertsechzig Friedrichsdor und ging, um Polina Alexandrowna zu suchen.

Sie promenierten alle im Park, und ich fand erst nach

dem Abendessen die Möglichkeit, mit ihr allein zu sprechen. Beim Abendessen war diesmal der Franzose nicht anwesend, und der General ging infolgedessen mehr aus sich heraus: unter anderem hielt er für nötig noch einmal zu bemerken, er wünsche nicht, mich am Spieltisch zu sehen. Nach seiner Meinung würde es ihn sehr kompromittieren, wenn ich große Spielverluste haben sollte. »Aber selbst wenn Sie sehr viel gewönnen, so würde auch das für mich kompromittierend sein«, fügte er ernst und bedeutsam hinzu. »Gewiß, ich habe kein Recht, Ihnen über Ihre Handlungen Vorschriften zu machen; aber Sie werden selbst zugeben . . .« Hier brach er nach seiner Gewohnheit mitten im Satz ab. Ich erwiderte ihm trocken, ich hätte nur sehr wenig Geld und könne folglich keine erheblichen Summen verspielen, selbst wenn ich zu spielen anfinge. Als ich nach meinem Zimmer hinaufging, hatte ich die Möglichkeit, Polina ihren Gewinn einzuhändigen; ich erklärte ihr, ein zweites Mal würde ich nicht mehr für sie spielen.

»Warum denn nicht?« fragte sie aufgeregt.

»Weil ich für mich selbst spielen will«, antwortete ich, indem ich sie erstaunt ansah, »und das stört mich.«

»Also verbleiben Sie fest bei Ihrer Ansicht, daß das Roulett Ihr einziger Rettungsanker ist?« fragte sie spöttisch.

Ich bejahte diese Frage ernst und fügte hinzu, was meine Überzeugung betreffe, daß ich bestimmt gewinnen werde, so möge diese ja lächerlich sein, das wolle ich zugeben; aber man möge mich darin nicht zu beirren suchen.

Polina Alexandrowna bestand darauf, ich solle unter allen Umständen von dem heutigen Gewinn die Hälfte für mich nehmen, und wollte mir achtzig Friedrichsdor abgeben; sie machte mir den Vorschlag, ich möchte auch in Zukunft das Spiel unter dieser Festsetzung fortsetzen. Ich weigerte mich entschieden, die Hälfte anzunehmen, und erklärte auf das bestimmteste, ich könne für andere nicht spielen, nicht etwa, weil ich keine Lust dazu hätte, sondern weil ich aller Wahrscheinlichkeit nach verlieren würde.

»Und doch«, sagte sie nachdenklich, »mag es auch eine Dummheit sein, setze auch ich selbst meine Hoffnung fast nur auf das Roulett. Und darum müssen Sie unbedingt weiterspielen, halbpart mit mir; und das werden Sie selbstverständlich auch tun.«

Nach diesen Worten ging sie von mir weg, ohne auf meine weiteren Erwiderungen hinzuhören.

Drittes Kapitel

Gestern aber sprach sie den ganzen Tag über mit mir nicht ein einziges Wort vom Spiel. Und überhaupt vermied sie es gestern, mit mir zu reden. Ihr früheres Benehmen gegen mich hatte keine Veränderung erfahren. Dieselbe völlige Gleichgültigkeit im Verkehr und bei Begegnungen und sogar eine gewisse Geringschätzung und eine Art von Haß. Überhaupt gibt sie sich keine Mühe, ihre Abneigung gegen mich zu verbergen; das sehe ich deutlich. Trotzdem verbirgt sie mir andrerseits auch nicht, daß sie mich zu irgendwelchem Zweck nötig hat und mich dazu aufspart. Es hat sich zwischen uns ein sonderbares Verhältnis herausgebildet, das mir in vieler Hinsicht unverständlich ist, wenn ich ihren Stolz und Hochmut allen gegenüber in Betracht ziehe. Sie weiß zum Beispiel, daß ich sie bis zur Raserei liebe, gestattet mir sogar, von meiner Leidenschaft zu sprechen, und sicherlich könnte sie mir ihre Geringschätzung durch nichts deutlicher ausdrücken, als eben durch diese Erlaubnis, frei und unbehindert zu ihr von meiner Liebe zu reden. Sie sagt damit gewissermaßen zu mir: »Ich schätze deine Gefühle so gering, daß es mir völlig gleichgültig ist, worüber du mit mir redest, und was du für mich empfindest.« Von ihren eigenen Angelegenheiten hat sie auch früher viel mit mir gesprochen, ist aber nie ganz offenherzig gewesen. Und nicht genug damit, in ihrer Geringschätzung gegen mich liegen auch noch gewisse Feinheiten: weiß sie zum Beispiel, daß mir irgendein Umstand ihres Lebens oder etwas von ihren Gemütsbewegungen bekannt ist, so erzählt sie mir unaufgefordert etwas von sich, wenn sie meiner irgendwie für ihre Zwecke zu Sklaven- oder Laufburschendiensten bedarf; aber sie erzählt mir immer nur gerade so viel, als jemand zu wissen nötig hat, der zu solchen Diensten benutzt wird, so daß mir der ganze Zusammenhang der Dinge noch unbekannt bleibt. Aber obgleich sie dann selbst sieht, welche Pein und Aufregung ich meinerseits über ihre Pein und Aufregung empfinde, so läßt sie sich doch nie dazu herab, mich durch freundschaftliche Offenherzigkeit zu beruhigen. Und doch wäre sie meiner Ansicht nach dazu verpflichtet, offenherzig gegen mich zu sein, da sie mich nicht selten zu recht mühevollen, ja gefährlichen Aufträgen benutzt. Ist es denn der Mühe wert, sich um meine Gefühle zu kümmern, sich darum zu kümmern, daß ich mich gleichfalls aufrege und mich vielleicht über ihre Sorgen und Nöte dreimal so sehr ängstige und quäle als sie selbst?

Ich wußte schon seit ungefähr drei Wochen von ihrer Absicht, am Roulett zu spielen. Sie hatte mir sogar angekündigt, ich müsse mit ihr zusammen spielen, weil es für sie selbst nicht schicklich sei zu spielen. An dem Ton, in dem sie sprach, hatte ich schon damals gemerkt, daß sie irgendeine ernste Sorge hatte und nicht etwa nur so einfach den Wunsch hegte, Geld zu gewinnen. Was liegt ihr denn an dem Geld an und für sich! Da muß eine bestimmte Absicht dahinterstecken, irgendwelche Umstände, die ich vielleicht erraten kann, bis jetzt aber nicht kenne. Natürlich könnte der Zustand der Erniedrigung und Sklaverei, in dem sie mich hält, mir die Möglichkeit geben (und er gibt sie mir wirklich sehr oft), sie dreist und geradezu selbst zu fragen. Da ich für sie ein Sklave bin und in ihren Augen nicht die geringste Bedeutung habe, so hat sie keinen Anlaß, sich durch meine dreiste Neugier beleidigt zu fühlen. Aber die Sache ist die, daß sie mir zwar erlaubt, Fragen zu stellen, sie aber nicht beantwortet. Manchmal beachtet sie sie überhaupt nicht. So stehen wir zueinander.

Gestern wurde bei uns viel von einem Telegramm gesprochen, das schon vor vier Tagen nach Petersburg abgeschickt, auf das aber noch keine Antwort eingegangen war. Der General ist sichtlich aufgeregt und mit seinen Gedanken beschäftigt. Es handelt sich natürlich um die alte Tante. Auch der Franzose ist in Aufregung. So sprachen sie gestern nach dem Mittagessen lange und ernst miteinander. Der Ton des Franzosen ist uns allen gegenüber sehr hochmütig und geringschätzig. Es geht hier genau nach dem Sprichwort: »Wenn man ihn an den Tisch nimmt, so legt er gleich die Füße darauf.« Sogar gegen Polina benimmt er sich geringschätzig bis zur Ungezogenheit; jedoch nimmt er mit Vergnügen an den gemeinsamen Spaziergängen im Kurpark und an den Ausflügen zu Pferde und zu Wagen in die Umgegend teil. Mir ist schon längst etwas von den Beziehungen bekannt, die zwischen dem Franzosen und dem General bestehen: in Rußland wollten sie zusammen eine Fabrik errichten; ich weiß nicht, ob das Projekt aufgegeben ist, oder ob sie noch immer davon sprechen. Außerdem ist mir zufällig ein Teil eines Familiengeheimnisses bekannt geworden: der Franzose hat im vorigen Jahr dem General wirklich aus einer bösen Klemme geholfen, indem er ihm dreißigtausend Rubel gab zur Deckung eines Defizits bei den Staatsgeldern, das sich herausstellte, als der General sein Amt abgab. Und nun hat er natürlich den General im Schraubstock; jetzt aber, gerade jetzt spielt in allen diesen Dingen doch Mademoiselle Blanche die Hauptrolle, und ich bin überzeugt, daß ich auch hierin mich nicht irre.

Was ist diese Mademoiselle Blanche für eine Person? Hier bei uns wird gesagt, sie sei eine vornehme Französin, die mit ihrer Mutter zusammen lebe und ein kolossales Vermögen besitze. Es ist auch bekannt, daß sie eine Verwandte unseres Marquis ist, aber eine sehr entfernte Verwandte, eine weitläufige Cousine. Man sagt, vor meiner Abreise nach Paris hätten der Franzose und Mademoiselle Blanche sich gegeneinander weit förmlicher benommen und ihr Verkehr hätte sich in viel feinerer, gewählterer Form vollzogen; jetzt sähen ihre Bekanntschaft, Freundschaft und Verwandtschaft ungenierter und intimer aus. Vielleicht erscheint ihnen unsere Lage schon als dermaßen schlecht, daß sie es nicht für nötig erachten, vor uns erst noch viele Umstände zu machen und sich zu verstellen. Ich bemerkte schon vorgestern, daß Mister Astley Mademoiselle Blanche und ihre Mutter aufmerksam betrachtete. Es machte mir den Eindruck, als kenne er sie beide schon. Es schien mir auch, daß unser Franzose bereits früher mit Mister Astley zusammengetroffen sei. Indes ist Mister Astley so schüchtern, schwach und schweigsam, daß man sicher sein kann, er wird keine Indiskretion begehen. Wenigstens grüßt ihn der Franzose kaum und sieht ihn beinah nicht an, woraus abzunehmen ist, daß er sich nicht vor ihm fürchtet. Das kann man noch verstehen; aber warum sieht Mademoiselle Blanche ihn gleichfalls nicht an? Sie tat es nicht einmal, als der Marquis sich gestern verplapperte: bei einem Gespräch, an dem sich alle beteiligten, sagte er auf einmal, ich weiß nicht mehr aus welchem Anlaß, Mister Astley sei kolossal reich, das wisse er; da jedenfalls hätte doch Mademoiselle Blanche Mister Astley ansehen müssen! Der General befindet sich fast immer in Unruhe. Es ist begreiflich, welche Bedeutung jetzt für ihn ein Telegramm über den Tod der Tante haben würde!

Es schien mir zwar, als ob Polina ein Gespräch mit mir absichtlich vermied; aber nun nahm auch ich meinerseits eine kühle, gleichgültige Miene an; ich meinte, sie werde sich mir allmählich doch wieder nähern. Dafür wandte ich gestern und heute meine Aufmerksamkeit vorzugsweise Mademoiselle Blanche zu. Der arme General, er ist ganz hin! Mit fünfundfünfzig Jahren sich so leidenschaftlich zu verlieben, das ist gewiß ein Unglück. Wenn man dazu noch seinen Witwerstand bedenkt und seine Kinder und seine total ruinierten Vermögensverhältnisse und seine Schulden und schließlich die Frauensperson, in die er sich verliebt hat! Mademoiselle Blanche ist eine schöne Erscheinung. Aber ich weiß nicht, ob man mich versteht, wenn ich sage: sie hat eines von den Gesichtern, vor denen man erschrecken kann. Ich wenigstens habe mich vor solchen Weibern immer gefürchtet. Sie ist wahrscheinlich ungefähr fünfundzwanzig Jahre alt. Sie ist hochgewachsen und breitschultrig; ihre Schultern zeigen eine schöne Rundung, Hals und Brust sind prachtvoll, die Hautfarbe zwischen gelblich und bräunlich, das Haar dunkelschwarz und so reich und üppig, daß es für zwei Köpfe ausreichen würde. Die Augen sind schwarz, das Weiße darin gelblich, der Blick dreist, die Zähne sehr weiß, die Lippen immer pomadisiert; sie riecht nach Moschus. Sie kleidet sich auffallend, reich, eigenartig, aber mit viel Geschmack. Ihre Füße und Hände sind wundervoll. Ihre Stimme ist ein heiserer Alt. Mitunter lacht sie laut auf und zeigt dabei all ihre Zähne; aber gewöhnlich verhält sie sich schweigsam und blickt nur dreist um sich, wenigstens in Polinas und Marja Filippownas Gegenwart. (Ein sonderbares Gerücht: es heißt, Marja Filippowna werde wieder nach Rußland zurückfahren.) Wie mir scheint, ist Mademoiselle Blanche ohne alle Bildung, vielleicht sogar nicht einmal klug, aber dafür mißtrauisch und schlau. Ich vermute, daß ihr Leben nicht ohne Abenteuer gewesen ist. Wenn ich alles sagen soll, so muß ich meine Meinung dahin aussprechen, daß der Marquis vielleicht überhaupt nicht ihr Verwandter und ihre Mutter gar nicht ihre Mutter ist. Aber man glaubt zu wissen, daß sie und ihre Mutter in Berlin, wo wir mit ihnen zusammentrafen, einige anständige Bekanntschaften hatten. Was den Marquis selbst betrifft, so zweifle ich bis auf diesen Augenblick, daß er ein Marquis ist; aber daß er zur anständigen Gesellschaft gerechnet wird, sowohl bei uns, zum Beispiel in Moskau, als auch an manchen Orten Deutschlands, unterliegt, wie es scheint, keinem Zweifel. Ich weiß nicht, was er eigentlich in Frankreich vorstellt; es heißt, er besitze dort ein *Château*. Ich hatte vor meiner

Abreise geglaubt, es werde in diesen vierzehn Tagen sich mancherlei zutragen, weiß aber immer noch nicht sicher, ob zwischen Mademoiselle Blanche und dem General ein entscheidendes Wort gesprochen ist. Alles hängt jetzt von unserer Lage ab, das heißt davon, ob der General ihnen viel Geld zeigen kann. Wenn zum Beispiel die Nachricht käme, daß die alte Tante nicht gestorben sei, so würde (davon bin ich überzeugt) Mademoiselle Blanche sofort verschwinden. Es ist mir selbst erstaunlich und lächerlich, was ich für eine Klatschschwester geworden bin. Oh, wie ekelhaft mir das alles ist! Mit welchem Vergnügen würde ich mich von all diesen Menschen und von all diesen Verhältnissen losmachen! Aber kann ich denn von Polina weggehen? Kann ich es denn unterlassen, um sie herum zu spionieren? Gewiß, das Spionieren ist etwas Gemeines; aber was kümmert mich das?

Interessant war mir gestern und heute auch Mister Astley. Ja, ich bin überzeugt, daß er in Polina verliebt ist! Es ist merkwürdig und lächerlich, wieviel manchmal der Blick eines schüchternen, reinen und keuschen Menschen, den die Liebe ergriffen hat, ausdrücken kann, namentlich in Augenblicken, wo der Betreffende lieber in die Erde versinken als durch ein Wort oder einen Blick etwas verraten möchte. Mister Astley begegnet uns sehr oft bei Spaziergängen. Er nimmt den Hut ab und geht vorbei, obgleich er natürlich von dem sehnsüchtigen Wunsch, sich uns anzuschließen, gequält wird. Wenn er dazu aufgefordert wird, lehnt er sofort ab. An Erholungsorten, im Kurhaus, bei der Musik oder bei der Fontäne, steht er mit Sicherheit irgendwo in der Nähe unserer Bank, und wo wir auch immer sind, im Park oder im Wald oder auf dem Schlangenberg, brauchen wir nur die Augen aufzumachen und uns umzuschauen, um unfehlbar irgendwo, entweder auf dem nächsten Steig oder hinter einem Gebüsch, ein Stückchen von Mister Astley zu erblicken. Es kommt mir vor, als suche er eine Gelegenheit, mit mir allein zu reden. Heute früh begegneten wir einander und wechselten einige Worte. Er spricht mitunter ganz ohne Zusammenhang. Kaum hatte er Guten Tag gesagt, da fuhr er fort:

»Ah, Mademoiselle Blanche! . . . Ich habe schon viele solche Damen kennengelernt wie Mademoiselle Blanche!«

Dann schwieg er und sah mich bedeutsam an. Was er damit sagen wollte, weiß ich nicht; denn auf meine Frage, was das heißen solle, nickte er nur schlau lächelnd mit dem Kopf und fügte hinzu: »Ja, ja, so ist das . . . Hat Mademoiselle Polina Freude an Blumen?«

»Ich weiß es nicht«, antwortete ich. »Ich kann es schlechterdings nicht sagen.«

»Wie? Das wissen Sie nicht einmal?« rief er mit dem größten Erstaunen.

»Ich weiß es nicht, ich habe gar nicht darauf geachtet«, wiederholte ich lachend.

»Hm, das bringt mich auf einen besonderen Gedanken.«

Nach diesen Worten nickte er mit dem Kopf und ging weiter. Übrigens machte er ein zufriedenes Gesicht. Unser Gespräch war in einem schrecklichen Französisch geführt worden.

Viertes Kapitel

Heute war ein komischer, sinnloser, verrückter Tag. Jetzt ist es elf Uhr nachts. Ich sitze in meinem Zimmerchen und überdenke das Geschehene. Es fing damit an, daß ich mich am Morgen genötigt sah, zum Roulett zu gehen, um für Polina Alexandrowna zu spielen. Ich nahm zu diesem Zwecke ihre ganzen hundertsechzig Friedrichsdor von ihr in Empfang, aber unter zwei Bedingungen: erstens, ich wolle mit ihr nicht auf Halbpart spielen, das heißt, im Falle des Gewinnens wolle ich nichts für mich nehmen, und zweitens, Polina solle mir am Abend Aufklärung darüber geben, wozu sie es eigentlich so nötig habe, Geld zu gewinnen, und wieviel Geld sie haben müsse. Ich konnte mir doch gar nicht vorstellen, daß dabei das Geld ihr letzter Zweck sein sollte. Offenbar war da irgendein besonderer Zweck, zu dem sie das Geld nötig hatte, und zwar mit solcher Eile. Sie versprach, mir die verlangte Aufklärung zu geben, und ich ging hin.

In den Spielsälen herrschte ein furchtbares Gedränge. Wie unverschämt und gierig all diese Leute aussahen! Ich drängte mich nach der Mitte hindurch und kam dicht neben einen Croupier zu stehen. Dann probierte ich das Spielen schüchtern, indem ich jedesmal zwei oder drei Goldstücke setzte. Währenddessen stellte ich meine Beobachtungen an und bemerkte dies und das; es schien mir, daß die Berechnungen eigentlich herzlich wenig zu bedeuten haben und ganz und gar nicht die Wichtigkeit besitzen, die ihnen viele Spieler beimessen. Sie sitzen mit liniierten Papierblättern da, notieren die einzelnen Resultate, zählen, folgern daraus Chancen, rechnen, setzen endlich und – verlieren gerade ebenso wie wir gewöhnlichen Sterblichen, die wir ohne Berechnung spielen.

Dafür aber abstrahierte ich mir eine Regel, die ich für richtig halte: im Laufe der zufälligen Einzelresultate ergibt sich tatsächlich wenn auch nicht ein bestimmtes System, so doch eine gewisse Ordnung – was doch gewiß sehr seltsam ist. Es kommt zum Beispiel vor, daß nach den zwölf mittleren Zahlen die zwölf letzten herankommen; es trifft, sagen wir, zweimal diese letzten zwölf und geht dann auf die zwölf ersten über. Nachdem die zwölf ersten daran gewesen sind, geht es wieder auf die zwölf mittleren über, trifft drei-, viermal hintereinander auf die mittleren und geht wieder auf die zwölf letzten über, von wo es, wieder nach zwei Malen, zu den ersten übergeht; es trifft wieder einmal auf die ersten und geht wieder für drei Treffer zu den mittleren über, und so setzt sich das anderthalb oder zwei Stunden lang fort. Eins, drei, zwei; eins, drei, zwei. Das ist sehr interessant. An manchem Tag oder an manchem Morgen geht es so, daß Rot und Schwarz fast ohne jede Ordnung alle Augenblicke miteinander abwechseln, so daß nie mehr als zwei oder drei Treffer hintereinander auf Rot oder auf Schwarz fallen. An einem andern Tag oder an einem andern Abend kommt oftmals hintereinander, vielleicht bis zu zweiundzwanzig Malen, nur *eine* der beiden Farben, und dann erst wieder die andere, und so geht das unweigerlich längere Zeit hindurch, etwa einen ganzen Tag über. Vieles auf diesem Gebiet erklärte mir Mister Astley, der den ganzen Vormittag über bei den Spieltischen stand, aber selbst nicht ein einziges Mal setzte. Was mich betrifft, so verlor ich alles, alles, und zwar sehr schnell. Ich setzte ohne weiteres mit einemmal zwanzig Friedrichsdor auf Paar und gewann; ich setzte wieder und gewann wieder, und so noch zwei- oder dreimal. Ich glaube, es hatten sich in etwa fünf Minuten gegen vierhundert Friedrichsdor in meinen Händen angesammelt. Nun hätte ich weggehen sollen; aber es war in mir eine seltsame Empfindung rege geworden, der Wunsch, gewissermaßen das Schicksal herauszufordern, ein Verlangen, ihm sozusagen einen Nasenstüber zu geben und die Zunge herauszustrecken. Ich setzte den höchsten erlaubten Satz von viertausend Gulden und verlor. Hitzig geworden, zog ich alles heraus, was mir geblieben war, setzte es auf dieselbe Stelle und verlor wieder, worauf ich wie betäubt vom Tisch zurücktrat. Ich konnte gar nicht fassen, was mir widerfahren war, und machte Polina Alexandrowna von meinem Verlust erst kurz vor dem Mittagessen Mitteilung. Bis dahin war ich im Park umhergeirrt.

Bei Tisch befand ich mich wieder in erregter Stimmung, ebenso wie zwei Tage vorher. Der Franzose und Mademoiselle Blanche speisten wieder mit uns. Es kam zur Sprache, daß Mademoiselle Blanche am Vormittag in den Spielsälen gewesen war und mein kühnes Spiel mitangesehen hatte. Sie erwies mir diesmal im Gespräch etwas mehr Aufmerksamkeit. Der Franzose schlug ein kürzeres Verfahren ein und fragte mich geradezu, ob das mein eigenes Geld gewesen sei, das ich verloren hätte. Mir scheint, er hat Polina im Verdacht. Kurz, da steckt etwas dahinter. Ich log ohne Zaudern und sagte, es sei das meinige gewesen.

Der General wunderte sich sehr, woher ich so viel Geld gehabt hätte. Ich sagte zur Erklärung, ich hätte mit zehn Friedrichsdor angefangen; sechs oder sieben glückliche Treffer nacheinander, bei jedesmaliger Verdoppelung des Einsatzes, hätten mich bis auf fünf- oder sechstausend Gulden gebracht, und dann hätte ich alles auf zwei Einsätze wieder eingebüßt.

All dies klang ja wahrscheinlich. Während ich diese Erklärung vortrug, warf ich einen Blick nach Polina, konnte aber auf ihrem Gesicht keinen besonderen Ausdruck erkennen. Aber sie ließ mich doch lügen, ohne mich zu korrigieren; daraus schloß ich, daß ich in ihrem Sinne gehandelt hatte, wenn ich log und es verheimlichte, daß ich für sie gespielt hatte. In jedem Fall, dachte ich bei mir, ist sie verpflichtet, mir Aufklärung zu geben; sie hat mir ja vor kurzem versprochen, mir einiges zu enthüllen.

Ich dachte, der General würde mir irgendeine Bemerkung machen; indes er schwieg. Wohl aber bemerkte ich auf seinem Gesicht eine gewisse Erregung und Unruhe. Vielleicht war es ihm in seinen bedrängten Verhältnissen lediglich eine schmerzliche Empfindung, zu hören, daß ein so erklecklicher Haufe Gold innerhalb einer Viertelstunde einem so unpraktischen Dummkopf wie mir zugefallen und dann wieder entglitten war.

Ich vermute, daß er gestern abend mit dem Franzosen ein scharfes Renkontre gehabt hat. Sie sprachen hinter verschlossenen Türen lange und hitzig miteinander über irgend etwas. Der Franzose ging anscheinend in gereizter Stimmung weg, kam aber heute frühmorgens wieder zum General, wahrscheinlich um das gestrige Gespräch fortzusetzen.

Als der Franzose von meinem Spielverlust hörte, bemerkte er, zu mir gewendet, in scharfem und geradezu boshaftem Ton, ich hätte verständiger sein sollen. Ich weiß nicht, weshalb er noch hinzufügte, es spielten zwar viele Russen, nach seiner Meinung verständen die Russen aber gar nicht zu spielen.

»Aber nach meiner Meinung«, sagte ich, »ist das Roulett geradezu für die Russen erfunden.«

Und als der Franzose über meine Antwort geringschätzig lächelte, bemerkte ich ihm, die Wahrheit sei entschieden auf meiner Seite; denn wenn ich von der Neigung der Russen zum Spiel spräche, so sei das weit mehr ein Tadel als ein Lob, und deshalb könne man es mir glauben.

»Worauf gründen Sie denn Ihre Meinung?« fragte der Franzose.

»Meine Begründung ist folgende. In den Katechismus der Tugenden und Vorzüge, der im zivilisierten westlichen Europa gilt, hat infolge der historischen Entwicklung auch die Fähigkeit, Kapitalien zu erwerben, Aufnahme gefunden, ja sie bildet darin beinahe das wichtigste Hauptstück. Aber der Russe ist nicht nur unfähig, Kapitalien zu erwerben, sondern er vergeudet sie auch, wenn er sie besitzt, in ganz sinnloser und unverständiger Weise. Dennoch«, fuhr ich fort, »brauchen auch wir Russen Geld, und infolgedessen greifen wir mit freudiger Gier nach solchen Mitteln wie das Roulett, wo man in der Zeit von zwei Stunden, ohne sich anzustrengen, reich werden kann. Das hat für uns einen großen Reiz; und da wir nun unbedachtsam und ohne rechte Bemühung spielen, so ruinieren wir uns durch das Spiel völlig.«

»Daran ist etwas Wahres«, bemerkte der Franzose selbstzufrieden.

»Nein, das ist nicht wahr, und Sie sollten sich schämen, so über Ihr Vaterland zu reden«, sagte der General in strengem, nachdrücklichem Ton.

»Aber ich bitte Sie«, antwortete ich ihm, »es ist ja noch nicht ausgemacht, was garstiger ist: das russische wüste

Wesen oder die deutsche Art, durch ehrliche Arbeit Geld zusammenzubringen.«

»Was für ein sinnloser Gedanke!« rief der General.

»Ein echt russischer Gedanke!« rief der Franzose.

Ich lachte; ich hatte die größte Lust, sie beide ein bißchen zu reizen.

»Ich meinerseits«, sagte ich, »möchte lieber mein ganzes Leben lang mit den Kirgisen als Nomade umherziehen und mein Zelt mit mir führen, als das deutsche Idol anbeten.«

»Was für ein Idol?« fragte der General, der schon anfing, ernstlich böse zu werden.

»Die deutsche Art, Reichtümer zusammenzuscharren. Ich bin noch nicht lange hier; aber was ich bemerkt und beobachtet habe, erregt mein tatarisches Blut. Bei Gott, solche Tugenden wünsche ich mir nicht! Ich bin hier gestern zehn Werst weit umhergegangen: es ist ganz ebenso wie in den moralischen deutschen Bilderbüchern. Überall, in jedem Hause, gibt es hier einen Hausvater, der furchtbar tugendhaft und außerordentlich redlich ist, schon so redlich, daß man sich fürchten muß, ihm näherzutreten. Ich kann solche redlichen Leute nicht ausstehen, denen näherzutreten man sich fürchten muß. Jeder derartige Hausvater hat eine Familie, und abends lesen alle einander laut belehrende Bücher vor. Über dem Häuschen rauschen Ulmen und Kastanien. Sonnenuntergang, auf dem Dach ein Storch, alles höchst rührend und poetisch ... Werden Sie nur nicht böse, General; lassen Sie mich nur von solchen rührsamen Dingen reden! Ich erinnere mich aus meiner eigenen Kindheit, wie mein seliger Vater ebenfalls unter den Lindenbäumen im Vorgärtchen abends mir und meiner Mutter solche Büchelchen vorlas; ich habe daher über dergleichen selbst ein richtiges Urteil. Nun also, so lebt hier jede solche Familie beim Hausvater in vollständiger Knechtschaft und Untertänigkeit. Alle arbeiten wie die Ochsen, und alle scharren Geld zusammen wie die Juden. Gesetzt, ein Vater hat schon eine bestimmte Menge Gulden zusammengebracht und beabsichtigt, dem ältesten Sohn sein Geschäft oder sein Stückchen Land zu übergeben; dann erhält aus diesem Grunde die Tochter keine Mitgift und muß eine alte Jungfer werden, und den jüngeren Sohn verkaufen sie als Knecht oder als Soldaten und schlagen den Erlös zum Familienkapital. Wirklich, so geht das hier zu; ich habe mich erkundigt. All das geschieht nur aus Redlichkeit, aus übertriebener Redlichkeit, dergestalt, daß auch der jüngere, verkaufte Sohn glaubt, man habe ihn nur aus Redlichkeit verkauft; und das ist doch ein idealer Zustand, wenn das Opfer selbst sich darüber freut, daß es zum Schlachten geführt wird. Und nun weiter. Auch der ältere Sohn hat es nicht leicht: da hat er so eine Amalia, mit der er herzenseins ist; aber heiraten kann er sie nicht, weil noch nicht genug Gulden zusammengescharrt sind. Nun warten sie gleichfalls treu und sittsam und gehen mit einem Lächeln zur Schlachtbank. Amalias Wangen fallen schon ein, und sie trocknet zusammen. Endlich, nach etwa zwanzig Jahren, hat das Vermögen die gewünschte Höhe erreicht; die richtige Anzahl von Gulden ist auf redliche, tugendhafte Weise erworben. Der Vater segnet seinen vierzigjährigen ältesten Sohn und die fünfunddreißigjährige Amalia mit der eingetrockneten Brust und der roten Nase. Dabei weint er, hält eine moralische Ansprache und stirbt. Der Älteste verwandelt sich nun selbst in einen tugendhaften Vater, und es beginnt wieder dieselbe Geschichte von vorn. Nach etwa fünfzig oder siebzig Jahren besitzt der Enkel des ersten Vaters wirklich schon ein ansehnliches Kapital und übergibt es seinem Sohn, dieser dem seinigen, der wieder dem seinigen, und nach fünf oder sechs Generationen ist das Resultat so ein Baron Rothschild oder Hoppe & Co. oder etwas Ähnliches. Nun, ist das nicht ein erhebendes Schauspiel: hundert- oder zweihundertjährige sich vererbende Arbeit, Geduld, Klugheit, Redlichkeit, Charakterfestigkeit, Ausdauer, Sparsamkeit, der Storch auf dem Dach! Was wollen Sie noch weiter? Etwas Höheres als dies gibt es ja nicht, und in dieser Überzeugung sitzen die Deutschen selbst über die ganze Welt zu Gericht, und wer da schuldig befunden wird, das heißt ihnen irgendwie unähnlich ist, über den fällen sie sofort ein Verdammungsurteil. Also, wovon wir sprachen: ich ziehe es vor, auf russische Manier ein ausschweifendes Leben zu führen oder meine Vermögensverhältnisse beim Roulett aufzubessern; ich will nicht nach fünf Generationen Hoppe & Co. sein. Geld brauche ich für mich selbst; ich bin mir Selbstzweck und nicht nur ein zur Kapitalbeschaffung notwendiger Apparat. Ich weiß, daß ich viel törichtes Zeug zusammengeredet habe; aber wenn auch, das ist nun einmal meine Überzeugung.«

»Ich weiß nicht, ob von dem, was Sie gesagt haben, viel richtig ist«, bemerkte der General nachdenklich. »Aber das weiß ich sicher, daß Sie sich sofort in einer unerträglichen Weise aufspielen, wenn man Ihnen auch nur im geringsten . . .«

Nach seiner Gewohnheit brachte er den Satz nicht zu Ende. Wenn unser General von etwas zu sprechen anfängt, das einen auch nur ein klein wenig tieferen Inhalt hat als die gewöhnlichen, alltäglichen Gespräche, so redet er nie zu Ende. Der Franzose hatte, die Augen etwas aufreißend, nachlässig zugehört und von dem, was ich gesagt hatte, fast nichts verstanden. Polina blickte mit einer Art von hochmütiger Gleichgültigkeit vor sich hin. Es schien, als seien nicht nur meine Auseinandersetzungen, sondern überhaupt alles, was diesmal bei Tisch gesprochen war, ungehört an ihrem Ohr vorbeigegangen.

Fünftes Kapitel

Sie war ungewöhnlich nachdenklich; aber unmittelbar nachdem wir vom Tisch aufgestanden waren, forderte sie mich auf, sie auf einem Spaziergang zu begleiten. Wir nahmen die Kinder mit und begaben uns in den Park zur Fontäne.

Da ich mich in besonders erregter Stimmung befand, so platzte ich dumm und plump mit der Frage heraus, warum denn unser Marquis de Grieux, der kleine Franzose, sie jetzt auf ihren Ausgängen gar nicht mehr begleite, ja ganze Tage lang nicht mit ihr spreche.

»Weil er ein Lump ist«, war ihre sonderbare Antwort.

Ich hatte noch nie von ihr eine solche Äußerung über de Grieux gehört und schwieg dazu, weil ich mich davor fürchtete, den Grund dieser Gereiztheit zu erfahren.

»Haben Sie wohl bemerkt«, fragte ich, »daß er sich heute mit dem General nicht in gutem Einvernehmen befand?«

»Sie möchten gern wissen, was vorliegt«, erwiderte sie in trockenem, gereiztem Ton. »Sie wissen, daß der General bei ihm tief in Schulden steckt; das ganze Gut ist ihm verpfändet, und wenn die alte Tante nicht stirbt, so gelangt der Franzose in kürzester Zeit in den Besitz alles dessen, was ihm verpfändet ist.«

»Also ist das wirklich wahr, daß alles verpfändet ist? Ich hatte so etwas gehört, wußte aber nicht, daß es sich dabei um das ganze Besitztum handelt.«

»Allerdings.«

»Unter diesen Umständen ist es dann wohl mit Mademoiselle Blanche nichts«, bemerkte ich. »Dann wird sie nicht Generalin werden. Wissen Sie, ich glaube, der General ist so verliebt, daß er sich am Ende gar erschießt, wenn Mademoiselle Blanche ihm den Laufpaß gibt. In seinen Jahren ist es gefährlich, sich so zu verlieben.«

»Ich fürchte selbst, daß mit ihm noch etwas passiert«, erwiderte Polina Alexandrowna nachdenklich.

»Und eigentlich«, rief ich, »ist es doch prachtvoll: einen handgreiflicheren Beweis dafür kann es ja gar nicht geben, daß sie nur das Geld heiraten wollte! Nicht einmal der Anstand ist hier gewahrt worden; alles ist ganz ungeniert vorgegangen. Erstaunlich! Aber was die Tante betrifft, was kann komischer und gemeiner sein als ein Telegramm nach dem anderen abzusenden und sich zu erkundigen: ›Ist sie gestorben, ist sie gestorben?‹ Wie gefällt Ihnen das, Polina Alexandrowna?«

»Das ist ja alles dummes Zeug«, unterbrach sie mich verdrossen. »Ich wundere mich im Gegenteil darüber, daß Sie in so heiterer Stimmung sind. Worüber freuen Sie sich denn so? Etwa darüber, daß Sie mein Geld verspielt haben?«

»Warum haben Sie es mir zum Verspielen gegeben? Ich habe Ihnen doch gesagt, daß ich für andere nicht spielen kann, und am allerwenigsten für Sie. Ich gehorche jedem Befehl, den Sie mir erteilen; aber das Resultat hängt nicht von mir ab. Ich habe Sie ja gewarnt und darauf hingewiesen, daß dabei nichts Gutes herauskommen werde. Sagen Sie, sind Sie sehr niedergeschlagen, weil Sie soviel Geld verloren haben? Wozu brauchen Sie denn so viel?«

»Wozu diese Fragen?«

»Aber Sie haben mir doch selbst versprochen, mir Aufklärung zu geben ... Wissen Sie was: ich bin fest überzeugt, wenn ich für mich selbst zu spielen anfange (und ich habe zwölf Friedrichsdor), so werde ich gewinnen. Dann, bitte, nehmen Sie von mir an, soviel Sie brauchen!«

Sie machte eine verächtliche Miene.

»Nehmen Sie mir diesen Vorschlag nicht übel!« fuhr ich fort. »Ich bin völlig durchdrungen von dem Bewußtsein, daß ich in Ihren Augen eine Null bin; daher können Sie ruhig von mir Geld annehmen. Ein Geschenk von mir kann Sie nicht beleidigen. Überdies habe ich Ihnen ja Ihr Geld verspielt.«

Sie richtete einen schnellen Blick auf mich, und da sie meinen gereizten, sarkastischen Gesichtsausdruck bemerkte, brach sie das Gespräch über diesen Punkt wieder ab.

»An meinen Umständen kann Sie nichts interessieren. Wenn Sie es wissen wollen: ich habe einfach Schulden. Ich habe mir Geld geliehen und möchte es gern zurückgeben. Da kam ich auf den seltsamen, sinnlosen Gedanken, ich würde hier am Spieltisch sicher gewinnen. Woher ich das dachte, das begreife ich selbst nicht; aber ich glaubte es fest. Wer weiß, vielleicht glaubte ich es deshalb, weil mir keine andere Chance blieb.«

»Oder weil bei Ihnen das Bedürfnis zu gewinnen schon zu groß war. Es ist dieselbe Geschichte wie mit dem Ertrinkenden, der nach einem Strohhalm greift. Sie werden zugeben: wenn er nicht nahe am Ertrinken wäre, würde er den Strohhalm nicht für einen Baumast halten.«

Polina war erstaunt.

»Aber Sie selbst setzen doch auch Ihre Hoffnung darauf?« fragte sie. »Vor vierzehn Tagen haben Sie mir doch selbst lang und breit auseinandergesetzt, Sie seien vollständig davon überzeugt, hier am Roulett zu gewinnen, und haben mich inständig gebeten, ich möchte Sie nicht für einen Irrsinnigen ansehen. Ober haben Sie damals nur gescherzt? Aber ich erinnere mich, Sie sprachen so ernsthaft, daß es ganz unmöglich war, es für Scherz zu halten.«

»Das ist wahr«, antwortete ich nachdenklich. »Ich bin bis auf diesen Augenblick völlig davon überzeugt, daß ich gewinnen werde. Ich will Ihnen sogar gestehen, Sie haben mich soeben veranlaßt, mir die Frage vorzulegen: wie geht es zu, daß mein heutiger sinnloser, häßlicher Verlust in mir keinen Zweifel hat rege werden lassen? Denn trotz alledem bin ich vollständig überzeugt, daß, sowie ich anfange für mich selbst zu spielen, ich unfehlbar gewinnen werde.«

»Warum sind Sie denn davon so fest überzeugt?«

»Die Wahrheit zu sagen – ich weiß es nicht. Ich weiß nur, daß ich gewinnen *muß*, daß dies auch für mich die einzige Rettung ist. Vielleicht ist das für mich der Grund zu glauben, daß mir ein guter Erfolg sicher ist.«

»Also ist auch bei Ihnen die Notlage sehr arg, wenn Sie eine so fanatische Überzeugung hegen?«

»Ich möchte wetten, Sie zweifeln daran, daß ich für eine ernstliche Notlage ein Empfindungsvermögen habe?«

»Das ist mir ganz gleich«, antwortete Polina ruhig und in gleichgültigem Ton. »Wenn Sie es hören wollen: ja, ich zweifle, daß sie jemals eine ernsthafte Not gequält hat. Auch Sie mögen dies und das haben, was Sie quält, aber nicht ernsthaft. Sie sind ein unordentlicher, haltloser Mensch. Wozu haben Sie Geld nötig? Unter all den Gründen, die Sie mir damals anführten, habe ich keinen einzigen ernsthaften gefunden.«

»Apropos«, unterbrach ich sie, »Sie sagten, Sie müßten eine Schuld zurückzahlen. Nun gut, also eine Schuld. Wem sind Sie denn schuldig? Dem Franzosen?«

»Was sind das für Fragen? Sie sind heute besonders dreist. Sie sind doch wohl nicht betrunken?«

»Sie wissen, daß ich mir erlaube, alles zu sagen, was mir in den Sinn kommt, und mitunter sehr offenherzig frage. Ich wiederhole es Ihnen, ich bin Ihr Sklave, und vor einem Sklaven schämt man sich nicht, und ein Sklave kann einen nicht beleidigen.«

»Das ist lauter dummes Zeug! Ihr Gerede vom Sklaven ist mir zuwider.«

»Beachten Sie, daß ich von meiner Sklaverei nicht deshalb spreche, weil ich den Wunsch hätte, Ihr Sklave zu sein; sondern ich spreche ganz einfach von einer Tatsache, die gar nicht von meinem Willen abhängt.«

»Sagen Sie doch geradezu: wozu brauchen Sie Geld?«

»Wozu möchten Sie das wissen?« fragte ich zurück.

»Wie Sie wollen«, antwortete sie mit einer stolzen Kopfbewegung.

»Das Gerede vom Sklaven ist Ihnen zuwider; aber die Sklaverei verlangen Sie: ›Antworten, ohne zu räsonieren!‹ Nun gut, meinetwegen! Wozu ich Geld brauche, fragen Sie? Wozu? Nun, für Geld ist doch alles zu haben.«

»Das weiß ich recht wohl; aber wenn jemand es sich nur so ganz im allgemeinen wünscht, so wird er nicht in solchen Wahnsinn hineingeraten! Sie sind ja ebenfalls schon bis zur Raserei gekommen, bis zum Fatalismus.

Da steckt etwas dahinter, irgendein besonderer Zweck. Sprechen Sie ohne Ausflüchte; ich verlange das von Ihnen!«

Sie schien zornig zu werden, und ich war sehr zufrieden damit, daß sie mich in so erregter Art ausfragte.

»Natürlich habe ich dabei einen Zweck«, sagte ich, »aber ich weiß nicht näher zu erklären, worin er besteht. Ich kann weiter nichts sagen, als daß ich mit Geld auch in Ihren Augen ein anderer Mensch werde und kein Sklave mehr bleibe.«

»Wie können Sie das erreichen?«

»Wie ich das erreichen kann? Sie können sich nicht einmal vorstellen, daß ich das erreichen kann, von Ihnen für etwas anderes als für einen Sklaven angesehen zu werden? Sehen Sie, eben das kann ich nicht leiden, diese Verwunderung und Verständnislosigkeit!«

»Sie sagten, diese Sklaverei sei für Sie ein Genuß. Und das habe ich auch selbst geglaubt.«

»Sie haben das geglaubt!« rief ich mit einem eigenartigen Wonnegefühl. »Ach, wie hübsch ist diese Naivität von Ihrer Seite! Ja, ja, Ihr Sklave zu sein, das ist mir ein Genuß. Es liegt wirklich ein Genuß darin, auf der untersten Stufe der Erniedrigung und Herabwürdigung zu stehen!« fuhr ich in meiner aufgeregten Rederei fort. »Wer weiß, vielleicht gewährt auch die Knute einen Genuß, wenn sie auf den Rücken niedersaust und das Fleisch in Fetzen reißt ... Aber möglicherweise beabsichtige ich auch andere Genüsse kennenzulernen. Eben erst hat mir der General für die siebenhundert Rubel jährlich, die ich vielleicht gar nicht von ihm bekommen werde, in Ihrer Gegenwart bei Tisch Vorhaltungen gemacht. Der Marquis de Grieux starrt mich mit emporgezogenen Augenbrauen an und bemerkt mich gleichzeitig nicht einmal. Vielleicht hege ich meinerseits den leidenschaftlichen Wunsch, den Marquis de Grieux in Ihrer Gegenwart bei der Nase zu nehmen!«

»Das sind Reden eines unreifen jungen Menschen. In jeder Lebenslage kann man sich eine würdige Stellung schaffen. Wenn das einen Kampf kostet, so erniedrigt ein solcher Kampf den Menschen nicht, sondern er dient sogar dazu, ihn zu erhöhen.«

»Ganz wie die Vorschriften im Schreibheft! Sie nehmen an, ich verstände vielleicht nur nicht, mir eine würdige Stellung zu schaffen, das heißt, es möge ja immerhin sein, daß ich ein Mensch sei, der eine gewisse Würde besitze; aber mir eine würdige Stellung zu schaffen, das verstände ich nicht. Sie sehen ein, daß es so sein kann? Aber alle Russen sind von dieser Art, und wissen Sie, warum? Weil die Russen zu reich und vielseitig begabt sind, um für ihr Benehmen schnell die anständige Form zu finden. Hier kommt alles auf die Form an. Wir Russen sind größtenteils so reich begabt, daß wir, um die anständige Form zu treffen, Genialität nötig hätten. Aber an Genialität fehlt es bei uns freilich sehr oft, weil die überhaupt nur selten vorkommt. Nur bei den Franzosen und vielleicht auch bei einigen anderen europäischen Völkern hat sich die Form so bestimmt herausgebildet, daß man höchst würdig aussehen und dabei der unwürdigste Mensch sein kann. Deshalb wird bei ihnen auf die Form auch so viel Wert gelegt. Der Franzose erträgt eine Beleidigung, eine wirkliche, ernste Beleidigung, ohne die Stirn kraus zu ziehen; aber einen Nasenstüber läßt er sich um keinen Preis gefallen, weil das eine Verletzung der konventionellen, für alle Zeit festgesetzten Form des Anstands ist. Daher sind auch unsere Damen in die Franzosen so vernarrt, weil diese so gute

Formen haben. Oder richtiger: zu haben scheinen; denn meiner Ansicht nach besitzt der Franzose eigentlich gar keine Form, sondern ist lediglich ein Hahn, *le coq gaulois*. Indessen verstehe ich davon nichts; ich bin kein Frauenzimmer. Vielleicht sind die Hähne wirklich schön. Aber ich bin da in ein törichtes Schwatzen hineingeraten, und Sie unterbrechen mich auch nicht. Unterbrechen Sie mich nur öfter, wenn ich mit Ihnen rede; denn ich neige dazu, alles herauszusagen, alles, alles. Es kommt mir dabei all und jede Form abhanden. Ich gebe sogar zu, daß ich nicht nur keine Form besitze, sondern auch keinerlei wertvolle Eigenschaften. Das spreche ich Ihnen gegenüber offen aus. Es ist mir an derartigen Eigenschaften auch gar nichts gelegen. Jetzt ist in meinem Innern alles ins Stocken geraten. Sie wissen selbst, woher. Ich habe keinen einzigen verständigen Gedanken im Kopf. Ich weiß schon seit langer Zeit nicht mehr, was in der Welt passiert, in Rußland oder hier. Ich bin durch Dresden hindurchgefahren und kann mich nicht erinnern, wie diese Stadt aussieht. Sie wissen selbst, was mich so vollständig absorbiert hat. Da ich gar keine Hoffnung habe und in Ihren Augen eine Null bin, so rede ich offen: ich sehe überall nur Sie, und alles übrige ist mir gleichgültig. Warum ich Sie liebe, und wie das so gekommen ist – ich weiß es nicht. Wissen Sie wohl, daß Sie vielleicht überhaupt nicht gut sind? Denken Sie nur an: ich weiß gar nicht, ob Sie gut sind oder nicht, nicht einmal, ob Sie schön von Gesicht sind. Ihr Herz ist wahrscheinlich nicht gut und Ihre Denkweise nicht edel; das ist gut möglich.«

»Vielleicht spekulieren Sie eben deswegen darauf, mich mit Geld zu erkaufen«, sagte sie, »weil Sie bei mir keine edle Gesinnung voraussetzen.«

»Wann habe ich darauf spekuliert, Sie mit Geld zu erkaufen?« rief ich.

»Sie sind aus dem Konzept gefallen und haben mehr gesagt, als Sie eigentlich sagen wollten. Wenn Sie nicht mich selbst zu erkaufen hofften, so dachten sie doch, meine Achtung sich durch Geld zu erwerben.«

»Nicht doch, es ist ganz und gar nicht so. Ich habe Ihnen gesagt, daß es mir schwerfällt, mich klar auszudrücken. Ihre Anwesenheit benimmt mir die Denkkraft. Seien Sie über mein Geschwätz nicht böse! Sie sehen ja wohl, warum man mir nicht zürnen kann: ich bin eben ein Wahnsinniger. Übrigens ist mir alles gleich; meinetwegen mögen Sie mir auch zürnen. Wenn ich bei mir oben in meinem Zimmerchen bin und mich nur an das Rascheln Ihres Kleides erinnere und mir das vorstelle, dann möchte ich mir die Hände zerbeißen. Und warum wollen Sie mir böse sein? Weil ich mich als Ihren Sklaven bezeichne? Nutzen Sie meine Dienste aus; ja, tun Sie das! Wissen Sie auch, daß ich Sie später einmal töten werde? Ich werde Sie töten, nicht etwa weil meine Liebe zu Ihnen ein Ende genommen hätte oder ich eifersüchtig wäre, sondern ohne solchen Grund, einfach weil ich manchmal einen Drang verspüre, Sie aufzufressen. Sie lachen . . .«

»Ich lache durchaus nicht«, sagte sie zornig. »Ich befehle Ihnen zu schweigen.«

Sie hielt inne, da sie vor Zorn kaum Atem holen konnte. Wahrhaftig, ich weiß nicht, ob sie schön von Gestalt war; aber ich sah sie zu gern, wenn sie so vor mir stand und ihr die Sprache versagte, und darum machte ich mir auch oft die Freude, sie zum Zorn zu reizen. Vielleicht hatte sie das bemerkt und stellte sich absichtlich zornig. Ich sprach ihr diese Vermutung aus.

»Was für ein garstiges Gerede!« rief sie mit dem Ausdruck des Widerwillens.

»Mir ist alles gleich«, fuhr ich fort. »Aber noch eins: wissen Sie, daß es gefährlich ist, wenn wir beide allein zusammen gehen? Es ist in mir oft ein unwiderstehliches Verlangen aufgestiegen, Sie zu prügeln, zu verstümmeln, zu erwürgen. Und was glauben Sie, wird es nicht dahin kommen? Sie versetzen mich in eine fieberhafte Raserei. Meinen Sie, daß ich mich vor einem öffentlichen Skandal fürchte? Oder vor Ihrem Zorn? Was kümmert mich Ihr Zorn? Ich liebe Sie ohne Hoffnung und weiß, daß ich Sie nach einer solchen Tat noch tausendmal mehr lieben werde. Wenn ich Sie einmal töte, so werde ich ja auch mich selbst töten müssen; aber ich werde den Selbstmord möglichst lange hinausschieben, um den unerträglichen Schmerz, daß Sie nicht mehr da sind, auszukosten. Ich will Ihnen etwas sagen, was kaum zu glauben ist: ich liebe Sie mit jedem Tag mehr, und doch ist das beinah unmöglich. Und bei alledem soll ich nicht Fatalist sein? Erinnern Sie sich doch, vorgestern auf dem Schlangenberg flüsterte ich, von Ihnen herausgefordert, Ihnen zu: ›Sagen Sie ein Wort, und ich springe in diesen Abgrund!‹ Hätten Sie dieses Wort gesprochen, so wäre ich damals hinuntergesprungen. Glauben Sie etwa nicht, daß ich hinuntergesprungen wäre?«

»Was für ein törichtes Geschwätz!« rief sie.

»Ob es töricht oder klug ist, das ist mir ganz gleich!« rief ich. »Ich weiß, daß ich in Ihrer Gegenwart reden muß, immer reden und reden, und so rede ich denn. In Ihrer Gegenwart verliere ich allen Ehrgeiz, und alles wird mir gleichgültig.«

»Weshalb hätte ich Sie veranlassen sollen, vom Schlangenberg hinunterzuspringen?« fragte sie in einem trockenen Ton, der besonders beleidigend klang. »Davon hätte ich doch nicht den geringsten Nutzen gehabt.«

»Vorzüglich!« rief ich. »Sie bedienen sich absichtlich dieses vorzüglichen Ausdrucks ›nicht den geringsten Nutzen‹, um mich zu demütigen. Ich durchschaue Sie vollständig. ›Nicht den geringsten Nutzen‹, sagen Sie? Aber ein Vergnügen hat immer einen Nutzen, und die Ausübung einer wilden, unbegrenzten Gewalt (und wär's auch nur über eine Fliege), das ist in seiner Art doch auch ein Genuß. Der Mensch ist von Natur ein Despot und liebt es, andere Wesen zu quälen. Sie lieben es im höchsten Grade.«

Ich erinnere mich, sie sah mich lange und unverwandt an. Wahrscheinlich drückte mein Gesicht in diesem Augenblick alle meine törichten, unsinnigen Gedanken aus. Mein Gedächtnis sagt mir jetzt, daß unser Gespräch damals tatsächlich fast Wort für Wort so stattfand, wie ich es hier aufgezeichnet habe. Meine Augen waren mit Blut unterlaufen. An den Rändern meiner Lippen hatte sich Schaum gebildet. Was den Schlangenberg betrifft, so schwöre ich auf meine Ehre, auch jetzt noch: wenn sie mir damals befohlen hätte, mich hinabzustürzen, so hätte ich es getan! Auch wenn sie es nur im Scherz gesagt hätte oder aus Geringschätzung und Verachtung, auch dann wäre ich hinuntergesprungen!

»Nein, was hätte es für Zweck gehabt? Daß Sie es getan hätten, glaube ich Ihnen«, sagte sie, aber in einer Art, wie nur sie manchmal zu sprechen versteht, mit solcher Verachtung und Bosheit und mit solchem Hochmut, daß ich, bei Gott, sie in diesem Augenblick hätte totschlagen können.

Sie schwebte in Gefahr. Auch hierin hatte ich sie nicht belogen, als ich es ihr sagte.

»Sie sind kein Feigling?« fragte sie mich plötzlich.

»Ich weiß es nicht, vielleicht bin ich einer. Ich weiß es nicht . . . ich habe lange nicht darüber nachgedacht.«

»Wenn ich zu Ihnen sagte: ›Töten Sie diesen Menschen!‹ – würden Sie ihn töten?«

»Wen?«

»Denjenigen, den ich getötet sehen möchte.«

»Den Franzosen?«

»Fragen Sie nicht, sondern antworten Sie! Denjenigen, den ich Ihnen bezeichnen werde. Ich will wissen, ob Sie soeben im Ernst gesprochen haben.«

Sie wartete mit solchem Ernst und mit solcher Ungeduld auf meine Antwort, daß mir ganz sonderbar zumute wurde.

»Aber werden Sie mir nun endlich sagen, was hier eigentlich vorgeht?« rief ich. »Fürchten Sie sich etwa vor mir? Daß hier ganz tolle Zustände sind, sehe ich schon allein. Sie sind die Stieftochter eines ruinierten, verrückten Menschen, der von einer Leidenschaft für diese Teufelin, diese Mademoiselle Blanche, befallen ist; dann ist da noch dieser Franzose mit seiner geheimnisvollen Macht über Sie; und nun legen Sie mir mit solchem Ernst eine solche Frage vor! Ich muß doch wenigstens wissen, wie das zusammenhängt; sonst werde ich hier verrückt und richte irgend etwas an. Schämen Sie sich etwa, mich Ihres Vertrauens zu würdigen? Können Sie sich denn vor mir schämen?«

»Ich rede mit Ihnen von etwas ganz anderem. Ich habe Sie etwas gefragt und warte auf die Antwort.«

»Natürlich werde ich ihn töten!« rief ich. »Jeden, den Sie mich töten heißen! Aber können Sie denn . . . werden Sie mir denn das befehlen?«

»Denken Sie etwa, Sie werden mir leid tun? Ich werde

es befehlen und selbst im Hintergrund bleiben. Werden Sie das ertragen? Nein, wie sollten Sie! Sie werden vielleicht auf meinen Befehl den Menschen töten; aber dann werden Sie darangehen, auch mich zu töten, dafür, daß ich gewagt habe, Ihnen einen solchen Auftrag zu geben.«

Bei diesen Worten hatte ich eine Empfindung, als erhielte ich einen heftigen Schlag gegen den Kopf. Allerdings hielt ich auch damals ihre Frage halb und halb für einen Scherz, für ein Auf-die-Probe-Stellen; aber sie hatte doch gar zu ernsthaft gesprochen. Es frappierte mich doch, daß sie sich in dieser Weise aussprach, daß sie ein solches Recht über mich in Anspruch nahm, daß sie sich eine solche Gewalt über mich anmaßte und so geradezu sagte: »Geh ins Verderben, und ich bleibe im Hintergrund!« In diesen Worten lag eine zynische Offenheit, die nach meiner Empfindung denn doch zu weit ging. Wofür mußte sie mich ansehen, wenn sie so zu mir redete? Das war ja schlimmer als die unwürdigste Sklaverei. Und wie sinnlos und absurd auch unser ganzes Gespräch war, so zitterte mir doch das Herz im Leibe.

Auf einmal fing sie an zu lachen. Wir saßen in diesem Augenblick auf einer Bank dicht bei dem Platz, wo die Equipagen hielten und die Leute ausstiegen, um die Allee vor dem Kurhaus entlangzugehen; die Kinder spielten vor unseren Augen.

»Sehen Sie diese dicke Baronin?« rief sie. »Das ist die Baronin Wurmerhelm. Sie ist erst seit drei Tagen hier. Und sehen Sie da ihren Mann? Der lange, hagere Preuße mit dem Stock in der Hand. Erinnern Sie sich noch, wie er uns vorgestern von unten bis oben musterte? Gehen Sie sogleich hin, treten Sie zu der Baronin heran, nehmen Sie den Hut ab, und sagen Sie zu ihr etwas auf französisch!«

»Wozu?«

»Sie haben neulich geschworen, vom Schlangenberg hinunterzuspringen, und jetzt haben Sie geschworen, Sie seien bereit, einen Menschen zu töten, wenn ich es befehle. Statt all solcher Mordtaten und Trauerspiele will ich nur ein Amüsement haben. Machen Sie keine Ausflüchte, und gehen Sie hin! Ich möchte gern sehen, wie der Baron Sie mit seinem Stock durchprügelt.«

»Sie wollen mich auf die Probe stellen; Sie meinen, ich werde es nicht tun?«

»Ja, ich will Sie auf die Probe stellen. Gehen Sie hin; ich will es so!«

»Wenn Sie es wollen, werde ich hingehen, wiewohl es eine tolle Kaprice ist. Nur eins: wird nicht der General Unannehmlichkeiten davon haben, und durch ihn auch Sie? Weiß Gott, ich denke dabei nicht an mich, sondern nur an Sie, nun und auch an den General. Und was ist das für ein Einfall, daß ich hingehen soll und eine Dame beleidigen!«

»Nein, Sie sind nur ein Schwätzer, wie ich sehe«, erwiderte sie verächtlich. »Ihre Augen sehen ja seit einer Weile so blutunterlaufen aus; aber das kommt vielleicht nur daher, daß Sie bei Tisch viel Wein getrunken haben. Als ob ich nicht selbst wüßte, daß eine solche Handlung dumm und gemein ist, und daß der General sich ärgern wird. Aber ich will einfach etwas zum Lachen haben. Ich will, und damit basta! Und wozu brauchen Sie die Dame erst noch zu beleidigen? Sie werden schon vorher Ihre Prügel bekommen.«

Ich drehte mich um und ging schweigend hin, um ihren Auftrag zu erfüllen. Allerdings tat ich es aus Dummheit und weil ich mir nicht herauszuhelfen wußte; aber (das ist mir noch deutlich in der Erinnerung) als ich mich der Baronin näherte, da fühlte ich, wie mich etwas aufstachelte, eine Art von schülerhaftem Mutwillen. Auch war ich in sehr gereizter Stimmung, wie betrunken.

Sechstes Kapitel

Nun sind schon zwei Tage nach jenem dummen Streich vergangen. Und wieviel Geschrei und Lärm und Gerede und Skandal ist die Folge davon gewesen! Und wie häßlich war auch die ganze Geschichte, wie konfus, wie dumm und wie gemein; und ich bin an allem schuld. Manchmal kommt einem übrigens die Sache lächerlich vor, mir wenigstens. Ich weiß mir nicht Rechenschaft darüber zu geben, was mit mir eigentlich vorgegangen ist: ob ich mich wirklich in einem Zustand der Raserei befinde, oder ob ich nur aus dem Geleise geraten bin und Tollheiten treibe, bis man mir das Handwerk legt und mich bindet. Manchmal scheint es mir, daß ich irrsinnig bin; zu andern Zeiten habe ich die Vorstellung, ich sei dem Kindesalter und der Schulbank noch nicht lange entwachsen und beginge nur Schülerungezogenheiten.

Und das bewirkt alles Polina, alles sie! Wenn sie nicht wäre, würde ich mich wohl nicht so schülerhaft benehmen. Wer weiß, vielleicht habe ich das alles aus Verzweiflung getan (mag auch diese Anschauung noch so dumm sein). Und ich begreife nicht, begreife schlechterdings nicht, was an ihr Gutes ist! Schön ist sie übrigens, schön ist sie; schön muß sie wohl sein. Sie bringt ja auch andere Leute als mich um den Verstand. Sie ist hochgewachsen und wohlgebaut. Nur sehr schlank. Es kommt mir vor, als könnte man ihre ganze Gestalt zusammenknoten oder doppelt zusammenlegen. Ihre Fußspur ist schmal und lang und hat für mich etwas Peinigendes. Ihr Haar hat einen rötlichen Schimmer. Ihre Augen sind richtige Katzenaugen; aber wie stolz und hochmütig versteht sie mit ihnen zu blicken! Vor vier Monaten, als ich eben meine Stelle angetreten hatte, führte sie einmal abends im Saal mit de Grieux ein langes, hitzig werdendes Gespräch. Und dabei sah sie ihn mit einem solchen Blick an, mit einem solchen Blick, daß ich nachher, als ich auf mein Zimmer gegangen war, um mich schlafen zu legen, mir einbildete, sie hätte ihm eine Ohrfeige gegeben und stände nun vor ihm und sähe ihn an. Von diesem Abend an bin ich in sie verliebt gewesen.

Aber zur Sache!

Ich ging auf einem schmalen Steig nach der Allee, stellte mich mitten in der Allee hin und erwartete die Baronin und den Baron. Als sie noch fünf Schritte von mir entfernt waren, nahm ich den Hut ab und verbeugte mich.

Die Baronin trug, wie ich mich erinnere, ein seidenes Kleid von gewaltigem Umfang und hellgrauer Farbe, mit Falbeln, Krinoline und Schleppe. Sie war klein von Gestalt, aber außerordentlich dick und hatte ein furchtbar dickes, herabhängendes Kinn, so daß der Hals gar nicht zu sehen war. Ihr Gesicht war dunkelrot, die Augen klein, mit einem boshaften, impertinenten Ausdruck. Sie ging einher, als ob sie allen damit eine Ehre antäte. Der Baron war ein hagerer, hochgewachsener Mensch. Sein Gesicht war schief, wie das bei den Deutschen oft der Fall ist, und mit tausend kleinen Runzeln bedeckt; er trug eine Brille und mochte fünfundvierzig Jahre alt sein. Die Beine fingen bei ihm fast unmittelbar an der Brust an; das liegt in der Rasse. Er ging stolz wie ein Pfau, aber etwas schwerfällig. Der hammelartige Ausdruck seines Gesichtes vertrat in seiner Weise den Ausdruck ernster Denkarbeit.

All diese Wahrnehmungen drängten sich für mich in einen Zeitraum von drei Sekunden zusammen.

Meine Verbeugung und der Hut, den ich in der Hand hielt, zogen anfangs kaum ihre Aufmerksamkeit auf sich. Nur zog der Baron die Augenbrauen ein wenig zusammen. Die Baronin segelte gerade auf mich zu.

»*Madame la baronne*«, sagte ich absichtlich sehr laut, indem ich jedes Wort besonders deutlich aussprach, »*j'ai l'honneur d'être votre esclave.*«

Darauf verbeugte ich mich, setzte den Hut wieder auf und ging an dem Baron vorüber, wobei ich höflich das Gesicht zu ihm hinwandte und lächelte.

Den Hut abzunehmen hatte sie mir befohlen; aber mich zu verbeugen und mich schülermäßig zu benehmen, das war mein eigener Einfall. Weiß der Himmel, was mich dazu trieb. Mir war, als flöge ich von einem Berg hinab.

»Nanu!« rief oder, richtiger gesagt, krächzte der Baron, indem er sich mit zorniger Verwunderung nach mir umdrehte.

Ich wandte mich ebenfalls um und blieb in respektvoll wartender Haltung stehen, indem ich ihn fortwährend anblickte und lächelte. Er war offenbar völlig perplex und zog die Augenbrauen so hoch hinauf, wie es nur irgend ging. Sein Gesicht wurde immer grimmiger. Auch die Baronin drehte sich nach mir um und musterte mich ebenfalls mit zornigem Erstaunen. Manche Passanten blickten nach uns hin; einige blieben sogar stehen.

»Nanu!« krächzte der Baron noch einmal mit verdoppelter Energie und verdoppeltem Zorn.

»Jawohl!« sagte ich auf deutsch. Ich sprach die beiden Silben sehr gedehnt und blickte ihm dabei gerade in die Augen.

»Sind Sie rasend?« rief er. Er schwang seinen Stock, schien jedoch gleichzeitig ein wenig den Mut zu verlieren. Vielleicht verwirrte ihn mein Kostüm. Ich war sehr anständig, sogar elegant gekleidet, wie jemand, der durchaus zur besten Gesellschaft gehört.

»Jawo-o-ohl!« schrie ich plötzlich aus voller Kehle, indem ich das o langzog, wie es die Berliner tun, die im Gespräch alle Augenblicke den Ausdruck »jawohl« gebrauchen und dabei den Vokal o zum Ausdruck verschiedener Nuancen der Gedanken und Empfindungen mehr oder weniger in die Länge ziehen.

Der Baron und die Baronin wandten sich schnell um und entfernten sich, vor Schreck beinahe laufend, von mir. Einige aus dem Publikum sprachen miteinander über den Vorfall; andere sahen mich erstaunt an. Aber ich erinnere mich nicht genau daran.

Ich machte kehrt und ging in meinem gewöhnlichen Schritt auf Polina Alexandrowna zu. Aber als ich noch ungefähr hundert Schritte von ihrer Bank entfernt war, sah ich, daß sie aufstand und mit den Kindern die Richtung nach dem Hotel einschlug.

Ich holte sie an den Stufen beim Portal ein.

»Ich habe es getan . . . ich habe die Dummheit begangen«, sagte ich, sobald ich mich neben ihr befand.

»Nun schön! Sehen Sie jetzt zu, wie Sie aus der Geschichte herauskommen!« antwortete sie, ohne mich auch nur anzusehen, ging hinein und die Treppe hinauf.

Diesen ganzen Abend wanderte ich im Park umher. Den Park und dann einen Wald durchschreitend, gelangte ich sogar in ein anderes Fürstentum. In einem

Bauernhaus aß ich einen Eierkuchen und trank Wein dazu; für dieses idyllische Mahl nahm man mir ganze anderthalb Taler ab.

Erst um elf Uhr kehrte ich nach Hause zurück. Ich wurde sogleich zum General gerufen.

Die Unsrigen haben im Hotel vier Zimmer belegt. Das erste, große, dient als Salon, und es steht ein Flügel darin. Daneben liegt ein gleichfalls großes Zimmer, das Wohnzimmer des Generals. Hier erwartete er mich; er stand in sehr großartiger Pose mitten im Zimmer. De Grieux saß, halb liegend, auf dem Sofa.

»Mein Herr, gestatten Sie die Frage, was Sie da angerichtet haben«, begann der General, zu mir gewendet.

»Es wäre mir lieb, General, wenn Sie gleich zur Sache kämen«, antwortete ich. »Sie wollen wahrscheinlich von meinem heutigen Renkontre mit einem Deutschen sprechen?«

»Mit einem Deutschen?! Dieser Deutsche ist der Baron Wurmerhelm und eine hochangesehene Persönlichkeit! Sie haben sich gegen ihn und die Baronin ungezogen benommen.«

»Ganz und gar nicht.«

»Sie haben die Herrschaften brüskiert, mein Herr!« rief der General.

»Keineswegs. Schon in Berlin ärgerte mich der Ausdruck ›Jawohl‹, den die Leute dort unaufhörlich einem jeden gegenüber wiederholen und in einer widerwärtigen Weise in die Länge ziehen. Als ich dem Baron und der Baronin in der Allee begegnete, kam mir (ich weiß nicht, woher) auf einmal dieses ›Jawohl‹ ins Gedächtnis und wirkte auf mich aufreizend . . . Und außerdem hat die Baronin (das ist schon dreimal vorgekommen), wenn sie mir begegnet, die Gewohnheit, gerade auf mich loszugehen, als wäre ich ein Wurm, den sie mit dem Fuß zertreten könnte. Auch ich darf mein Selbstgefühl haben, das werden Sie selbst zugeben müssen. Ich nahm den Hut ab und sagte höflich (ich versichere Sie, daß ich es ganz höflich sagte): ›*Madame, j'ai l'honneur d'être votre esclave*‹. Als der Baron sich umwandte und ›Nanu!‹ sagte, spürte ich einen unwiderstehlichen Drang, ihm ›Jawohl‹ zu erwidern. Und so sagte ich das zweimal, das erstemal in gewöhnlicher Weise, das zweitemal sehr laut und langgezogen. Das ist die ganze Geschichte.«

Ich muß gestehen, daß mir diese meine knabenhafte Darstellung das größte Vergnügen bereitete. Es reizte mich außerordentlich, den ganzen Hergang in möglichst absurder Weise auszumalen.

Und je länger ich sprach, um so mehr kam ich auf den Geschmack.

»Sie wollen sich wohl über mich lustig machen?« rief der General. Er wandte sich zu dem Franzosen und teilte ihm auf französisch mit, ich hätte es entschieden auf einen Skandal angelegt gehabt. De Grieux lächelte geringschätzig und zuckte die Achseln.

»Denken Sie das nicht; das ist durchaus nicht richtig!« rief ich dem General zu. »Mein Benehmen war allerdings nicht schön; das gebe ich Ihnen mit größter Offenherzigkeit zu. Man kann das, was ich getan habe, sogar einen dummen, unpassenden Schülerstreich nennen, mehr aber auch nicht. Und wissen Sie, General, ich bereue das Getane tief. Aber es ist da noch ein Umstand, der mich in meinen Augen beinah sogar der Verpflichtung zu bereuen enthebt. In der letzten Zeit, in den letzten zwei, drei Wochen, fühle ich mich nicht wohl: ich bin krank, nervös, reizbar, phantastisch und verliere manchmal vollständig die Gewalt über mich. Wirklich, es überkam mich mehrmals plötzlich ein heftiges Verlangen, mich zu dem Marquis de Grieux zu wenden und ... Aber ich will den Satz nicht zu Ende sprechen; es könnte für ihn beleidigend sein. Mit einem Wort, das sind Krankheitssymptome. Ich weiß nicht, ob die Baronin Wurmerhelm diesen Umstand mit in Betracht ziehen wird, wenn ich sie um Entschuldigung bitte; denn das beabsichtige ich zu tun. Ich fürchte, daß sie es nicht tun wird, namentlich auch da, soweit mir bekannt, man in letzter Zeit in juristischen Kreisen angefangen hat, mit der Verwertung dieses Umstandes Mißbrauch zu treiben: die Advokaten verteidigen jetzt in Kriminalprozessen sehr oft ihre Klienten, die Verbrecher, mit der Behauptung, diese hätten im Augenblick des Verbrechens keine Besinnung gehabt, und das sei gewissermaßen eine Krankheit. ›Er hat zugeschlagen‹, sagen sie, ›und hat keine Erinnerung dafür.‹ Und denken Sie sich, General: die medizinische Wissenschaft stimmt ihnen bei, sie behauptet tatsächlich, es gebe eine solche Krankheit, eine solche zeitweilige Geistesstörung, wo der Mensch beinah keine Erinnerung hat oder nur eine halbe oder viertel Erinnerung. Aber der Baron und die Baronin sind Leute alten Schlages und gehören überdies noch zum preußischen Junker- und Gutsbesitzerstande. Ihnen ist dieser Fortschritt in der gerichtlichen Medizin wahrscheinlich noch unbekannt, und daher werden sie meine entschuldigende Erklärung nicht annehmen. Was meinen Sie darüber, General?«

»Genug, mein Herr!« sagte der General in scharfem Ton, mühsam seinen Grimm unterdrückend, »genug! Ich werde bemüht sein, mich ein für allemal von jeder Beziehung zu Ihren törichten Streichen freizumachen.

Bei der Baronin und dem Baron werden Sie sich nicht entschuldigen. Jeder Verkehr mit Ihnen, auch wenn dieser nur in Ihrer Bitte um Verzeihung bestände, würde unter ihrer Würde sein. Der Baron, der erfahren hatte, daß Sie zu meinem Haus gehören, hat sich bereits mit mir im Kurhaus ausgesprochen, und ich muß Ihnen bekennen, es fehlte nicht viel daran, daß er von mir Genugtuung verlangt hätte. Begreifen Sie wohl, mein Herr, in was für eine unangenehme Situation Sie mich gebracht haben? Ich, ich sah mich genötigt, den Baron um Entschuldigung zu bitten, und gab ihm mein Wort, daß Sie unverzüglich, noch heute, aus meinem Haus ausscheiden würden.«

»Erlauben Sie, erlauben Sie, General, er hat also selbst entschieden verlangt, daß ich, wie Sie sich auszudrücken belieben, aus Ihrem Haus ausscheiden solle?«

»Nein, aber ich erachtete mich selbst für verpflichtet, ihm diese Genugtuung zu geben, und der Baron erklärte sich natürlich dadurch für befriedigt. Wir scheiden also hiermit voneinander, mein Herr. Sie haben von mir diese vier Friedrichsdor hier und drei Gulden nach hiesigem Geld zu erhalten. Hier ist das Geld, und hier ist auch ein Zettel mit der Berechnung; Sie können sie nachprüfen. Leben Sie wohl! Von jetzt an kennen wir einander nicht mehr. Ich habe von Ihnen nichts gehabt als Mühe und Unannehmlichkeiten. Ich werde sogleich den Kellner rufen und ihm mitteilen, daß ich vom morgigen Tage an für Ihre Ausgaben im Hotel nicht mehr aufkomme. Ergebenster Diener!«

Ich nahm das Geld und den Zettel, auf dem mit Bleistift eine Berechnung geschrieben stand, machte dem General eine Verbeugung und sagte zu ihm in durchaus ernstem Ton:

»General, die Sache kann damit nicht erledigt sein. Es tut mir sehr leid, daß Sie von seiten des Barons Unannehmlichkeiten gehabt haben; aber (nehmen Sie es mir nicht übel!) daran sind Sie selbst schuld. Warum übernahmen Sie es, dem Baron gegenüber für meine Handlungsweise einzustehen? Was bedeutet der Ausdruck, daß ich zu Ihrem Haus gehöre? Ich bin einfach bei Ihnen Hauslehrer, nichts weiter. Ich bin nicht Ihr leiblicher Sohn, stehe auch nicht unter Ihrer Vormundschaft; für das, was ich tue, tragen Sie keine Verantwortung. Ich bin im juristischen Sinne eine selbständige Persönlichkeit. Ich bin fünfundzwanzig Jahre alt, habe die Universität besucht und als Kandidat verlassen, gehöre zum Adelsstande und stehe Ihnen ganz fremd gegenüber. Nur meine unbegrenzte Hochachtung vor Ihren vortrefflichen Eigenschaften hält mich davon ab, von Ihnen jetzt Genugtuung zu verlangen, sowie auch weitere Rechenschaft dafür, daß Sie sich das Recht beigelegt haben, an meiner Statt zu antworten.«

Der General war dermaßen erstaunt, daß er die Arme auseinanderbreitete; dann wandte er sich plötzlich zu dem Franzosen und erzählte ihm eilig, ich hätte ihn soeben beinahe zum Duell gefordert. Der Franzose schlug ein lautes Gelächter auf.

»Aber dem Baron beabsichtige ich das nicht so leicht hingehen zu lassen«, fuhr ich höchst kaltblütig fort, ohne mich im geringsten durch das Lachen dieses Monsieur de Grieux beirren zu lassen, »und da Sie, General, sich heute dazu verstanden haben, die Beschwerde des Barons anzuhören, auf seine Seite getreten sind und sich dadurch gewissermaßen zum Mitgenossen bei dieser ganzen Angelegenheit gemacht haben, so habe ich die Ehre, Ihnen zu vermelden, daß ich gleich morgen früh in meinem eigenen Namen von dem Baron eine förmliche Angabe der Gründe verlangen werde, aus denen er, obwohl er es mit mir zu tun hatte, sich über meinen Kopf hinweg an eine andere Person gewandt hat, als ob ich nicht imstande oder nicht würdig wäre, mich ihm gegenüber selbst zu verantworten.«

Was ich vorhergesehen hatte, trat ein. Als der General diese neue Dummheit hörte, bekam er es heftig mit der Angst.

»Was? Haben Sie wirklich vor, diese verfluchte Geschichte noch weiter fortzusetzen?« schrie er. »Was schüren Sie mir da an, gerechter Gott! Wagen Sie es nicht, wagen Sie es nicht, mein Herr, oder ich schwöre Ihnen ... Auch hier gibt es eine Obrigkeit, und ich ... ich ... mit einem Wort, bei meinem Rang ... und der Baron gleichfalls ... mit einem Wort, Sie werden arretiert und unter polizeilicher Bewachung von hier entfernt werden, damit Sie hier keine Gewalttätigkeiten verüben. Das lassen Sie sich gesagt sein!« Er war so zornig, daß er kaum Luft bekam; aber trotzdem hatte er schreckliche Angst.

»General«, erwiderte ich mit einer Ruhe, die er gar nicht ertragen konnte, »für Gewalttätigkeiten kann man nicht eher arretiert werden, ehe man sie nicht verübt hat. Ich habe meine Aussprache mit dem Baron noch nicht begonnen, und es ist Ihnen noch vollständig unbekannt, in welchem Sinne und mit welcher Begründung ich in dieser Angelegenheit vorzugehen beabsichtige. Ich wünsche nur die für mich beleidigende Annahme richtigzustellen, daß ich mich unter der Vormundschaft einer andern Person befände, die gewissermaßen Gewalt über meinen freien Willen hätte. Sie erregen und beunruhigen sich ohne jeden Grund.«

»Um Gottes willen, um Gottes willen, Alexei Iwanowitsch, stehen Sie von diesem unsinnigen Vorhaben ab!« murmelte der General, indem er seinen zornigen Ton plötzlich mit einem flehenden vertauschte und mich sogar bei den Händen ergriff. »Überlegen Sie doch nur, was die Folge davon sein wird! Eine neue Unannehmlichkeit! Sie müssen doch selbst einsehen, daß ich hier ganz besonders darauf bedacht sein muß, meine Stellung zu wahren, namentlich jetzt! Namentlich jetzt! . . . Ach, Sie kennen meine ganze Lage nicht; Sie kennen sie nicht! . . . Wenn wir von hier wegreisen, bin ich gern bereit, Ihnen Ihre bisherige Stellung wieder zu übertragen. Ich muß nur jetzt so . . . nun, mit einem Wort, Sie verstehen ja doch meine Gründe!« rief er ganz verzweifelt. »Alexei Iwanowitsch, Alexei Iwanowitsch!«

Mich zur Tür zurückziehend, bat ich ihn nochmals dringend, sich nicht zu beunruhigen; ich versprach, es solle alles einen guten, anständigen Verlauf nehmen, und beeilte mich hinauszukommen.

Mitunter sind die Russen im Ausland gar zu feige und haben eine schreckliche Angst davor, was die Leute von ihnen sagen könnten, und wofür man sie ansehen werde, und ob auch dies und das anständig sei. Mit einem Wort, sie benehmen sich, als ob sie ein Korsett trügen, namentlich diejenigen, die den Anspruch erheben, etwas vorzustellen. Am liebsten befolgen sie sklavisch irgendein vorgeschriebenes, ein für allemal festgesetztes Schema: in den Hotels, auf den Spaziergängen, in den Gesellschaften, auf der Reise . . . Aber der General hatte sich verplappert, wenn er sagte, es lägen für ihn noch außerdem besondere Umstände vor, und er habe besondern Anlaß, seine Stellung zu wahren. Das also war der Grund gewesen, weshalb er auf einmal so kleinmütig und ängstlich geworden war und mir gegenüber den Ton gewechselt hatte. Ich nahm das zur Kenntnis und merkte es mir. Denn da es nicht ausgeschlossen war, daß er sich morgen aus Dummheit an irgendeine Behörde wandte, so hatte ich wirklich allen Grund, vorsichtig zu sein.

Übrigens war mir gar nichts daran gelegen, gerade den General zornig zu machen; wohl aber hatte ich jetzt die größte Lust, Polina zu ärgern. Polina hatte mich äußerst grausam behandelt und mich absichtlich auf diesen dummen Weg gedrängt; daher wünschte ich lebhaft, sie so weit zu bringen, daß sie mich selbst bäte einzuhalten. Wenn ich knabenhafte Streiche beging, so konnte das schließlich auch sie kompromittieren. Außerdem wurden in mir auch noch andere Gefühle und Wünsche rege; wenn ich auch vor ihr freiwillig zu einem Nichts werde, so bedeutet das noch keineswegs, daß ich auch vor den Leuten als begossener Pudel dazustehen Lust hätte; und jedenfalls stand es dem Baron nicht zu, mich mit dem Stock zu schlagen. Ich wünschte, sie alle auszulachen und selbst als ein forscher junger Mann zu erscheinen. Da mochten sie mich dann anstaunen. Sie hat gewiß Angst vor einem Skandal und wird mich wieder zu sich rufen. Und auch wenn sie das nicht tut, soll sie doch sehen, daß ich kein begossener Pudel bin.

Eine wunderbare Nachricht: soeben höre ich von unserer Kinderfrau, die ich auf der Treppe traf, daß Marja Filippowna heute ganz allein mit dem Abendzug nach Karlsbad zu ihrer Cousine gefahren ist. Was steckt dahinter? Die Kinderfrau sagt, sie habe das schon längst vorgehabt; aber wie geht es dann zu, daß niemand etwas davon gewußt hat? Möglicherweise bin ich übrigens der einzige, der es nicht wußte. Die Kinderfrau teilte mir mit, Marja Filippowna habe noch vorgestern mit dem General einen heftigen Wortwechsel gehabt. Ich merke: es handelt sich wahrscheinlich um Mademoiselle Blanche. Ja, bei uns steht ein entscheidendes Ereignis bevor.

Siebentes Kapitel

Am Morgen rief ich den Kellner und teilte ihm mit, meine Rechnung solle von nun an gesondert geschrieben werden. Mein Zimmer war nicht so teuer, daß der Preis mich erschreckt und veranlaßt hätte, ganz aus dem Hotel auszuziehen. Ich besaß sechzehn Friedrichsdor, und dort . . . dort fielen mir vielleicht Reichtümer zu! Sonderbar: ich habe noch nicht gewonnen; aber ich benehme mich in meinen Gefühlen und Gedanken wie ein reicher Mann und kann mir gar nicht vorstellen, daß ich das nicht wäre.

Ich gedachte, trotz der frühen Stunde mich sogleich zu Mister Astley in das Hotel d'Angleterre zu begeben, das ganz in der Nähe des unsrigen liegt, als plötzlich de Grieux bei mir eintrat. Das war noch nie vorgekommen, und überdies hatte ich mit diesem Herrn in der ganzen letzten Zeit in einem sehr kühlen und gespannten Verhältnis gestanden. Er hatte aus seiner Geringschätzung gegen mich in keiner Weise ein Hehl gemacht, sondern im Gegenteil sie offen an den Tag zu legen gesucht; und ich meinerseits hatte meine besonderen Gründe, weshalb ich ihm nicht gewogen war. Kurz, ich haßte diesen Menschen. Sein Kommen setzte mich in großes Erstaunen. Ich sagte mir sofort, da müsse etwas Besonderes im Gange sein.

Er benahm sich bei seinem Eintritt sehr liebenswürdig

und sagte mir ein Kompliment über mein Zimmer. Da er sah, daß ich den Hut in der Hand hatte, so erkundigte er sich, ob ich denn schon so früh spazierengehen wolle. Als er hörte, ich wolle zu Mister Astley gehen, um mit ihm zu reden, dachte er einen Augenblick nach und legte sich das zurecht; dabei nahm sein Gesicht einen sehr ernsten Ausdruck an.

De Grieux war wie alle Franzosen, das heißt heiter und liebenswürdig, wenn dies nötig und vorteilhaft war, aber unerträglich langweilig, wenn die Nötigung, heiter und liebenswürdig zu sein, wegfiel. Der Franzose ist selten aus eigener Natur liebenswürdig, sondern immer wie auf Befehl, aus Berechnung. Erkennt er es etwa als notwendig, sich phantasievoll und originell zu zeigen, so sind die Produkte seiner Phantasie von der dümmsten und unnatürlichsten Art und setzen sich aus altkonventionellen, längst schon vulgär gewordenen Formen zusammen. Der Franzose, wie er wirklich von Natur ist, besteht aus durchaus kleinbürgerlichem, geringwertigem, gewöhnlichem Stoff; kurz gesagt, er ist das langweiligste Wesen von der Welt. Nach meiner Meinung können nur Neulinge und namentlich junge russische Damen sich von den Franzosen blenden lassen. Jeder vernünftige Mensch wird diese ein für allemal festgesetzten Formen der salonmäßigen Liebenswürdigkeit, Gewandtheit und Heiterkeit, eine Art von Nationaleigentum, sofort erkennen und unerträglich finden.

»Ich komme aus besonderem Anlaß zu Ihnen«, begann er sehr ungezwungen, wiewohl durchaus höflich, »und ich verberge Ihnen nicht, daß ich in der Eigenschaft eines Abgesandten oder, richtiger ausgedrückt, eines Vermittlers vom General zu Ihnen komme. Da ich nur sehr schlecht Russisch kann, so habe ich gestern so gut wie nichts verstanden; aber der General hat mir nachher eingehende Mitteilungen gemacht, und ich muß gestehen . . .«

»Aber hören Sie einmal, Monsieur de Grieux«, unterbrach ich ihn, »Sie haben also auch in dieser Angelegenheit die Rolle eines Vermittlers übernommen. Ich bin ja allerdings nur ein Hauslehrer und habe auf die Ehre, ein naher Freund dieses Hauses zu sein, und auf irgendwelche intimeren Beziehungen zu demselben niemals Anspruch erhoben und bin daher auch nicht mit allen Verhältnissen vertraut; aber erklären Sie mir doch eines: Gehören Sie denn jetzt schon vollständig zu den Mitgliedern dieser Familie? Weil Sie doch an allem solchen Anteil nehmen und bei allem sofort unfehlbar als Vermittler auftreten . . .«

Meine Frage gefiel ihm nicht. Sie war ihm zu unverfroren, und er hatte keine Lust, mir zuviel mitzuteilen.

»Es verbinden mich mit dem General sowohl geschäftliche Beziehungen als auch gewisse besondere Umstände«, erwiderte er trocken. »Der General hat mich hergeschickt, um Sie zu bitten, Sie möchten die gestern von Ihnen ausgesprochene Absicht unausgeführt lassen. Alles, was Sie vortrugen, ist ohne Zweifel sehr scharfsinnig; aber er ersuchte mich namentlich, Ihnen vorzustellen, daß Ihnen die Ausführung Ihrer Absicht schlechterdings nicht gelingen wird; ja, der Baron wird Sie gar nicht empfangen, und schließlich stehen ihm ja jedenfalls alle erforderlichen Mittel zur Verfügung, um weiterer Unannehmlichkeiten von Ihrer Seite überhoben zu sein. Das müssen Sie doch selbst einsehen. Ich bitte Sie, was für einen Zweck hat es, der Sache noch eine Fortsetzung zu geben? Der General gibt Ihnen das bestimmte Versprechen, Sie wieder in sein Haus zu nehmen, sobald die Verhältnisse es nur irgend gestatten, und Ihr Gehalt, *vos appointements*, bis dahin weiterlaufen zu lassen. Das ist doch für Sie ein recht vorteilhaftes Anerbieten, nicht wahr?«

Ich erwiderte ihm sehr ruhig, daß er sich da doch einigermaßen irre und der Baron mich vielleicht doch nicht werde fortjagen lassen, sondern mich anhören werde, und bat ihn einzugestehen, daß er (was ich für wahrscheinlich hielte) gekommen sei, um in Erfahrung zu bringen, wie ich eigentlich in der ganzen Sache zu verfahren vorhätte.

»Aber, mein Gott, da der General bei der Angelegenheit so interessiert ist, so wird es ihm selbstverständlich angenehm sein zu erfahren, was Sie tun wollen, und wie. Das ist ja so natürlich!«

Ich begann meine Auseinandersetzung, und er hörte zu; er hatte sich sehr bequem hingesetzt und beugte den Kopf ein wenig zur Seite nach mir hin; auf seinem Gesicht lag offen und unverhohlen ein leiser Ausdruck von Ironie. Überhaupt benahm er sich sehr von oben herab. Ich suchte mir aus allen Kräften den Anschein zu geben, als sähe ich die Sache im allerernstesten Licht. Ich erklärte ihm, indem der Baron sich mit einer Beschwerde über mich an den General gewandt habe, als ob ich ein Diener des Generals wäre, habe er mich erstens um meine Stelle gebracht und mich zweitens wie jemanden behandelt, der nicht imstande sei, für sich selbst einzustehen, und mit dem zu reden nicht der Mühe verlohne. Insofern hätte ich allerdings ein Recht, mich für beleidigt zu erachten; indes in Anbetracht des Unterschiedes der Jahre und der gesellschaftlichen Stellung usw. usw. (an dieser Stelle konnte ich kaum das Lachen zurückhalten) wolle ich nicht noch eine neue Unbesonnenheit begehen, das heißt vom Baron geradezu Genugtuung verlangen oder ihm diesen Weg auch nur vorschlagen. Nichtsdestoweniger hielte ich mich für völlig berechtigt, ihm und besonders der Baronin meine Bitte um Entschuldigung anzubieten, um so mehr, da ich mich tatsächlich in der letzten Zeit unwohl gefühlt und Spuren geistiger Zerrüttung sowie eine Neigung zu Exzentrizitäten an mir wahrgenommen hätte usw. usw. Jedoch habe der Baron selbst durch seine gestrige für mich beleidigende Beschwerde beim General und durch die Forderung, daß der General mich aus meiner Stelle wegschicken solle, mich in eine solche Lage gebracht, daß ich jetzt ihm und der Baronin meine Bitte um Entschuldigung nicht mehr aussprechen könne, da er und die Baronin und alle Leute dann sicher denken würden, es bewege mich zu der Abbitte nur der Wunsch, meine Stelle wiederzubekommen. Das Resultat all dieser Erwägungen sei dieses: ich hielte mich jetzt für genötigt, den Baron zu bitten, er möge sich vor allen Dingen selbst bei mir entschuldigen; dabei würden mir die maßvollsten Ausdrücke genügen; er brauche zum Beispiel nur zu sagen, daß er keineswegs die Absicht gehabt habe, mich zu beleidigen. Wenn der Baron das ausspreche, dann würden mir dadurch die Hände frei gemacht sein, und ich würde offen und ehrlich ihm auch meinerseits meine Bitte um Entschuldigung vorlegen. »Kurz«, schloß ich, »um was ich bitte, ist nur dies, daß der Baron mir die Hände frei macht.«

»Ach, was für Pedanterie und was für Spitzfindigkeiten! Und wozu brauchen Sie sich zu entschuldigen? Nun, geben Sie es nur zu, Monsieur ... Monsieur ..., daß Sie diese ganze Geschichte absichtlich ins Werk gesetzt haben, um den General zu ärgern ... aber vielleicht hatten Sie noch irgendwelche besonderen Absichten ... *mon cher monsieur ... pardon, j'ai oublié votre nom, monsieur Alexis? ... N'est-ce pas?*«

»Aber erlauben Sie, *mon cher marquis,* was geht Sie das an?« »*Mais le général ...*«

»Und was geht es den General an? Er redete gestern so etwas, er müsse seine Stellung wahren ... und dabei war er so ängstlich ... aber ich habe nichts davon begriffen.«

»Es ist da ... es liegt da gerade ein besonderer Umstand vor«, fiel de Grieux in bittendem Ton ein, dem aber immer mehr der Ärger anzuhören war. »Sie kennen Mademoiselle de Cominges? ...«

»Sie meinen Mademoiselle Blanche?«

»Nun ja, Mademoiselle Blanche de Cominges ... et *madame sa mère* ... Sie müssen selbst zugeben, der General ... mit einem Wort, der General ist verliebt, und es wird hier vielleicht sogar ... sogar zur Eheschließung kommen. Und nun stellen Sie sich vor, wenn dabei allerlei Skandalgeschichten und häßliche Vorfälle ...«

»Ich weiß von keinen Skandalgeschichten und häßlichen Vorfällen, die mit dieser Eheschließung etwas zu tun hätten.«

»Aber *le baron est si irascible, un caractère prussien, vous savez, enfin il fera une querelle d'Allemand.*«

»Das wird sich dann doch gegen mich richten und nicht gegen Sie, da ich nicht mehr zum Hause gehöre ...« (Ich bemühte mich absichtlich, möglichst sinnlos zu reden.) »Aber erlauben Sie, ist denn das schon entschieden, daß Mademoiselle Blanche den General heiraten wird? Warum warten sie denn noch damit? Ich meine, warum halten sie die Sache geheim und machen nicht wenigstens uns, den Angehörigen des Hauses, Mitteilung davon?«

»Ich kann Ihnen nicht ... übrigens ist das noch nicht ganz ... indessen ... Sie wissen wohl, der General erwartet Nachrichten aus Rußland; er muß seine Angelegenheiten ordnen ...«

»Ach so, die liebe, alte Tante!«

De Grieux warf mir einen haßerfüllten Blick zu.

»Kurz«, unterbrach er mich, »ich verlasse mich vollständig auf Ihre angeborene Liebenswürdigkeit, auf Ihre Klugheit, auf Ihr Taktgefühl ... Sie werden das gewiß für eine Familie tun, in der Sie wie ein Sohn aufgenommen und geliebt und geehrt wurden ...«

»Aber ich bitte Sie! Weggejagt hat man mich! Sie versichern jetzt freilich, das sei nur so zum Schein geschehen; aber sagen Sie selbst, wenn einer zu Ihnen sagt: ›Ich will dich nicht an den Ohren ziehen; aber erlaube, daß ich es zum Schein tue‹, so kommt das beinah auf dasselbe heraus!«

»Wenn es so steht und Bitten auf Sie nichts vermögen«, begann er in strengem, hochmütigem Ton, »so gestatten Sie mir, Sie zu benachrichtigen, daß die erforderlichen Maßregeln gegen Sie werden ergriffen werden. Es gibt hier eine Obrigkeit; Sie werden noch heute von hier weggeschafft werden, *que diable! Un blanc bec comme vous* will eine solche Persönlichkeit wie den Baron zum Duell herausfordern! Glauben Sie etwa, daß man Sie unbehelligt lassen wird? Verlassen Sie sich darauf: Furcht hat hier vor Ihnen niemand! Wenn ich Sie bat, so tat ich das mehr von mir aus, weil Sie den General beunruhigt hatten. Können Sie wirklich etwas anderes erwarten, als daß der Baron Sie einfach durch einen Diener wegjagen läßt?«

»Ich werde ja doch nicht selbst hingehen«, antwortete ich mit großer Ruhe. »Sie irren sich, Monsieur de

Grieux; es wird sich alles in weit anständigeren Formen abspielen, als Sie glauben. Ich werde mich jetzt sofort zu Mister Astley begeben und ihn bitten, mein Mittelsmann, kurz gesagt, mein Sekundant zu sein. Dieser Mann ist mir freundlich gesinnt und wird es mir aller Wahrscheinlichkeit nach nicht abschlagen. Er wird zum Baron gehen, und der Baron wir ihn empfangen. Wenn auch ich selbst nur ein Hauslehrer bin und als ein Mensch in subalterner Stellung angesehen werde und hier schutzlos dastehe, so ist doch Mister Astley der Neffe eines Lords, eines wirklichen Lords, das ist allgemein bekannt, des Lord Peabroke, und dieser Lord ist hier anwesend. Sie können sich darauf verlassen, daß der Baron gegen Mister Astley höflich sein und ihn anhören wird. Und wenn er ihn nicht anhört, so wird Mister Astley das als eine persönliche Beleidigung auffassen (Sie wissen, wie energisch die Engländer sind) und dem Baron von sich aus einen Freund zuschicken, und er hat angesehene Freunde. Nun können Sie sich sagen, daß es vielleicht ganz anders kommt, als Sie annehmen.«

Der Franzose bekam es entschieden mit der Angst; in der Tat, all dies klang sehr wahrscheinlich, und es ergab sich also daraus, daß ich wirklich imstande war, einen Skandal hervorzurufen.

»Aber ich bitte Sie«, begann er in geradezu flehendem Ton, »unterlassen Sie doch all so etwas! Ihnen macht es ordentlich Freude, wenn es zu einem Skandal kommt! Es liegt Ihnen nicht daran, Genugtuung zu erhalten, sondern ein häßliches Aufsehen zu erregen! Ich sagte schon, daß das alles interessant und sogar geistreich klingt, worauf Sie es auch vielleicht angelegt haben; aber mit einem Wort«, schloß er, da er sah, daß ich aufstand und nach meinem Hut griff, »ich kam, um Ihnen diese Zeilen von einer gewissen Person zu übergeben. Lesen sie es durch; ich bin beauftragt, auf Antwort zu warten.«

Bei diesen Worten zog er ein kleines, zusammengefaltetes, mit einer Oblate zugeklebtes Papier aus der Tasche und reichte es mir.

Darin stand, von Polinas Hand geschrieben:

»Ich hatte den Eindruck, als beabsichtigten Sie, dieser häßlichen Geschichte noch eine Fortsetzung zu geben. Sie sind in Erregung geraten und beginnen nun, schlechte Streiche zu machen. Aber es liegen hier besondere Umstände vor, und ich werde sie Ihnen vielleicht später erklären; darum seien Sie so gut aufzuhören und sich zu beruhigen! Was sind das alles für Dummheiten! Ich bedarf Ihrer, und Sie selbst haben versprochen, mir zu gehorchen. Denken Sie an den Schlangenberg! Ich bitte Sie, gehorsam zu sein, und wenn es nötig ist, befehle ich es Ihnen. Ihre P.

P. S. Wenn Sie mir wegen des gestrigen Vorfalls böse sind, so verzeihen Sie mir!«

Als ich diese Zeilen gelesen hatte, drehte sich mir alles vor den Augen herum. Die Lippen waren mir blaß geworden, und ein Zittern befiel mich. Der verdammte Franzose verlieh seiner Miene einen besonderen Ausdruck von Diskretion und wandte die Augen von mir weg, als wolle er meine Verwirrung nicht sehen. Es wäre mir lieber gewesen, wenn er über mich laut aufgelacht hätte.

»Gut«, erwiderte ich. »Bestellen Sie, Mademoiselle möge beruhigt sein! Erlauben Sie mir aber die Frage«, fügte ich in scharfem Ton hinzu, »warum Sie solange damit gewartet haben, mir dieses Schreiben zu übergeben. Statt leeres Geschwätz zu machen, mußten Sie, wie mir scheint, gerade damit anfangen, wenn Sie wirklich mit diesem Auftrag kamen.«

»Oh, ich wollte ... Diese ganze Sache ist überhaupt so seltsam, daß Sie meine natürliche Ungeduld entschuldigen werden. Es lag mir daran, möglichst schnell persönlich von Ihnen selbst Auskunft über Ihre Absichten zu erhalten. Ürigens weiß ich gar nicht, was in diesem Schreiben steht, und meinte, es sei immer noch Zeit, es zu übergeben.«

»Ich verstehe; es ist Ihnen einfach befohlen worden, dieses Blatt nur im äußersten Notfall zu übergeben und, wenn es Ihnen gelänge, die Sache auf mündlichem Wege in Ordnung zu bringen, seine Überreichung ganz zu unterlassen. Ist es nicht so? Sprechen Sie offen, Monsieur de Grieux!«

»*Peut-être*«, sagte er, indem er eine Miene besonderer Zurückhaltung annahm und mich mit einem eigentümlichen Blick ansah.

Ich nahm den Hut; er nickte mit dem Kopf und ging hinaus. Es kam mir vor, als ob um seine Lippen ein spöttisches Lächeln spielte. Und wie war es auch anders möglich?

»Ich werde schon noch mit dir abrechnen, elender Franzose; wir messen uns noch miteinander!« murmelte ich, als ich die Treppe hinunterstieg. Ich konnte noch zu keinem klaren Gedanken kommen; es war mir, als hätte ich einen heftigen Schlag auf den Kopf erhalten. Die Luft erfrischte mich ein wenig.

Nach einigen Minuten, sobald ich wieder ordentlich denken konnte, traten mir zwei Gedanken mit aller Deutlichkeit vor die Seele: erstens das Erstaunen darüber, daß aus solchen Kleinigkeiten, aus ein paar knabenhaften, unwahrscheinlichen Drohungen eines jungen Menschen, die gestern so obenhin ausgesprochen waren, sich eine so *allgemeine* Beunruhigung entwickelt hatte! Und zweitens die Frage: Welchen Einfluß hat dieser Franzose auf Polina? Es genügt ein Wort von ihm, und sie tut alles, was er verlangt, schreibt einen Brief und *bittet* mich sogar. Gewiß, das Verhältnis der beiden war immer für mich ein Rätsel gewesen, von Anfang an, gleich von der Zeit an, wo ich sie kennenlernte; aber in diesen Tagen hatte ich doch an Polina eine entschiedene Abneigung, ja sogar Verachtung gegen ihn wahrgenommen, und er seinerseits hatte sie gar nicht einmal angesehen, ja war sogar geradezu unhöflich gegen sie gewesen. Das hatte ich wohl bemerkt. Und Polina selbst hatte zu mir von ihrer Abneigung gesprochen; es waren bei ihr schon sehr bedeutsame Geständnisse zum Vorschein gekommen ... Also er hatte sie völlig in seiner Gewalt; sie befand sich sozusagen in seinen Fesseln ...

Achtes Kapitel

Auf der »Promenade«, wie man das hier nennt, das heißt in der Kastanienallee, traf ich meinen Engländer.

»Oh, oh!« begann er, als er mich erblickte, »ich wollte zu Ihnen, und Sie zu mir. Also Sie haben sich von den Ihrigen schon getrennt?«

»Sagen Sie mir zuerst, woher Sie das alles wissen«, fragte ich erstaunt. »Ist das denn schon so allgemein bekannt?«

»O nein, allgemein bekannt ist es nicht. Es hat ja auch keiner ein Interesse daran, daß es bekannt würde; und daher redet niemand davon.«

»Also woher wissen Sie es denn?«

»Ich habe es so zufällig erfahren. Wo werden Sie denn nun von hier hinfahren? Ich meine es gut mit Ihnen und wollte deshalb zu Ihnen gehen.«

»Sie sind ein prächtiger Mensch, Mister Astley«, sagte ich (ich war übrigens ganz verblüfft: woher wußte er es?), »und da ich noch nicht Kaffee getrunken habe und Sie wahrscheinlich nur schlechten, so kommen Sie mit in das Café im Kurhaus; da wollen wir uns hinsetzen und rauchen, und ich werde Ihnen alles erzählen . . . und Sie mir auch . . .«

Das Café war nur hundert Schritt entfernt. Wir setzten uns; es wurde uns Kaffee gebracht, und ich zündete mir eine Zigarette an. Mister Astley rauchte nicht; mich unverwandt ansehend, machte er sich bereit zuzuhören.

»Ich fahre nirgend hin; ich bleibe hier«, begann ich.

»Ich war davon überzeugt, daß Sie hierbleiben würden«, äußerte Mister Astley beifällig.

Als ich mich auf den Weg zu Mister Astley machte, hatte ich nicht die Absicht gehabt, ihm etwas von meiner Liebe zu Polina zu sagen; ja, ich wollte es sogar absichtlich vermeiden. All diese Tage her hatte ich mit ihm kein Wort darüber gesprochen. Überdies war er sehr zartfühlend; ich hatte gleich von Anfang an bemerkt, daß Polina auf ihn außerordentlichen Eindruck gemacht hatte; aber er hatte nie ihren Namen ausgesprochen. Jedoch es ging mir seltsam: jetzt, sowie er sich nur hingesetzt und seine starren, zinnernen Augen auf mich gerichtet hatte, jetzt bekam ich (ich weiß nicht warum) plötzlich die größte Lust, ihm alles zu erzählen, die ganze Geschichte meiner Liebe mit all ihren Einzelheiten und Schattierungen. Ich erzählte eine ganze halbe Stunde lang und hatte dabei eine höchst angenehme Empfindung; es war das erstemal, daß ich jemandem davon erzählte! Da ich bemerkte, daß er bei einigen besonders feurigen Stellen unruhig wurde, steigerte ich die Glut meiner Erzählung noch geflissentlich. Nur eines bereue ich: daß ich über den Franzosen vielleicht etwas mehr gesagt habe, als gut war . . .

Während Mister Astley zuhörte, saß er mir gegenüber, ohne sich zu regen und ohne ein Wort zu sprechen oder einen Laut von sich zu geben, und blickte mir in die Augen; aber als ich von dem Franzosen zu sprechen anfing, fiel er mir plötzlich ins Wort und fragte in strengem Ton, ob ich ein Recht hätte, diesen nicht zur Sache gehörigen Umstand zu erwähnen. Mister Astley stellte seine Fragen immer in so sonderbarer Weise.

»Sie haben recht; ich fürchte, nein«, antwortete ich.

»Sie können über diesen Marquis und über Miß Polina nur bloße Vermutungen vorbringen, nichts Zuverlässiges?«

Wieder wunderte ich mich über eine so energische Frage von seiten eines so schüchternen Menschen wie Mister Astley.

»Nein, Zuverlässiges nicht«, erwiderte ich, »das freilich nicht.«

»Wenn dem so ist, so haben Sie schlecht gehandelt, nicht nur insofern, als Sie mit mir davon zu sprechen anfingen, sondern sogar schon insofern, als Sie bei sich dergleichen gedacht haben.«

»Nun ja, nun ja, ich will es zugeben; aber darum handelt es sich jetzt nicht«, unterbrach ich ihn, im stillen sehr verwundert. Hierauf erzählte ich ihm den ganzen gestrigen Vorfall mit allen Einzelheiten: Polinas tollen Einfall, meine Affäre mit dem Baron, meine Entlassung, die auffallende Ängstlichkeit des Generals, und endlich berichtete ich ihm eingehend von de Grieux' heutigem Besuch in allen seinen Phasen; zum Schluß zeigte ich ihm das Briefchen.

»Was schließen Sie nun daraus?« fragte ich. »Ich ging eben deswegen zu Ihnen, um Ihre Meinung zu hören. Was mich betrifft, so möchte ich diesen nichtswürdigen Franzosen am liebsten totschlagen, und vielleicht tue ich es auch noch.«

»Ich auch«, erwiderte Mister Astley. »Was Miß Polina betrifft, so . . . Sie wissen, wir treten mitunter auch zu Leuten, die uns verhaßt sind, in Beziehung, wenn uns die Notwendigkeit dazu zwingt. Hier können Beziehungen vorliegen, die Ihnen unbekannt sind, Beziehungen, die von andersartigen Umständen abhängen. Ich glaube, daß Sie sich beruhigen dürfen, wenigstens zum Teil, selbstverständlich. Was ihr gestriges Benehmen anlangt, so ist es allerdings sonderbar, nicht deswegen, weil sie Sie loszuwerden wünschte und Sie der Gefahr aussetzte, mit dem Stock des Barons Bekanntschaft zu machen (ich begreife übrigens nicht, warum er von seinem Stock keinen Gebrauch machte, da er ihn doch in der Hand hatte), sondern weil ein derartiger toller Streich für eine so . . . für eine so vortreffliche junge Dame sich nicht schickt. Natürlich konnte sie nicht voraussehen, daß Sie ihren komischen Wunsch buchstäblich ausführen würden . . .«

»Wissen Sie was?« rief ich plötzlich und sah dabei Mister Astley unverwandt an. »Mir scheint, Sie haben das alles bereits gehört, wissen Sie von wem? Von Miß Polina selbst!«

Mister Astley blickte mich verwundert an.

»Ihre Augen funkeln ja nur so, und ich lese in ihnen einen Argwohn«, sagte er, seine frühere Ruhe sofort wiedergewinnend. »Aber Sie haben nicht das geringste Recht, Ihren Argwohn zu äußern. Ich kann ein solches Recht nicht anerkennen und lehne es durchaus ab, Ihre Frage zu beantworten.«

»Nun, lassen Sie es gut sein! Es ist ja auch nicht nötig!« rief ich in starker Aufregung; ich begriff nicht, woher mir das hatte in den Sinn kommen können! Wann, wo und auf welche Weise hätte Mister Astley von Polina zum Vertrauten erwählt sein können? In der letzten Zeit hatte ich allerdings Mister Astley zum Teil aus den Augen verloren gehabt, und Polina war immer für mich ein Rätsel gewesen, dergestalt ein Rätsel, daß ich zum Beispiel jetzt, wo ich es unternommen hatte, Mister Astley die ganze Geschichte meiner Liebe zu erzählen, während des Erzählens davon überrascht war, daß ich über meine Beziehungen zu ihr fast nichts Bestimmtes und Positives sagen konnte. Im Gegenteil, alles war phantastisch, sonderbar, haltlos und geradezu unerhört.

»Nun gut, gut«, anwortete ich; ich konnte vor Erregung kaum Luft bekommen. »Ich bin ganz in Verwirrung geraten und kann mir jetzt vieles noch nicht zurechtlegen. Aber Sie sind ein guter Mensch. Jetzt handelt es sich um etwas andres, und ich bitte Sie nicht um Ihren Rat, sondern um Ihre Ansicht.«

Ich schwieg einen Augenblick und begann dann:

»Wie denken Sie darüber: warum wurde der General so ängstlich? Warum haben sie aus meinem törichten Narrenstreich alle eine so große Geschichte gemacht? Eine so große Geschichte, daß sogar de Grieux selbst für nötig fand sich einzumischen (und er mischt sich nur bei den wichtigsten Angelegenheiten ein), mich besuchte (was noch nie dagewesen ist!), mich bat, anflehte, er, de Grieux, mich! Beachten Sie endlich auch dies: er kam, ehe es noch neun Uhr war, und doch befand sich Miß Polinas Brief bereits in seinen Händen. Wann, frage ich, war er denn geschrieben worden? Vielleicht ist Miß Polina dazu erst aufgeweckt worden? Ich ersehe daraus, daß Miß Polina seine Sklavin ist, da sie sogar mich um Verzeihung bittet; aber außerdem: was geht diese ganze Sache denn sie, sie persönlich, an? Warum interessiert sie sich so dafür? Weshalb haben sie vor so einem beliebigen Baron Angst bekommen? Und was ist das für eine Geschichte, daß der General Mademoiselle Blanche de Cominges heiraten wird? Sie sagen, infolge dieses Umstandes müßten sie ganz besonders darauf achten, ihre Stellung zu wahren; aber das ist doch gar zu eigentümlich, sagen Sie selbst! Wie denken Sie darüber? Ich sehe es Ihnen an den Augen an, daß Sie auch hiervon mehr wissen als ich!«

Mister Astley lächelte und nickte mit dem Kopf.

»In der Tat weiß ich, wie es scheint, auch hiervon wesentlich mehr als Sie«, erwiderte er. »Bei dieser ganzen Geschichte handelt es sich einzig und allein um Mademoiselle Blanche; daß das die volle Wahrheit ist, davon bin ich überzeugt.«

»Nun, was ist denn mit Mademoiselle Blanche?« rief ich ungeduldig; es erwachte auf einmal in meinem Herzen die Hoffnung, ich würde jetzt eine Enthüllung über Mademoiselle Polina zu hören bekommen.

»Es scheint mir, daß Mademoiselle Blanche im gegenwärtigen Augenblick ein besonderes Interesse daran hat, unter allen Umständen eine Begegnung mit dem Baron und der Baronin zu vermeiden, und namentlich eine unangenehme Begegnung und nun gar eine, die mit häßlichem Aufsehen verbunden wäre.«

»So, so!«

»Mademoiselle Blanche war schon einmal, vor zwei Jahren während der Saison, hier in Roulettenburg. Ich befand mich zu jener Zeit gleichfalls hier. Mademoiselle Blanche nannte sich damals nicht Mademoiselle de Comminges; auch existierte ihre Mutter, Madame *veuve* Comminges, damals nicht; wenigstens wurde nie von ihr gesprochen. Einen de Grieux, de Grieux gab es hier gleichfalls nicht. Ich hege die feste Überzeugung, daß die beiden miteinander gar nicht verwandt sind, ja sich sogar erst seit kurzer Zeit kennen. Marquis ist dieser de Grieux auch erst ganz kürzlich geworden; davon bin ich überzeugt, aus einem triftigen Grunde. Man kann sogar vermuten, daß er erst neuerdings angefangen hat, sich de Grieux zu nennen. Ich kenne hier jemand, der ihm früher unter einem andern Namen begegnet ist.«

»Aber er besitzt doch tatsächlich einen soliden Bekanntenkreis.«

»Oh, das kann schon sein. Selbst Mademoiselle Blanche besitzt möglicherweise einen solchen. Aber vor zwei Jahren erhielt Mademoiselle Blanche infolge einer Beschwerde eben dieser Baronin von der hiesigen Polizei die Aufforderung, die Stadt zu verlassen, und verließ sie denn auch.«

»Wie kam das?«

»Sie erschien damals hier zuerst mit einem Italiener, irgendeinem Fürsten mit einem historischen Namen, so etwas wie Barberini oder so ähnlich. Dieser Mensch trug eine Unmenge von Ringen und Brillanten an seinem Leibe, und sie waren nicht einmal falsch. Sie fuhren immer in einer wundervollen Equipage. Mademoiselle Blanche spielte beim *Trente-et-quarante* anfangs mit gutem Erfolg; dann aber trat bei ihr ein starker Glückswechsel ein; ich erinnere mich dessen recht wohl. Ich weiß noch, eines Abends verspielte sie eine außerordentlich hohe Summe. Aber noch schlimmer war es, daß *un beau matin* ihr Fürst verschwunden war, ohne daß man gewußt hätte, wo er geblieben war, und auch die Pferde waren verschwunden und die Equipage, mit einem Wort, alles. Die Schuld im Hotel war erschreckend hoch. Mademoiselle Selma (aus einer Barberini hatte sie sich plötzlich in eine Mademoiselle Selma verwandelt) befand sich in größter Verzweiflung. Sie heulte und kreischte, daß man es durch das ganze Hotel hörte, und zerriß in einem Anfall von Raserei ihr Kleid. In demselben Hotel logierte ein polnischer Graf (alle reisenden Polen sind Grafen), und Mademoiselle Selma, die sich ihre Kleider zerrissen und sich ihr Gesicht mit ihren schönen, in Parfüm gewaschenen Händen wie eine Katze zerkratzt hatte, machte auf ihn einen starken Eindruck. Sie verhandelten miteinander, und beim Diner hatte sie sich bereits getröstet. Am Abend erschien er mit ihr Arm in Arm im Kurhaus. Mademoiselle Selma lachte nach ihrer Gewohnheit sehr laut und benahm sich noch ungenierter als sonst. Sie trat nun geradezu in die Klasse jener roulettspielenden Damen ein, die, wenn sie an den Spieltisch treten, durch einen kräftigen Stoß mit der Schulter einen Spieler beiseite drängen, um sich einen Platz freizumachen. Das ist bei ihnen ein besonderer Kunstgriff. Sie haben diese Damen gewiß auch schon bemerkt?«

»O ja.«

»Sie sind nicht wert, daß man sie beachtet. Zum Ärger des anständigen Publikums lassen sie sich hier nicht vertreiben, wenigstens nicht diejenigen von ihnen, die täglich am Spieltisch Tausendfrancnoten wechseln. Allerdings, sobald sie aufhören, solche Banknoten zu wechseln, ersucht man sie sogleich, sich zu entfernen. Mademoiselle Selma wechselte noch immer Banknoten; aber sie hatte im Spiel immer mehr Unglück. Sie können die Beobachtung machen, daß diese Damen sehr oft mit Glück spielen; denn sie besitzen eine erstaunliche Selbstbeherrschung. Übrigens nähert sich meine Geschichte damit dem Ende. Ebenso, wie vorher der Fürst, verschwand nun auch der Graf. Mademoiselle Selma erschien an diesem Abend bereits ohne Begleitung beim Spiel; diesmal war niemand da, der ihr den Arm geboten hätte. In zwei Tagen hatte sie alles verloren, was sie besaß. Nachdem sie den letzten Louisdor gesetzt und verloren hatte, sah sie sich rings um und erblickte neben sich den Baron Wurmerhelm, der sie sehr aufmerksam und mit starkem Mißfallen betrachtete. Aber Mademoiselle Selma bemerkte dieses Mißfallen nicht, wandte sich mit ihrem bekannten Lächeln an den Baron und bat ihn, für sie auf Rot zehn Louisdor zu setzen. Infolgedessen erhielt sie auf eine Beschwerde der Baronin hin am Abend die Weisung, nicht mehr im Kurhaus zu erscheinen. Wenn Sie sich darüber wundern, daß mir all diese kleinen, wenig anständigen Einzelheiten bekannt sind, so erklärt sich das daher, daß ich sie als sicher von Mister Feader, einem Verwandten von mir, gehört habe, der an demselben Abend Mademoiselle Selma in seinem Wagen von Roulettenburg nach Spaa mitnahm. Nun werden Sie verstehen: Mademoiselle Blanche möchte Frau Generalin werden, wahrscheinlich um in Zukunft nicht wieder von der Polizei eines Kurortes solche Weisungen zu erhalten wie vor zwei Jahren. Jetzt beteiligt sie sich nicht mehr am Spiel; aber das hat seinen Grund darin, daß sie jetzt, nach allen Anzeichen zu urteilen, ein Kapital besitzt, das sie hiesigen Spielern gegen Prozente vorstreckt. Das ist ein weit vorsichtigeres finanzielles Verfahren. Ich vermute sogar, daß sich auch der unglückliche General unter ihren Schuldnern befindet. Vielleicht ist auch de Grieux ihr Schuldner. Es kann aber auch sein, daß de Grieux mit ihr ein Kompaniegeschäft hat. Da werden Sie sich selbst sagen können, daß sie wenigstens bis zur Hochzeit nicht wünschen kann, die Aufmerksamkeit der Baronin und des Barons auf irgendwelche Weise auf sich zu lenken. Kurz, in ihrer Lage müßte ihr ein öffentlicher Skandal äußerst nachteilig sein. Sie aber stehen in enger Beziehung zu der Familie des Generals, und Ihre Handlungen können einen solchen Skandal für sie hervorrufen, um so mehr, da sie täglich Arm in Arm mit dem General oder mit Miß Polina in der Öffentlichkeit erscheint. Verstehen Sie jetzt?«

»Nein, ich verstehe es nicht!« rief ich und schlug dabei mit aller Kraft auf den Tisch, so daß der Kellner erschrocken herbeigelaufen kam.

»Sagen Sie, Mister Astley«, fuhr ich wütend fort, »wenn Ihnen diese ganze Geschichte schon bekannt war und Sie somit genau wußten, wes Geistes Kind diese Mademoiselle Blanche de Cominges ist, warum haben Sie dann nicht wenigstens mir davon Mitteilung gemacht, oder dem General selbst, oder endlich, was das Wichtigste, das Allerwichtigste gewesen wäre, Miß Polina, die sich hier im Kurhaus in aller Öffentlichkeit Arm in Arm mit Mademoiselle Blanche zeigt? Wie konnten Sie denn da schweigen?«

»Ihnen etwas davon mitzuteilen hatte keinen Zweck, weil Sie doch nichts bei der Sache tun konnten«, antwortete Mister Astley ruhig. »Und dann: wovon hätte ich denn Mitteilung machen sollen? Der General weiß über Mademoiselle Blanche vielleicht noch mehr als ich und geht trotzdem mit ihr und mit Miß Polina spazieren. Der General ist ein unglücklicher Mensch. Ich sah gestern, wie Mademoiselle Blanche auf einem schönen Pferd mit Monsieur de Grieux und diesem kleinen russischen Fürsten dahingaloppierte, und hinter ihnen her jagte auf einem Fuchs der General. Er hatte am Morgen gesagt, er habe Schmerzen in den Beinen; aber sein Sitz war gut. Und sehen Sie, in diesem Augenblick schoß mir auf einmal der Gedanke durch den Kopf, daß er ein vollständig verlorener Mensch ist. Außerdem geht mich das alles eigentlich nichts an, und daß ich die Ehre hatte, Miß Polina kennenzulernen, ist noch nicht lange her. Übrigens«, unterbrach sich Mister Astley plötzlich, »habe ich Ihnen bereits gesagt, daß ich Ihnen keine Berechtigung zuerkennen kann, mir irgendwelche Fragen zu stellen, obwohl ich Sie von Herzen gern habe . . .«

»Genug«, sagte ich, indem ich aufstand. »Jetzt ist es mir sonnenklar, daß auch Miß Polina über Mademoiselle Blanche vollkommen Bescheid weiß, sich aber von ihrem Franzosen nicht trennen kann und sich deshalb dazu versteht, mit Mademoiselle Blanche spazierenzugehen. Sie können sicher sein, daß sie sich durch keinen andern Einfluß dazu bringen lassen würde, dies zu tun und noch außerdem mich in ihrem Schreiben flehentlich zu bitten, ich möchte dem Baron nur ja nichts zuleide tun. Hier muß entschieden jene Einwirkung vorliegen, der sich hier alles fügt! Und dennoch ist sie es ja gerade gewesen, die mich auf den Baron gehetzt hat! Hol's der Teufel, klug wird man aus der Sache nicht!«

»Sie vergessen erstens, daß diese Mademoiselle de Comminges die Braut des Generals ist, und zweitens, daß Miß Polina, die Stieftochter des Generals, noch einen kleinen Bruder und eine kleine Schwester hat, die leiblichen

Kinder des Generals, um die dieser Wahnsinnige sich schon gar nicht mehr kümmert, und an deren Eigentum er, wie es scheint, sich bereits vergriffen hat.«

»Ja, ja! So ist es! Wenn sie wegginge, so hieße das, die Kinder völlig dem Verderben preisgeben; wenn sie dagegen hierbleibt, kann sie sich ihrer annehmen und vielleicht noch Reste des Vermögens für sie retten. Ja, ja, das ist alles richtig. Aber trotzdem, trotzdem! Oh, ich verstehe, warum sie sich jetzt alle so für die alte Tante interessieren!«

»Für wen?« fragte Mister Astley.

»Für jene alte Hexe in Moskau, die nicht sterben will, und über deren Tod sie ein Telegramm erwarten.«

»Nun ja, natürlich konzentriert sich jetzt auf die das allgemeine Interesse. Alles kommt jetzt auf die Erbschaft an! Sobald der General die Erbschaft hat, heiratet er; Miß Polina wird dann gleichfalls Herrin ihrer selbst, und de Grieux . . .«

»Nun, und de Grieux?«

»De Grieux bekommt sein Geld zurückbezahlt; darauf wartet er hier doch nur.«

»Nur darauf? Meinen Sie wirklich, daß er nur darauf wartet?«

»Weiter weiß ich nichts«, erwiderte Mister Astley; er schien entschlossen, hartnäckig zu schweigen.

»Aber ich weiß mehr, ich weiß mehr!« rief ich wütend. »Er wartet ebenfalls auf die Erbschaft, weil Polina dann eine Mitgift erhält und, sobald sie Geld hat, sich ihm sofort an den Hals werfen wird. Alle Weiber sind von der Art! Und gerade die stolzesten unter ihnen, das werden die niedrigsten Sklavinnen! Polina ist keiner andern als einer leidenschaftlichen Liebe fähig! Das ist mein Urteil über sie! Betrachten Sie sie nur einmal aufmerksam, namentlich wenn sie allein sitzt und ihren Gedanken nachhängt: es ist, als ob sie zu einem bestimmten Schicksal prädestiniert, verurteilt, verdammt wäre! Sie ist fähig, alle Glut der Leidenschaft zu empfinden und allen Schrecken des Lebens zu trotzen, ... sie ... sie ... Aber wer ruft mich da?« unterbrach ich mich plötzlich. »Wer mag das sein? Ich hörte jemanden auf russisch rufen: ›Alexei Iwanowitsch!‹ Es war ein weibliche Stimme. Hören Sie nur, hören Sie nur!«

Wir näherten uns in diesem Augenblick schon unserm Hotel. Wir hatten schon längst, fast ohne uns selbst dessen bewußt zu werden, das Café verlassen.

»Ich hörte, daß eine Frauenstimme rief; aber ich weiß nicht, wer gerufen wurde; russisch war es. Jetzt sehe ich, von wo gerufen wird«, sagte Mister Astley und wies mit der Hand hin; »die Dame dort ruft, die auf einem großen Lehnstuhl sitzt und gerade von vielen Dienern die Stufen vor dem Portal hinangetragen wird. Hinter ihr werden Koffer gebracht; es ist offenbar soeben ein Zug angekommen.«

»Aber warum ruft sie mich? Sie ruft wieder; sehen Sie, sie winkt uns.«

»Ja, ich sehe, daß sie winkt«, erwiderte Mister Astley.

»Alexei Iwanowitsch! Alexei Iwanowitsch! Nein, was ist das hier doch für ein Tölpel!« hörte ich vom Hoteleingang her heftig rufen.

Wir eilten im schnellsten Schritt zum Portal. Ich stieg vor demselben die Stufen zur Plattform hinan, und ... die Arme sanken mir vor Erstaunen am Leib hinunter, und meine Füße schienen am Boden festgewachsen zu sein.

Neuntes Kapitel

Oben auf der breiten Plattform vor dem Portal des Hotels saß in einem Lehnstuhl, auf dem sie die Stufen hinangetragen war, umgeben von ihrer Dienerschaft und dem zahlreichen, diensteifrigen Hotelpersonal mit Einschluß des Oberkellners selbst, der herausgekommen war, um die hohe Besucherin zu begrüßen, die mit so viel Lärm und Geräusch, mit eigener Dienerschaft und mit einer solchen Unmenge von Koffern und Schachteln angereist kam – ja, wer saß da? Die alte Tante!

Ja, sie war es selbst, die gebieterische, reiche, fünfundsiebzigjährige Antonida Wasiljewna Tarasewitschewa, Gutsbesitzerin und Moskauer Hausbesitzerin, die Tante, um derentwillen so viele Telegramme abgeschickt und eingelaufen waren, die Tante, die immer im Sterben gelegen hatte und doch nicht gestorben war, und die nun auf einmal selbst in höchsteigener Person wie ein Blitz aus heiterem Himmel bei uns erschien. Sie war erschienen, obgleich sie nicht gehen konnte; sie ließ sich eben, wie stets während der letzten fünf Jahre, im Sessel tragen; aber sie war wie immer: energisch, kampflustig, selbstzufrieden, saß gerade, redete laut und herrisch, schimpfte auf alle Menschen, kurz, sie war genau ebenso, wie ich sie bei zwei, drei Gelegenheiten zu sehen die Ehre gehabt hatte, seit ich in das Haus des Generals als Hauslehrer eingetreten war. Sehr natürlich, daß ich vor ihr ganz starr vor Verwunderung dastand. Sie hatte mich mit ihren Luchsaugen schon auf hundert Schritt Entfernung erblickt, als sie auf ihrem Stuhl ins Hotel getragen wurde, hatte mich erkannt und bei meinem Vornamen und Vatersnamen gerufen, wie sie denn solche Namen, wenn sie sie einmal gehört hatte, für immer im Gedächtnis zu behalten pflegte. »Und von einer solchen Frau haben sie gehofft, sie würden sie im Sarg und beerdigt sehen und ihre Erbschaft antreten!« Das war der Gedanke, der mir durch den Kopf schoß. »Die wird uns alle und die ganze Bewohnerschaft des Hotels überleben! Aber, um Gottes willen, was wird nun aus den Unsrigen, was wird aus dem General! Sie wird nun das ganze Hotel auf den Kopf stellen!«

»Nun, lieber Freund, warum stehst du denn so vor mir da und reißt die Augen auf?« schrie mich die alte Dame an. »Eine Verbeugung zu machen und Guten Tag zu sagen, das verstehst du wohl nicht, he? Oder bist du stolz geworden und willst es nicht tun? Oder hast du mich vielleicht nicht wiedererkannt? Hörst du wohl, Potapytsch«, wandte sie sich an einen grauhaarigen Alten in Frack und weißer Krawatte und mit einer rosenfarbenen Glatze, ihren Haushofmeister, der sie auf der Reise begleitete, »hörst du wohl, er erkennt mich nicht wieder! Sie haben mich schon begraben! Ein Telegramm schickten sie über das andere: ›Ist sie gestorben oder nicht?‹ Ja, ja, ich weiß alles! Aber siehst du wohl, ich bin noch fuchsmunter.«

»Aber ich bitte Sie, Antonida Wasiljewna, wie sollte es mir in den Sinn kommen, Ihnen Übles zu wünschen?« erwiderte ich in heiterem Ton, sobald ich meine Gedanken wieder gesammelt hatte. »Ich war nur zu erstaunt ... Und wie sollte man sich auch da nicht wundern, wenn Sie so unerwartet ...«

»Was ist dir dabei verwunderlich? Ich habe mich auf die Bahn gesetzt und bin hergefahren. Im Waggon fährt es sich ruhig; der stößt nicht wie ein Wagen. Du bist wohl spazierengegangen, wie?«

»Ja, ich war nach dem Kurhaus gegangen.«

»Hier ist es hübsch«, sagte die Tante, sich umschauend. »Es ist warm, und da sind herrliche Bäume. Das habe ich gern! Sind unsere Leute zu Hause? Auch der General?«

»Oh, gewiß werden sie zu Hause sein; zu dieser Stunde sind sie sicher alle zu Hause.«

»Haben sie etwa auch hier Empfangsstunden eingeführt und alle möglichen andern Zeremonien? Sie geben ja wohl den Ton in der Gesellschaft an. Ich habe gehört, sie halten sich Equipage, *les seigneurs russes!* Wenn sie sich in Rußland durch ihre Verschwendung ruiniert haben, dann heißt's: nun ins Ausland! Ist auch Praskowja* bei ihnen?«

»Ja, Polina Alexandrowna ist auch hier.«

»Auch der kleine Franzose? Na, ich werde sie ja bald alle selbst sehen. Alexei Iwanowitsch, zeige mir den Weg direkt zu ihm. Geht es dir hier gut?«

»Es macht sich ja, Antonida Wasiljewna.«

»Und du, Potapytsch, sage diesem Tölpel von Kellner, er solle mir ein bequemes Logis anweisen, ein hübsches Logis, nicht zu hoch gelegen; und dahin laß auch gleich die Sachen bringen! Aber warum drängen sich denn alle dazu, mich zu tragen? Warum sind sie so aufdringlich? So ein Sklavenpack! Wen hast du da bei dir?« wandte sie sich wieder zu mir.

»Das ist Mister Astley«, erwiderte ich.

»Was für ein Mister Astley?«

»Ein vielgereister Mann und ein guter Bekannter von mir; er ist auch mit dem General bekannt.«

»Ein Engländer. Na ja, darum glotzt er mich auch so an und bringt die Zähne nicht auseinander. Übrigens mag ich die Engländer gern. Na also, dann tragt mich

* Ein vulgärer Name, wohl Polinas Taufname, der in der Familie des Generals durch den ausländischen Polina ersetzt worden war. A. d. Ü.

nach oben, geradeswegs zu ihnen in ihre Wohnung; wo wohnen sie denn hier?«

Die Tante wurde weitergetragen; ich ging auf der breiten Hoteltreppe voran. Unser Zug machte einen großartigen Effekt. Alle, auf die wir trafen, blieben stehen und betrachteten uns mit weit geöffneten Augen. Unser Hotel gilt als das beste, teuerste und aristokratischste dieses Badeortes. Auf der Treppe und den Korridoren begegnet man stets sehr elegant gekleideten Damen und vornehmen Engländern. Viele erkundigten sich unten beim Oberkellner, der seinerseits einen außerordentlichen tiefen Eindruck empfangen hatte. Er antwortete selbstverständlich allen Fragern, es sei eine sehr vornehme Ausländerin, *une russe, une comtesse, grande dame,* und sie nehme dasselbe Quartier, das eine Woche vorher la *grande-duchesse de N.* innegehabt habe. Den Haupteffekt machte das herrische und gebieterische äußere Wesen, das die Tante zeigte, während sie auf ihrem Stuhl nach oben getragen wurde. Bei der Begegnung mit jeder neuen Person maß sie diese sofort mit einem neugierigen Blick und befragte mich laut nach allen. Die Tante war aus einer Familie von stämmigem Körperbau, und obgleich sie von ihrem Stuhl nicht aufstand, so merkte man doch, wenn man sie ansah, daß sie sehr hochgewachsen war. Den Rücken hielt sie gerade wie ein Brett und lehnte sich nicht im Stuhl hinten an. Den grauhaarigen, großen Kopf mit den derben, scharfen Gesichtszügen trug sie hoch aufgerichtet; ihre Miene hatte dabei sogar etwas Hochmütiges und Herausforderndes. Es war deutlich, daß ihr Blick und ihre Bewegungen vollkommen natürlich waren. Trotz ihrer fünfundsiebzig Jahre sah ihr Gesicht noch ziemlich frisch aus, und selbst die Zähne hatten nicht allzuviel gelitten. Ihr

Anzug bestand aus einem schwarzen Seidenkleid und einer weißen Haube.

»Sie interessiert mich außerordentlich«, flüsterte mir Mister Astley zu, der neben mir die Treppe hinaufstieg.

»Von den Telegrammen weiß sie«, dachte ich bei mir; »de Grieux ist ihr ebenfalls bekannt; aber von Mademoiselle Blanche weiß sie anscheinend noch wenig.« Ich teilte dies sogleich Mister Astley mit.

Ich bin doch ein recht schändlicher Mensch! Kaum hatte sich mein erstes Erstaunen gelegt, da freute ich mich furchtbar über den Donnerschlag, der unser Erscheinen im nächsten Augenblick für den General sein mußte. Ich hatte ein Gefühl, als ob mich innerlich etwas aufstachelte, und ging in sehr heiterer Stimmung voran.

Die Unsrigen wohnten in der dritten Etage; ich ließ uns nicht anmelden und klopfte nicht einmal an der Tür an, sondern schlug einfach die Flügel weit zurück, und die Tante wurde im Triumph hereingetragen. Alle befanden sich, wie durch eine besondere Fügung, im Zimmer des Generals beisammen. Es war zwölf Uhr, und sie besprachen, wie es schien, gerade einen geplanten Ausflug teils zu Wagen, teils zu Pferde; es sollte daran die ganze Gesellschaft teilnehmen, und es waren außerdem noch einige Bekannte aufgefordert. Außer dem General, Polina, den Kindern und ihrer Kinderfrau waren im Zimmer anwesend: de Grieux, Mademoiselle Blanche, wieder im Reitkleid, ihre Mutter, Madame *veuve* Cominges, der kleine Fürst und endlich ein gelehrter Reisender, ein Deutscher, den ich bei ihnen zum erstenmal sah.

Die Träger setzten den Stuhl mit der Tante gerade in der Mitte des Zimmers, drei Schritte vom General entfernt, nieder. Gott im Himmel, nie werde ich den Eindruck vergessen, den das hervorbrachte! Vor unserm

Eintritt hatte der General etwas erzählt und de Grieux es berichtigt. Es muß bemerkt werden, daß Mademoiselle Blanche und de Grieux schon seit zwei, drei Tagen aus irgendwelchem Grunde dem kleinen Fürsten stark den Hof machten, worüber sich der arme General ärgerte. Die ganze Gesellschaft befand sich, wenn das auch vielleicht nur gekünstelt war, in der heitersten Stimmung, und das Gespräch wurde in munterem, familiärem Ton geführt. Beim Anblick der Tante wurde der General plötzlich starr, riß den Mund auf und verstummte mitten in einem Wort. Die Augen traten ihm ordentlich aus dem Kopf, und er schaute sie an, als wäre er durch den Blick eines Basilisken bezaubert. Die Tante schaute ihn ebenfalls schweigend und ohne sich zu rühren an; aber was war das für ein triumphierender, herausfordernder, spöttischer Blick! So sahen sie einander wohl zehn volle Sekunden lang an, unter tiefem Schweigen aller Anwesenden. De Grieux war zunächst wie versteinert gewesen; aber sehr bald kam auf seinem Gesicht eine heftige Unruhe zum Ausbruch. Mademoiselle Blanche zog die Augenbrauen in die Höhe, machte den Mund auf und richtete ihre verstörten Blicke auf die Tante. Der Fürst und der Gelehrte betrachteten mit verständnislosem Staunen dieses ganze Bild, das sich ihnen darbot. In Polinas Blick drückte sich eine grenzenlose Verwunderung aus; aber auf einmal wurde sie bleich wie Leinwand; einen Augenblick darauf schlug ihr das Blut schnell ins Gesicht zurück, so daß ihre Wangen dunkelrot wurden. Ja, das war für sie alle eine Katastrophe! Ich ließ meine Augen fortwährend zwischen der Tante und der ganzen Gesellschaft hin und her wandern. Mister Astley stand etwas beiseite, wie gewöhnlich in ruhiger, wohlanständiger Haltung.

»Na, da bin ich also! Persönlich, statt eines Telegramms!« Mit diesen Worten unterbrach die Tante endlich das Schweigen. »Nicht wahr, das hattet ihr wohl nicht erwartet?«

»Antonida Wasiljewna ... Liebe Tante ... Aber wie geht es nur zu ...«, murmelte der unglückliche General.

Hätte die Tante noch ein paar Sekunden länger geschwiegen, so würde ihn vielleicht der Schlag gerührt haben.

»Wie es zugeht? Ich habe mich auf die Eisenbahn gesetzt und bin hergefahren. Wozu wäre denn die Eisenbahn sonst da? Und ihr habt alle gedacht, ich hätte schon die Augen für immer zugemacht und euch meine Erbschaft hinterlassen? Siehst du, ich weiß, daß du von hier eine Menge Telegramme abgeschickt hast. Du wirst einen tüchtigen Batzen Geld dafür bezahlt haben, denke ich mir. Von so weit her ist das nicht billig. Aber ich habe mich aufgemacht und bin hierhergefahren. Ist das der Franzose von früher? Monsieur de Grieux, wenn mir recht ist?«

»Oui, madame«, erwiderte de Grieux, *»et croyez, je suis si enchanté ... votre santé ... c'est un miracle ... vous voir ici ... une surprise charmante ...«*

»So, so, *charmante;* ich kenne dich, du Heuchler; ich glaube dir auch nicht so viel!« Dabei zeigte sie es ihm an ihrem kleinen Finger. »Was ist denn das für eine?« fragte sie, indem sie sich umwandte und auf Mademoiselle Blanche wies. Die hübsche Französin, im Reitkleid, die Reitpeitsche in der Hand, erregte offenbar ihr lebhaftes Interesse. »Wohl eine von hier, wie?«

»Das ist Mademoiselle Blanche de Cominges, und dort ist auch ihre Mutter, Madame de Cominges; sie wohnen ebenfalls hier im Hotel«, berichtete ich.

»Ist die Tochter verheiratet?« erkundigte sich die Tante ganz ungeniert.

»Mademoiselle de Cominges ist ledig«, antwortete ich möglichst respektvoll und absichtlich nur halblaut.

»Ist sie eine lustige Person?«

Der Sinn dieser Frage war mir nicht sofort klar.

»Ist sie im Umgang amüsant? Kann sie Russisch? Dieser de Grieux hat ja bei uns in Moskau auch ein paar Brocken Russisch aufgeschnappt.«

Ich bemerkte ihr, Mademoiselle de Cominges sei nie in Rußland gewesen.

»*Bonjour*«, sagte die Tante, sich plötzlich mit scharfer Drehung des Körpers zu Mademoiselle Blanche hinwendend.

»*Bonjour, madame*«, erwiderte Mademoiselle Blanche mit einem zeremoniellen, eleganten Knicks; sie bemühte sich, unter dem Schleier besonderer Bescheidenheit und Höflichkeit durch den gesamten Ausdruck ihres Gesichts und ihrer Gestalt ihr großes Befremden über die seltsamen Fragen und die eigentümliche Anrede zum Ausdruck zu bringen.

»Oh, sie hat die Augen niedergeschlagen, benimmt sich förmlich und ziert sich; da sieht man gleich, was das für ein Vogel ist; gewiß eine Schauspielerin? Ich habe hier im Hotel weiter unten Wohnung genommen«, wandte sie sich auf einmal wieder an den General. »Ich werde also deine Hausgenossin sein; freust du dich darüber oder nicht?«

»Oh, liebe Tante, Sie können überzeugt sein, daß ich mich aufrichtig . . . aufrichtig darüber freue«, erwiderte der General eilig. Es war ihm bereits gelungen, seine Gedanken einigermaßen zu sammeln, und da er es verstand, bei gegebener Gelegenheit gewandt, würdig und bis zu einem gewissen Grade effektvoll zu reden, so schickte er sich auch jetzt an, sich etwas ausführlicher zu äußern. »Wir waren infolge der Nachrichten über Ihre Krankheit in solcher Unruhe und Aufregung ... Die Telegramme, die wir erhielten, klangen so hoffnungslos, und nun auf einmal ...«

»Du schwindelst, du schwindelst«, unterbrach ihn die Tante sofort.

»Aber wie in aller Welt«, unterbrach sie nun seinerseits der General möglichst schnell und sprach dabei absichtlich lauter, um den Schein zu erwecken, als habe er ihre Zwischenbemerkung ›du schwindelst‹ überhört, »wie in aller Welt haben Sie sich nur zu einer solchen Reise entschließen können? Sie werden zugeben, bei Ihren Jahren und bei Ihrem Gesundheitszustand ist dies alles mindestens so unerwartet, daß unser Erstaunen begreiflich ist. Aber ich freue mich so sehr ... und wir alle« (hier wurde auf seinem Gesicht ein Lächeln der Rührung und des Entzückens sichtbar) »werden uns aus allen Kräften bemühen, Ihnen Ihren hiesigen Aufenthalt zu einer Zeit schönsten, angenehmsten Genusses zu machen ...«

»Na, hör nur auf; es ist ja doch alles nur leeres Geschwätz; du plapperst nach deiner Gewohnheit allerlei Unsinn zusammen; ich weiß schon allein, wie ich mein Leben einzurichten habe. Übrigens habe ich auch nichts dagegen, mit euch zu verkehren; ich trage euch nichts nach. Wie ich mich dazu habe entschließen können, fragst du? Aber was ist da zu verwundern? Das ist auf die allereinfachste Weise zugegangen. Warum sind nur alle Leute darüber so erstaunt? Guten Tag, Praskowja. Was machst du denn hier?«

»Guten Tag, Großmütterchen*«, erwiderte Polina

* Freundliche, ehrende Anrede. A. d. Ü.

und trat zu ihr hin. »Sind Sie lange unterwegs gewesen?«

»Na, seht mal, diese Frage von ihr war gescheiter als euer maßloses Erstaunen: ›Oh!‹ und ›Ach!‹ Also, siehst du wohl: ich lag immerzu zu Bette, und die Ärzte kurierten an mir herum; da jagte ich die davon und ließ mir einen Kirchendiener von der Nikolauskirche kommen. Der hatte schon früher einmal eine alte Frau von derselben Krankheit mit Tee von Heustaub geheilt. Na also, der hat auch mir geholfen; am dritten Tag fing ich am ganzen Leibe stark zu schwitzen an, und dann stand ich auf. Nun traten meine deutschen Ärzte wieder zur Beratung zusammen, setzten sich ihre Brillen auf und kamen zu dem Resultat: ›Wenn Sie jetzt im Ausland eine Badekur durchmachen könnten, dann würden die Blutstockungen ganz behoben werden.‹ ›Na, warum nicht?‹ dachte ich. Da schlugen die Hansnarren die Hände über dem Kopf zusammen: ›Wie können Sie nur daran denken, eine so große Reise zu unternehmen!‹ Aber hast du gesehen: an einem Tag packte ich, und am Freitag der vorigen Woche nahm ich mein Mädchen und Potapytsch und den Diener Fjodor mit; diesen Fjodor habe ich aber von Berlin aus wieder zurückgeschickt, weil ich sah, daß ich ihn gar nicht nötig hatte; ich hätte sogar vollständig allein reisen können. Auf der Bahn nehme ich mir ein besonderes Abteil; und Gepäckträger sind auf allen Stationen vorhanden; die tragen einen für ein Zwanzigkopekenstück, wohin man will ... Nun seht mal an, was ihr hier für ein schönes Logis habt!« schloß sie, indem sie sich rings umsah. »Aus was für Mitteln leistest du dir denn das, Freundchen? Dein ganzer Grundbesitz ist doch verpfändet. Und was bist du schon allein diesem Franzosen hier für eine Summe schuldig! Ja, ja, ich weiß alles, weiß alles!«

»Liebe Tante ...«, begann der General äußerst verlegen, »ich wundere mich, liebe Tante ... ich kann doch, möchte ich meinen, auch ohne Kontrolle von seiten eines andern ... Überdies übersteigen meine Ausgaben durchaus nicht meine Mittel, und wir leben hier ...«

»Übersteigen nicht? Übersteigen nicht? Was du sagst! Und deinen Kindern wirst du wohl schon das letzte, was sie hatten, geraubt haben. Ein netter Vormund!«

»Wenn Sie so denken und mir dergleichen sagen ...«, fing der General unwillig an, »so weiß ich wirklich nicht ...«

»Ja, ja, du weißt nicht, du weißt nicht! Vom Roulett kommst du hier wohl gar nicht mehr weg? Bist wohl ganz ausgebeutelt?«

Der General war so perplex, daß er vor Aufregung beinah erstickte.

»Vom Roulett! Ich? Bei meinem Stande ... Ich? Kommen Sie zur Besinnung, liebe Tante; Sie sind gewiß noch krank ...«

»Na, du schwindelst, du schwindelst; bist gewiß vom Spieltisch gar nicht wegzukriegen; immer schwindelst du! Aber ich werde mir einmal ansehen, was es mit diesem Roulett für eine Bewandtnis hat, heute noch. Du, Praskowja, erzähle mir mal, was hier alles zu sehen ist, und auch Alexei Iwanowitsch da kann mich instruieren; und du, Potapytsch, noticre alle Orte, wo wir hinfahren sollen. Was ist hier zu sehen?« wandte sie sich plötzlich wieder an Polina.

»Hier in der Nähe ist eine Burgruine, und dann der Schlangenberg.«

»Was ist das, der Schlangenberg? Wohl ein Park, nicht wahr?«

»Nein, es ist nicht ein Park, sondern ein Berg. Da ist ein Aussichtspunkt, der höchste Punkt auf dem Berge, ein mit einem Geländer umgebener Platz. Von da hat man eine herrliche Aussicht.«

»Also soll ich meinen Stuhl auf den Berg tragen lassen? Werden sie ihn hinaufkriegen oder nicht?«

»Oh, Träger werden sich schon finden lassen«, erwiderte ich.

In diesem Augenblick näherte sich der alten Dame die Kinderfrau Fedosja, um sie zu begrüßen, und führte ihr auch die Kinder des Generals zu.

»Na, das Küssen laßt nur beiseite! Ich mag Kinder nicht küssen; alle Kinder haben Schmutznasen. Nun, wie geht es dir hier, Fedosja?«

»Hier ist es sehr, sehr schön, Mütterchen Antonida Wasiljewna«, antwortete Fedosja. »Wie ist es Ihnen denn gegangen, Mütterchen? Wir haben Sie so bedauert.«

»Ich weiß, du bist eine gute Seele. Was sind denn das hier für Leute bei euch, wohl alles Besuch, nicht wahr?« wandte sie sich wieder an Polina. »Wer ist denn der widerliche Mensch da mit der Brille?«

»Fürst Nilski, Großmütterchen«, flüsterte ihr Polina zu.

»Ach so, es ist ein Russe? Ich hatte gedacht, er verstände nicht, was ich sagte! Na, vielleicht hat er es nicht gehört. Mister Astley habe ich schon gesehen. Da ist er ja wieder«, fuhr sie fort, da sie seiner in diesem Augenblick ansichtig wurde. »Guten Tag!« wandte sie sich an ihn.

Mister Astley machte ihr schweigend eine Verbeugung.

»Nun, was werden Sie mir Gutes sagen? Sagen Sie doch etwas! Übersetze es ihm, Praskowja.«

Polina übersetzte es.

»Ich möchte also sagen: es ist mir ein großes Vergnügen, Sie kennenzulernen, und ich freue mich, daß Sie sich in guter Gesundheit befinden«, antwortete Mister Astley ernsthaft und mit größter Bereitwilligkeit. Seine Worte wurden der Alten übersetzt und gefielen ihr offenbar sehr.

»Was doch die Engländer immer für nette Antworten geben«, bemerkte sie. »Ich habe die Engländer immer sehr gern gehabt; gar kein Vergleich mit dem Franzosenvolk! Besuchen Sie mich!« wandte sie sich wieder an Mister Astley. »Ich werde mich bemühen, Ihnen nicht allzu lästig zu fallen. Übersetze ihm das und sage ihm, daß ich hier unten wohne, hier unten, hören Sie wohl, unten, unten«, wiederholte sie für Mister Astley und zeigte dabei mit dem Finger nach unten.

Mister Astley war über die Einladung sehr erfreut.

Nun betrachtete die Tante mit einem aufmerksamen, zufriedenen Blick Polina vom Kopf bis zu den Füßen.

»Ich würde dich sehr lieb haben«, sagte sie dann ohne weiteres, »du bist ein prächtiges Mädchen, besser wie sie alle; aber einen eigentümlichen Charakter hast du, o weh, o weh! Na, ich habe ja auch meinen besonderen Charakter. Dreh dich mal um; hast du da auch nicht eine falsche Einlage im Haar?«

»Nein, Großmütterchen, es ist alles mein eigenes.«

»Na ja, die jetzige dumme Mode kann ich nicht leiden. Hübsch bist du. Wenn ich ein Mann wäre, würde ich mich in dich verlieben. Warum verheiratest du dich nicht? Na, aber nun habe ich keine Zeit mehr. Ich möchte eine Spaziertour machen; dieses ewige Im-Waggon-Sitzen! . . . Nun, und du? Bist du immer noch böse?« wandte sie sich an den General.

»Aber ich bitte Sie, liebe Tante, sprechen wir nicht davon!« fiel der erfreute General schnell ein. »Ich verstehe vollkommen, daß, wer in Ihren Jahren steht . . .«

»Cette vieille est tombée en enfance«, flüsterte mir de Grieux zu.

»Ich will mir hier alles ansehen«, erklärte die Tante. Und zu dem General gewendet fügte sie hinzu: »Willst du mir Alexei Iwanowitsch abtreten?«

»Oh, solange Sie wünschen. Aber ich könnte ja auch selbst . . . und Polina und Monsieur de Grieux . . . uns allen wird es ein Vergnügen sein, Sie zu begleiten.«

»Mais, madame, cela sera un plaisir . . .«, beeilte sich de Grieux mit einem bezaubernden Lächeln hinzuzufügen.

»So, so, *plaisir*. Du kommst mir sehr komisch vor, Freundchen. Geld werde ich dir übrigens nicht geben«, fuhr sie, sich an den General wendend, unvermittelt fort. »Na, jetzt also nach meinem Logis; ich muß es doch in Augenschein nehmen; und dann wollen wir überallhin, wo es etwas zu sehen gibt. Na, nun hebt mich auf!«

Die Träger hoben sie wieder in die Höhe, und fast alle Anwesenden zogen in dichtem Haufen hinter dem Stuhl her die Treppe hinunter. Der General ging, als wäre er von einem Knittelschlag über den Kopf betäubt. De Grieux schien etwas zu überlegen. Mademoiselle Blanche hatte eigentlich zurückbleiben wollen, änderte dann aber ihre Absicht und schloß sich den andern an. Sofort folgte ihr auch der Fürst, und oben, in der Wohnung des Generals, blieben nur der Deutsche und Madame *veuve* Cominges zurück.

Zehntes Kapitel

In den Badeorten (und, wie es scheint, auch im ganzen übrigen westlichen Europa) lassen sich die Hoteliers und Oberkellner, wenn sie den Gästen ihr Logis anweisen, nicht sowohl von deren Forderungen und Wünschen leiten, als vielmehr von ihrem eigenen persönlichen Urteil über sie, und man muß zugeben, daß sie dabei nur selten Irrtümer begehen. Aber der Tante war (warum eigentlich?) ein so großartiges Quartier angewiesen, daß sie denn doch überschätzt war: vier prachtvoll möblierte Zimmer, nebst einem Badezimmer, den erforderlichen Räumlichkeiten für die Dienerschaft, einem besonderen Zimmerchen für die Zofe usw. usw. In diesen Zimmern hatte tatsächlich eine Woche vorher eine Großherzogin logiert, was denn auch natürlich den neuen Bewohnern sofort mitgeteilt wurde, um damit eine weitere Erhöhung des an sich schon hohen Wohnungspreises zu rechtfertigen. Die Tante wurde in allen Zimmern umhergetragen oder, richtiger gesagt, in ihrem Rollstuhl umhergefahren und unterzog sie einer aufmerksamen, strengen Musterung. Der Oberkellner, ein schon bejahrter Mann mit kahlem Kopf, begleitete sie respektvoll bei dieser ersten Besichtigung.

Wofür eigentlich alle die Tante hielten, weiß ich nicht genau; aber anscheinend taxierte man sie für eine sehr vornehme Persönlichkeit und, was die Hauptsache war, für außerordentlich reich. In das Fremdenbuch wurde sogleich eingetragen: *Madame la générale princesse de Tarassevitcheva*, obwohl die Tante ganz und gar keine Fürstin war. Die eigene Dienerschaft, das besondere Abteil auf der Eisenbahn, die Unmenge unnötiger Koffer, Schachteln und Kisten, die sie mit sich führte, hatten für diese Wertschätzung wahrscheinlich den Grund gelegt; und der Lehnstuhl, der entschiedene Ton, die scharfe Stimme der alten Dame und die absonderlichen Fragen, die sie in der ungeniertesten, keinen Widerspruch duldenden Weise stellte, kurz, ihr ganzes Wesen, rücksichtslos, scharf, gebieterisch, steigerte die allgemeine Hochachtung vor ihr noch um ein Beträchtliches.

Bei der Besichtigung ließ die Tante ein paarmal den Rollstuhl plötzlich anhalten, zeigte auf ein oder das andere Stück des Meublements und wandte sich mit unerwarteten Fragen an den respektvoll lächelnden, aber bereits etwas ängstlich werdenden Oberkellner. Sie stellte ihre Fragen auf französisch, das sie aber ziemlich schlecht sprach, so daß ich es meistens erst noch übersetzen mußte. Die Antworten des Oberkellners mißfielen ihr größtenteils und schienen ihr unbefriedigend. Aber sie fragte auch fortwährend nach Gott weiß was für Dingen. So machte sie zum Beispiel auf einmal vor einem Gemälde halt, einer ziemlich schwachen Kopie irgendeines bekannten Originals, das ein Wesen der Mythologie darstellte.

»Wessen Porträt ist das?«

Der Oberkellner erwiderte, es werde wohl eine Gräfin sein.

»Wie kommt es, daß du das nicht weißt? Wohnst hier und weißt das nicht! Wozu ist das Bild überhaupt hier? Und warum schielen auf ihm die Augen so?«

Auf all diese Fragen war der Oberkellner nicht imstande, befriedigend zu antworten und wurde ganz verlegen.

»So ein Tölpel!« rief die alte Tante auf russisch.

Sie wurde weitergefahren. Dieselbe Geschichte wiederholte sich bei einer kleinen Meißner Porzellanfigur, die die Alte lange betrachtete und dann (niemand wußte, warum) fortzuschaffen befahl. Endlich brachte sie den Oberkellner mit der Frage in Bedrängnis, was die Teppiche im Schlafzimmer gekostet hätten, und wo sie gewebt seien. Der Oberkellner versprach, sich danach zu erkundigen.

»Was sind das hier für Esel!« brummte die Tante und richtete nun ihre ganze Aufmerksamkeit auf das Bett.

»So ein luxuriöser Baldachin! Schlagt mal den Vorhang zurück!«

Der Bettvorhang wurde zurückgeschlagen.

»Noch weiter, noch weiter, schlagt ihn ganz zurück! Nehmt die Kissen weg, das Laken; hebt das Federbett in die Höhe!« Alles wurde umgewälzt. Die Tante schaute aufmerksam hin.

»Gut, daß keine Wanzen da sind. Weg mit der ganzen Bettwäsche! Das Bett soll mit meinen eigenen Kissen und mit meiner eigenen Bettwäsche zurechtgemacht werden. Aber all das ist viel zu luxuriös; wozu brauche ich alte Frau eine solche Wohnung? Da langweile ich mich nur darin, wenn ich allein bin. Alexei Iwanowitsch, komm recht oft zu mir, wenn du mit dem Unterricht der Kinder fertig bist!«

»Ich bin seit gestern nicht mehr in Stellung beim General«, antwortete ich. »Ich wohne im Hotel als ganz selbständiger Gast.«

»Woher ist denn das gekommen?«

»Es ist hier neulich ein vornehmer deutscher Baron mit seiner Gemahlin, der Baronin, aus Berlin angekommen. Ich redete die beiden gestern auf der Promenade deutsch an, ohne mich an die Berliner Aussprache zu halten.«

»Nun, und was weiter?«

»Er hielt das für eine Frechheit und beschwerte sich beim General, und der General entließ mich gestern aus meiner Stellung.«

»Du hast ihn wohl beschimpft, den Baron, nicht wahr? Aber wenn du das auch getan hättest, so schadete es nichts!«

»O nein, das habe ich nicht getan. Im Gegenteil, der Baron hat den Stock gegen mich erhoben.«

»Und du, schlapper Kerl, hast es geduldet, daß jemand deinen Hauslehrer so behandelt?« wandte sie sich brüsk an den General, »und hast ihn obendrein aus dem Dienst gejagt? Schlafmützen seid ihr hier, lauter Schlafmützen, das sehe ich schon.«

»Regen Sie sich nicht auf, liebe Tante«, erwiderte der General mit einer halb hochmütigen, halb familiären Tonfärbung; »ich weiß schon allein in meinen Angelegenheiten das Richtige zu treffen. Außerdem hat Alexei Iwanowitsch Ihnen die Sache nicht ganz zutreffend dargestellt.«

»Und du hast dir das gefallen lassen?« wandte sie sich zu mir.

»Ich wollte den Baron zum Duell fordern«, erwiderte ich möglichst bescheiden und ruhig. »Aber der General widersetzte sich meinem Vorhaben.«

»Warum hast du dich denn dem widersetzt?« wandte sich die Alte wieder zum General. »Du, mein Freundchen«, redete sie, zum Oberkellner gewendet, weiter, »kannst jetzt weggehen und brauchst erst wiederzukommen, wenn du gerufen wirst. Es hat keinen Zweck, daß du hier stehst und den Mund aufsperrst. Ich kann diese Puppenfratze nicht ausstehen!« Der Oberkellner verbeugte sich und ging, natürlich ohne das Kompliment, das ihm die Alte gemacht hatte, verstanden zu haben.

»Aber ich bitte Sie, liebe Tante, sind denn Duelle zulässig?« erwiderte der General lächelnd.

»Warum sollen sie nicht zulässig sein? Alle Männer sind Kampfhähne; da mögen sie miteinander kämpfen. Aber ihr seid hier alle Schlafmützen, wie ich sehe, und versteht nicht für die Ehre eures Vaterlandes einzutreten. Na, nun hebt mich auf! Potapytsch, sorge dafür, daß immer zwei Dienstmänner bereit sind; engagiere sie und mache mit ihnen alles ab! Mehr als zwei sind nicht nötig. Zu tragen brauchen sie mich nur auf den Treppen; wo es eben ist, auf der Straße, müssen sie mich schieben; das setze ihnen auseinander! Und bezahle ihnen ihr Geld im voraus; dann sind solche Leute respektvoller. Du selbst bleibe immer um mich, und du, Alexei Iwanowitsch, zeige mir doch diesen Baron auf der Promenade; ich möchte mir diesen ›Herrn Baron von‹ doch wenigstens einmal ansehen. Nun also, wo ist denn dieses Roulett?«

Ich berichtete ihr, das Roulett sei im Kurhaus untergebracht, in den dortigen Sälen. Nun folgten weitere Fragen: ob viele Roulettspiele da seien, ob viele Leute spielten, ob den ganzen Tag über gespielt werde, wie das Spiel eingerichtet sei. Ich antwortete schließlich, das beste wäre, es mit eigenen Augen anzusehen; denn es bloß so zu beschreiben sei eine recht schwere Aufgabe.

»Na gut, dann schafft mich geradewegs dorthin! Geh voran, Alexei Iwanowitsch!«

»Wie, liebe Tante! Wollen Sie sich denn wirklich nicht einmal erst von der Reise erholen?« fragte der General sorglich. Er war in eine gewisse Unruhe geraten, und auch die andern waren alle einigermaßen verlegen geworden und wechselten Blicke miteinander. Wahrscheinlich genierten sie sich ein bißchen oder schämten sich sogar, die alte Tante geradeswegs nach dem Kurhaus zu begleiten, wo sie selbstverständlich irgendwelche Wunderlichkeiten begehen konnte, und zwar, was das Schlimmste war, in aller Öffentlichkeit. Indes erboten sich trotzdem alle, sie dorthin zu begleiten.

»Wozu brauche ich mich erst noch zu erholen? Ich bin nicht müde; ich habe ohnehin fünf Tage lang gesessen. Und dann wollen wir uns ansehen, was es hier für Brunnen und Heilquellen gibt, und wo sie sind. Und dann ... dann wollen wir nach dem Aussichtspunkt, von dem du sagtest, Praskowja. Und was gibt es hier sonst noch zu sehen?«

»Da ist noch vielerlei, Großmütterchen«, erwiderte Polina, die sich nicht gleich zu helfen wußte.

»Na, du weißt es wohl selbst nicht. Marfa, du kommst auch mit mir mit«, sagte sie zu ihrer Zofe.

»Aber wozu soll denn die mitkommen, liebe Tante?« wandte der General beunruhigt ein. »Es wird auch gar nicht gehen; auch Potapytsch wird schwerlich in das Kurhaus hereingelassen werden.«

»Ach, dummes Zeug! Bloß weil sie eine Dienerin ist, sollte ich mich nicht um sie kümmern? Sie ist ja doch auch ein lebendiger Mensch; nun haben wir schon eine Woche auf der Bahn gesessen, da wird sie auch Lust haben, etwas zu sehen. Und mit wem soll sie ausgehen als mit mir? Allein würde sie ja nicht wagen, auch nur die Nase auf die Straße zu stecken.«

»Aber, Großmütterchen ...«

»Schämst du dich etwa, mit mir zu gehen? Dann bleib doch zu Hause; es bittet dich ja niemand mitzukommen. Nun seh einer so einen vornehmen General! Aber ich bin ja auch selbst eine Frau Generalin. Und was hat das überhaupt für einen Zweck, wenn ihr alle hinter mir herzieht? Das ist ja eine ordentliche Schleppe! Ich kann mir auch mit Alexei Iwanowitsch allein alles besehen . . .«

Aber de Grieux bestand energisch darauf, daß alle sie begleiten müßten, und erging sich in den liebenswürdigsten Redewendungen über das Vergnügen, mit ihr gehen zu dürfen usw. So setzten sich denn alle in Bewegung.

»Elle est tombée en enfance«, sagte de Grieux noch einmal, wie vorher zu mir, so jetzt leise zum General; *»seule, elle fera des bêtises . . .«* Was er weiter sagte, konnte ich nicht verstehen; aber offenbar hatte er irgendwelche Absichten, und vielleicht waren bei ihm auch schon wieder Hoffnungen rege geworden.

Bis zum Kurhaus waren etwa neunhundert Schritt. Unser Weg ging durch die Kastanienallee zu einem viereckigen Platz mit Anlagen; um diesen mußte man herumgehen und trat dann unmittelbar ins Kurhaus. Der General hatte sich etwas beruhigt, weil unser Aufzug, wiewohl er ziemlich auffällig war, doch in Ordnung und mit Anstand vonstatten ging. Und es war ja auch nichts Verwunderliches an dem Umstand, daß eine kranke, schwache Person, die nicht gehen konnte, sich in diesem Kurort eingefunden hatte. Aber augenscheinlich fürchtete der General den Eindruck, den unser Erscheinen in den Spielsälen machen mußte. Was hat ein kranker Mensch, der nicht gehen kann, und noch dazu eine alte Dame, beim Roulett zu suchen? Polina und Mademoiselle Blanche gingen jede an einer Seite des Rollstuhls. Mademoiselle Blanche lachte, zeigte eine bescheidene Heiterkeit und scherzte sogar mitunter in liebenswürdigster Weise mit der Tante, so daß diese sie schließlich lobte. Polina, die auf der andern Seite ging, mußte auf die zahllosen Fragen antworten, die die Tante alle Augenblicke an sie richtete, Fragen von dieser Art: »Wer war das, der da eben vorbeiging? Was fuhr da für eine Dame? Ist die Stadt groß? Ist der Park groß? Was sind das für Bäume? Was sind das für Berge? Fliegen da Adler? Was ist das für ein komisches Dach?« Mister Astley ging neben mir und flüsterte mir zu, er erwarte von diesem Vormittag vieles. Potapytsch und Marfa gingen unmittelbar hinter dem Rollstuhl, Potapytsch in seinem Frack und mit seiner weißen Krawatte, aber jetzt mit einer Schirmmütze, Marfa, ein etwa vierzigjähriges Mädchen mit frischem Teint, aber bereits ergrauendem Haar, in einem Kattunkleid, mit einem Häubchen und mit derbledernen, knarrenden Schuhen. Die Tante drehte sich sehr häufig zu ihnen um und sprach mit ihnen. De Grieux, der mit dem General redete, zeigte eine energische Miene; vielleicht sprach er ihm Mut zu, und augenscheinlich erteilte er ihm Ratschläge. Aber die Tante hatte vorhin bereits das fatale Wort gesprochen: »Geld werde ich dir nicht geben.« Möglicherweise meinte de Grieux, diese Ankündigung sei wohl nicht so ernst gemeint; aber der General kannte sein liebes Tantchen. Ich beobachtete, daß de Grieux und Mademoiselle Blanche fortfuhren, miteinander verstohlene Blicke zu wechseln. Den Fürsten und den deutschen Reisenden bemerkte ich ganz hinten am Ende der Allee; sie waren zurückgeblieben und bogen nun, um sich von uns zu trennen, seitwärts ab.

Das Kurhaus betraten wir wie ein Triumphzug. Der Portier und die Diener legten dieselbe respektvolle Ehrerbietung an den Tag wie die Hoteldienerschaft, betrachteten uns aber dabei doch mit einer gewissen Neugier. Die Tante ließ sich zunächst durch alle Säle fahren;

manches lobte sie, gegen andres blieb sie völlig gleichgültig; nach allem fragte sie. Endlich gelangten wir auch zu den Spielsälen. Der Diener, der als Schildwache an der geschlossenen Tür stand, schlug, höchlichst überrascht, schnell beide Türflügel weit zurück.

Das Erscheinen der Tante beim Roulett machte einen starken Eindruck auf das Publikum. Um die Roulett-tische und den Tisch mit *Trente-et-quarante,* der am anderen Ende des Saales aufgestellt war, drängten sich vielleicht hundertfünfzig bis zweihundert Spieler in mehreren Reihen hintereinander. Diejenigen, denen es gelungen war, sich bis unmittelbar an einen Tisch durchzudrängen, behaupteten ihre Plätze wie gewöhnlich mit zäher Energie und gaben sie nicht früher auf als bis sie alles verspielt hatten; denn nur so als bloße Zuschauer dazustehen und nutzlos einen Platz innezuhaben, an dem gespielt werden konnte, war nicht gestattet. Wiewohl um den Tisch herum Stühle aufgestellt sind, setzen sich doch nur wenige Spieler hin, besonders bei starkem Andrang des Publikums. Denn im Stehen nimmt man weniger Raum ein und kann darum leichter einen Platz ergattern; auch seine Einsätze macht man mit mehr Bequemlichkeit, wenn man steht. Gegen die erste Reihe drückte von hinten eine zweite und dritte, in der die Menschen darauf lauerten, wann sie selbst darankommen würden; aber mitunter schob sich aus der zweiten Reihe ungeduldig eine Hand durch die erste hindurch, um einen Einsatz zu machen. Sogar aus der dritten Reihe praktizierte ein oder der andere auf diese Weise mit besonderer Geschicklichkeit seinen Einsatz auf den Tisch; die Folge davon war, daß keine zehn oder auch nur fünf Minuten vergingen, ohne daß es an einem der Tische zu Skandalszenen wegen strittiger Einsätze gekommen wäre. Übrigens ist die Polizei des Kurhauses recht gut. Gegen das Gedränge läßt sich natürlich nichts tun; im Gegenteil freut man sich über den Andrang des Publikums wegen des damit verbundenen Vorteils; aber die acht Croupiers, die an den Tischen sitzen, passen mit angestrengter Aufmerksamkeit auf die Einsätze auf; sie sind es auch, die die Gewinne auszahlen und, falls Streitigkeiten entstehen, diese entscheiden. Schlimmstenfalls rufen sie die Polizei herbei, und dann wird die Sache im Umsehen erledigt. Die Polizisten sind dauernd im Saal stationiert und befinden sich in Zivilkleidung unter den Zuschauern, so daß man sie nicht erkennen kann. Sie passen besonders auf Diebe und Gauner auf, deren es wegen der außerordentlich bequemen Ausübung dieses Gewerbes beim Roulett sehr viele gibt. Und in der Tat, überall sonst muß man aus Taschen und verschlossenen Behältnissen stehlen, und das endet im Falle des Mißlingens sehr unangenehm. Hier aber braucht man es nur ganz einfach folgendermaßen zu machen: man geht zum Roulett, fängt an zu spielen, nimmt sich auf einmal offen und vor aller Augen einen fremden Gewinn und steckt ihn in seine Tasche; entsteht ein Streit, so behauptet der Gauner laut und mit aller Bestimmtheit, der Einsatz sei der seinige. Wenn das geschickt gemacht wird und die Zeugen sich ihrer Sache nicht ganz sicher sind, so gelingt es dem Dieb oft, sich das Geld anzueignen, selbstverständlich nur dann, wenn die Summe nicht sehr beträchtlich ist. Im letzteren Fall pflegt sie schon vorher die Aufmerksamkeit der Croupiers oder eines der Mitspieler erregt zu haben. Ist aber die Summe nicht so bedeutend, so verzichtet der wirkliche Eigentümer mitunter sogar aus Scheu vor einem Skandal auf eine Fortsetzung des Streites und geht davon. Gelingt es dagegen, einen Dieb zu überführen, so wird er sogleich unter großem Aufsehen abgeführt.

Alles das sah sich die Tante von weitem mit scheuer Neugier an. Es gefiel ihr sehr, daß ein paar Diebe hinaustransportiert wurden. Das *Trente-et-quarante* erweckte ihr Interesse nur in geringem Grade; besser gefiel ihr das Roulett mit dem herumlaufenden Kügelchen. Endlich bekam sie Lust, das Spiel aus größerer Nähe mit anzusehen. Ich begreife nicht, wie es möglich war, aber die Saaldiener und einige eifrige Kommissionäre (es sind dies vorzugsweise Polen, die ihr ganzes Geld verspielt haben und nun glücklicheren Spielern sowie allen Ausländern ihre Dienste aufdrängen) fanden trotz des argen Gedränges einen Platz, den sie für die Tante frei machten, gerade in der Mitte des Tisches neben dem Obercroupier, und rollten ihren Stuhl dorthin. Eine Menge von Besuchern, die nicht selbst spielten, sondern nur aus einiger Entfernung dem Spiel zuschauten (in der Hauptsache Engländer mit ihren Familien), drängte sich sogleich zu diesem Tisch, um hinter den Spielern stehend die alte Dame zu beobachten. Viele Lorgnetten richteten sich auf sie. Die Croupiers gaben sich besonderen Hoffnungen hin: von einem so originellen Spieler konnte man allerdings etwas Ungewöhnliches erwarten. Eine fünfundsiebzigjährige Dame, die nicht gehen konnte und spielen wollte, das war freilich ein Fall, wie er nicht alle Tage vorkam. Ich drängte mich gleichfalls zum Tisch durch und stellte mich neben die Tante. Potapytsch und Marfa hatten in weiter Entfernung zurückbleiben müssen und standen dort irgendwo mitten im Menschenschwarm. Der General, Polina, de Grieux und Mademoiselle Blanche standen gleichfalls ziemlich weit entfernt von uns unter den Zuschauern.

Die Tante betrachtete zunächst die Spieler und flüsterte mir in ihrem scharfen Ton kurze Fragen zu: »Was ist das für einer? Wer ist diese Dame?« Besonders gefiel ihr an einem Ende des Tisches ein noch sehr junger Mensch, der hoch spielte, Tausende mit einem Male setzte und, wie unter den Umstehenden geflüstert wurde, bereits gegen vierzigtausend Franc gewonnen hatte, die in einem Häufchen vor ihm lagen, Gold und Banknoten. Er sah blaß aus; seine Augen glänzten, die Hände zitterten ihm; er setzte bereits, ohne überhaupt zu zählen, soviel er mit der Hand gerade faßte, und dabei gewann er fortwährend und häufte immer mehr Geld zusammen. Die Saaldiener waren eifrig um ihn beschäftigt; sie rückten ihm von hinten einen Sessel heran und hielten um ihn herum etwas Raum frei, damit er sich besser bewegen könne und von den andern nicht so gedrängt werde – alles in Erwartung eines reichen Trinkgeldes. Denn manche Spieler geben von ihrem Gewinn den Dienern, ohne zu zählen, in der Freude ihres Herzens, soviel sie mit der Hand in der Tasche zu fassen bekommen. Neben dem jungen Mann hatte bereits ein Pole Aufstellung genommen, der sich aus allen Kräften um ihn bemühte und ihm respektvoll, aber ohne Unterlaß etwas zuflüsterte, Anweisungen, wie er setzen solle, Ratschläge und Belehrungen das Spiel betreffend – natürlich erwartete er ebenfalls nachher ein Geldgeschenk! Aber der Spieler sah fast gar nicht nach ihm hin, setzte, wie es sich gerade traf, und strich immer neue Gewinne ein. Er wußte offenbar gar nicht mehr, was er tat.

Die Alte beobachtete ihn ein paar Minuten lang.

»Sage ihm doch«, wandte sie sich plötzlich voller Eifer an mich, indem sie mich anstieß, »sage ihm doch, er möchte aufhören, er möchte schleunigst sein Geld nehmen und davongehen. Er wird verlieren, im nächsten Augenblick wird er alles verlieren!« Sie konnte vor Aufregung kaum atmen. »Wo ist Potapytsch? Schicke doch Potapytsch zu ihm hin! Sage es ihm doch, sage es ihm doch!« wiederholte sie, mich wieder anstoßend. »Aber wo in aller Welt ist denn Potapytsch? *Sortez, sortez!«* begann sie selbst dem jungen Mann zuzurufen. Ich beugte mich zu ihr herunter und flüsterte ihr nachdrücklich zu, so zu rufen sei hier nicht gestattet, nicht einmal laut zu reden, da das die Berechnungen störe; es sei zu befürchten, daß wir sofort hinausgewiesen würden.

»So ein Ärger! Der Mensch ist verloren! Na, es ist sein eigener Wille ... ich mag gar nicht nach ihm hinsehen; mir wird ganz übel davon. So ein Dummkopf!« Bei diesen Worten drehte sich die Tante schnell nach der anderen Seite.

Dort, zur Linken, an der andern Hälfte des Tisches, zog unter den Spielern eine junge Dame, neben der ein Zwerg stand, die Aufmerksamkeit auf sich. Wer dieser Zwerg war, weiß ich nicht; ob es ein Verwandter von ihr war, oder ob sie ihn nur so um Aufsehen zu erregen, mitnahm. Diese Dame hatte ich schon früher bemerkt; sie erschien am Spieltisch täglich um ein Uhr mittags und ging pünktlich um zwei. Sie war schon allgemein bekannt, und es wurde ihr bei ihrem Erscheinen sofort ein Sessel hingestellt. Sie zog ein paar Goldstücke oder ein paar Tausendfrancscheine aus der Tasche und begann zu setzen, ruhig, kaltblütig, mit Überlegung; auf einem Blatt Papier notierte sie mit Bleistift die Zahlen, die herausgekommen waren, und suchte die systematische Ordnung zu erkennen, in der sich diese gruppierten. Ihre Einsätze waren von ansehnlicher Höhe. Sie gewann täglich ein-, zwei-, höchstens dreitausend Franc, nicht mehr, und ging, sobald sie die gewonnen hatte, sofort weg. Die Tante beobachtete sie längere Zeit.

»Na, die da wird nicht verlieren! Die wird nicht verlieren! Was ist das für eine? Kennst du sie nicht? Wer ist sie?

»Es ist eine Französin, wahrscheinlich so eine«, flüsterte ich.

»Ah, man erkennt den Vogel am Fluge. Die hat offenbar scharfe Krallen. Jetzt erkläre mir, was jeder Umlauf der Kugel bedeutet, und wie man setzen muß!«

Ich setzte der Tante nach Möglichkeit auseinander, was es mit den zahlreichen Arten des Setzens für eine Bewandtnis hat: mit *rouge et noir, pair et impair, manque et passe,* sowie endlich mit den verschiedenen Variationen beim Setzen auf Zahlen. Die Tante hörte aufmerksam zu, merkte sich, was ich sagte, fragte, wo sie etwas nicht verstand, und gewann so einen guten Einblick. Für jede Gattung von Einsätzen konnte ich ihr sofort Beispiele vor Augen führen, so daß sie vieles sehr leicht und schnell begriff und sich einprägte. Die Tante war sehr befriedigt.

»Aber was bedeutet *zéro*? Dieser Croupier da, der krausköpfige, der oberste von ihnen, hat eben gerufen: *›zéro‹!* Und warum hat er alles zusammengescharrt, was auf dem Tisch war? So einen Haufen, alles hat er für sich genommen! Wie hängt das zusammen?«

»*Zéro*, Großmütterchen, das ist der Vorteil für die Bank. Wenn die Kugel auf *zéro* fällt, so gehören alle Einsätze auf dem Tisch der Bank, ohne weitere Berechnung. Allerdings hat man noch die Möglichkeit des Quittspiels; aber dann zahlt im Falle des Gewinnes die Bank nichts.«

»Na, so etwas! Und ich bekomme gar nichts?«

»Nicht doch, Großmütterchen; wenn Sie vorher auf *zéro* gesetzt haben und *zéro* dann herauskommt, so wird Ihnen das Fünfunddreißigfache bezahlt.«

»Was? Das Fünfunddreißigfache? Und kommt das oft heraus? Warum setzen sie denn nicht darauf, die Dummköpfe?«

»Es sind sechsunddreißig Chancen dagegen, Großmütterchen.«

»Ach was, Unsinn! Potapytsch, Potapytsch! Warte mal, ich habe selbst Geld bei mir – da!« Sie zog eine wohlgespickte Geldbörse aus der Tasche und entnahm ihr einen Friedrichsdor. »Da! Setz das gleich mal auf *zéro*!«

»Großmütterchen, *zéro* ist eben herausgekommen«, sagte ich, »also wird es jetzt lange Zeit nicht herauskommen. Sie werden viel verlieren, wenn Sie bis dahin immer auf *zéro* setzen wollen. Warten Sie lieber noch ein Weilchen!«

»Rede nicht dummes Zeug! Setze nur!«

»Wie Sie wünschen; aber es kommt vielleicht bis zum Abend nicht wieder heraus; Sie können Tausende von Francs verlieren; das ist alles schon vorgekommen.«

»Ach, Unsinn, Unsinn! Wer sich vor dem Wolf fürchtet, der muß nicht in den Wald gehen. Was? Ich habe verloren? Setz noch einmal!«

Auch der zweite Friedrichsdor ging verloren: wir setzten den dritten. Die Tante konnte kaum stillsitzen; mit heißen Augen folgte sie der Kugel, die an den Zacken des sich drehenden Rades hinsprang. Auch der dritte ging verloren. Die Tante war außer sich; sie rückte auf ihrem Sitz fortwährend hin und her und schlug sogar mit der Faust auf den Tisch, als der Croupier *»trente-six«* rief, statt des erwarteten *zéro*.

»Na so ein Kerl!« ereiferte sich die Tante. »Wird denn dieses vedammte *zéro* nicht bald herauskommen? Ich will des Todes sein, wenn ich nicht sitzen bleibe, bis es herauskommt! Das macht alles dieser verdammte krausköpfige Croupier da; bei dem kommt es nie heraus! Alexei Iwanowitsch, setze zwei Goldstücke mit einemmal! Du setzt ja so wenig, daß, auch wenn *zéro* wirklich kommt, wir nichts Ordentliches einnehmen.«

»Großmütterchen!«

»Setze, setze! Es ist nicht dein Geld!«

Ich setzte zwei Friedrichsdor. Die Kugel flog lange im Rad herum; endlich begann sie an den Zacken zu springen. Die alte Dame war ganz starr und preßte meine Hand zusammen. Und auf einmal kam's:

»*Zéro*!« rief der Croupier.

»Siehst du, siehst du?« wandte sich die Tante schnell zu mir; sie strahlte über das ganze Gesicht und war selig. »Ich habe es dir ja gesagt! Das hat mir Gott selbst eingegeben, gleich zwei Goldstücke zu setzen! Na, wieviel bekomme ich nun? Warum zahlen sie mir denn das Geld nicht aus? Potapytsch, Marfa! Wo sind die denn? Wo sind die Unsrigen alle geblieben? Potapytsch, Potapytsch!«

»Großmütterchen, alles nachher, nachher!« flüsterte ich ihr zu. »Potapytsch steht an der Tür; man läßt ihn nicht bis hierher. Sehen Sie, Großmütterchen, da zahlen sie Ihnen das Geld aus; nehmen Sie es in Empfang!« Man warf ihr eine schwere, versiegelte Rolle in blauem Papier, die fünfzig Friedrichsdor enthielt, hin und zählte ihr noch zwanzig lose Friedrichsdor auf. Dieses ganze Geld zog ich mit einer Krücke zu der Tante heran.

»*Faites le jeu, messieurs! Faites le jeu, messieurs! Rien ne va plus?*« rief der Croupier, zum Setzen auffordernd, und schickte sich an, das Roulett zu drehen.

»Mein Gott! Wir kommen zu spät! Er dreht gleich los! Setze, setze!« rief die Tante eifrig. »So trödle doch nicht, schnell!« Sie geriet ganz außer sich und stieß mich aus Leibeskräften an.

»Worauf soll ich denn setzen, Großmütterchen?«

»Auf *zéro*, auf *zéro*! Wieder auf *zéro*! Setz soviel wie möglich! Wieviel haben wir im ganzen? Siebzig Friedrichsdor? Mit denen wollen wir nicht knausern; setze immer zwanzig Friedrichsdor auf einmal!

»Aber überlegen Sie doch, Großmütterchen! *Zéro* kommt mitunter bei zweihundert Malen kein einziges Mal heraus! Ich versichere Sie, Sie werden die ganze Summe wieder verlieren.«

»Törichtes Geschwätz! So setze doch! Papperlapapp! Ich weiß, was ich tue«, sagte die Tante, die vor Aufregung bebte.

»Nach dem Reglement ist es nicht gestattet, auf einmal mehr als zwölf Friedrichsdor auf *zéro* zu setzen, Großmütterchen. Nun, die habe ich jetzt gesetzt.«

»Wieso ist das nicht erlaubt? Redest du mir auch nichts vor? *Monsieur, monsieur!*« Sie stieß den Croupier an, der unmittelbar an ihrer linken Seite saß und sich bereit machte, das Rad zu drehen. »*Combien zéro? Douze? Douze?*«

Mit möglichster Eile verdeutlichte ich ihm auf französisch den Sinn der Frage.

»*Oui, madame*«, bestätigte der Croupier höflich und fügte zur Erklärung hinzu: »So wie auch jeder andere einzelne Einsatz die Summe von viertausend Gulden nicht übersteigen darf, nach dem Reglement.«

»Na, dann ist nichts zu machen. Setze zwölf!«

»*Le jeu est fait!*« rief der Croupier. Das Rad drehte sich, und es kam die Dreißig heraus. Wir hatten verloren!

»Nochmal, nochmal, nochmal! Setz nochmal!« rief die Alte. Ich versuchte keine Widerrede mehr und setzte achselzuckend noch zwölf Friedrichsdor. Das Rad drehte sich lange. Die Tante, die das Rad gespannt beobachtete, zitterte am ganzen Leib. »Kann sie wirklich glauben, daß *zéro* wieder gewinnen wird?« dachte ich, während ich sie erstaunt anblickte. Auf ihrem strahlenden Gesicht lag der Ausdruck der festen Überzeugung, daß sie gewinnen werde, der bestimmten Erwartung, es werde im nächsten Augenblick gerufen werden: »Zéro!« Die Kugel sprang in ein Fach.

»*Zéro*!« rief der Croupier.

»Na also!« wandte sich die Tante mit einer Miene wilden Triumphes zu mir.

Ich war selbst Spieler; dessen wurde ich mir in eben diesem Augenblick bewußt. Hände und Füße zitterten mir; in meinem Kopf hämmerte es. Allerdings, das war ein seltener Zufall, daß unter etwa zehn Malen dreimal zéro herausgekommen war; aber etwas besonders Erstaunliches war nicht dabei. Ich war selbst Zeuge gewesen, wie zwei Tage vorher zéro dreimal *nacheinander* herauskam, und dabei hatte ein Spieler, der sich auf einem Blatt Papier eifrig die einzelnen Resultate notierte, laut geäußert, daß erst am vorhergehenden Tag zéro den ganzen Tag über nur ein einziges Mal gekommen sei.

Da die Tante den größten Gewinn gemacht hatte, der möglich war, so vollzog sich die Auszahlung in besonders höflicher, respektvoller Manier. Sie hatte gerade vierhundertundzwanzig Friedrichsdor zu bekommen, oder viertausend Gulden und zwanzig Friedrichsdor. Die zwanzig Friedrichsdor gab man ihr in Gold, die viertausend Gulden in Banknoten.

Diesmal rief die Tante nicht mehr nach Potapytsch; sie war mit anderem beschäftigt. Auch stieß sie mich nicht an und zitterte äußerlich nicht; aber innerlich, wenn man sich so ausdrücken kann, innerlich zitterte sie. Sie hatte alle ihre Gedanken auf *einen* Punkt konzentriert, sie auf ein ganz bestimmtes Ziel gerichtet.

»Alexei Iwanowitsch! Er hat gesagt, auf einmal könne man nur viertausend Gulden setzen? Na, dann nimm hier diese ganzen viertausend und setze sie auf Rot!« befahl sie.

Es wäre nutzlos gewesen, ihr davon abzureden. Das Rad begann sich zu drehen.

»*Rouge*!« verkündete der Croupier.

Wieder ein Gewinn von viertausend Gulden, also im ganzen achttausend.

»Viertausend gib mir her, und die anderen viertausend setze wieder auf Rot!« kommandierte die Tante.

Ich setzte wieder viertausend.

»*Rouge*!« rief der Croupier von neuem.

»In summa zwölftausend! Gib sie alle her! Das Gold schütte hier hinein, in die Börse, und die Banknoten verwahre für mich in deiner Tasche! Nun genug! Nach Hause! Rollt meinen Stuhl von hier weg!«

Elftes Kapitel

Der Stuhl wurde zur Tür nach dem andern Ende des Saales hingerollt. Die Tante strahlte. Die Unsrigen umdrängten sie sogleich alle mit Glückwünschen. Mochte auch das Benehmen der Tante sehr exzentrisch sein, ihr Triumph deckte vieles zu, und der General fürchtete jetzt nicht mehr, sich in der Öffentlichkeit durch seine verwandtschaftlichen Beziehungen zu einer so sonderbaren Dame zu kompromittieren. Mit einem leutseligen, vertraulichheiteren Lächeln, wie wenn er mit einem Kind Scherz triebe, beglückwünschte er seine Tante. Übrigens war er augenscheinlich im höchsten Grade überrascht, wie auch alle andern Zuschauer. Ringsherum sprach man von der Tante und wies auf sie hin. Viele gingen absichtlich an ihr vorbei, um sie aus der Nähe anzusehen. Mister Astley redete in einiger Entfernung mit zwei seiner englischen Bekannten über sie. Einige stolze Damen betrachteten sie mit hochmütiger Verwunderung, wie wenn sie eine Art Wundertier wäre . . . De Grieux leistete Unglaubliches in Komplimenten und stetem Lächeln.

»*Quelle victoire*!« sagte er.

»*Mais, madame, c'était du feu*!« fügte Mademoiselle Blanche mit einem scherzhaften Lächeln hinzu.

»Na ja, ich bin einfach hierhergekommen und habe zwölftausend Gulden gewonnen! Was sage ich, zwölftausend; da ist ja noch das Gold! Mit dem Gold kommen beinah dreizehntausend heraus. Wieviel ist das nach unserem Geld? Es werden etwa sechstausend Rubel sein, nicht wahr?«

Ich bemerkte, daß es sogar siebentausend Rubel übersteige und nach dem jetzigen Kurs vielleicht an achttausend herankommen möge.

»Ein schöner Spaß, achttausend Rubel! Und ihr sitzt hier still, ihr Schlafmützen, und tut nichts! Potapytsch, Marfa, habt ihr es gesehen?«

»Mütterchen, wie haben Sie das nur angefangen? Achttausend Rubel!« rief Marfa und krümmte sich dabei ganz zusammen.

»Da! Hier hat jeder von euch fünf Goldstücke! Da, nehmt!«

Potapytsch und Marfa griffen nach den Händen der Tante, um sie stürmisch zu küssen.

»Auch die Dienstmänner sollen jeder einen Friedrichsdor haben. Gib jedem von ihnen ein Goldstück, Alexei Iwanowitsch! Warum verbeugt sich dieser Saaldiener, und der andre auch? Sie gratulieren? Gib ihnen auch jedem einen Friedrichsdor!«

»*Madame la princesse . . . un pauvre expatrié . . . malheur continuel . . . les princes russes sont si généreux . . .*« Mit diesen Worten scharwenzelte um den Rollstuhl herum ein schnurrbärtiges Subjekt in abgetragenem Oberrock und bunter Weste, die Mütze in der Hand, das Gesicht zu einem kriecherischen Lächeln verziehend.

»Gib ihm auch einen Friedrichsdor! . . . Nein, gib ihm zwei! Nun aber soll's genug sein; sonst nimmt das mit diesen Menschen kein Ende. Hebt an und tragt mich weiter! Praskowja«, wandte sie sich an Polina Alexandrowna, »ich werde dir morgen Stoff zu einem Kleid kaufen, und der hier auch, dieser Mademoiselle, wie heißt sie doch? Mademoiselle Blanche, gut, der werde ich auch Stoff zu einem Kleid kaufen. Übersetze es ihr, Praskowja!«

»*Merci, madame*«, erwiderte Mademoiselle Blanche mit einem graziösen Knicks und tauschte dann spöttisch lächelnd mit de Grieux und dem General einen Blick aus. Der General wurde einigermaßen verlegen und war sehr froh, als wir endlich die Allee erreicht hatten.

»Da fällt mir Fedosja ein, wie die sich jetzt wundern wird«, sagte die Tante, die gerade an die ihr wohlbekannte Kinderfrau im Haushalt des Generals dachte. »Der muß ich auch Zeug zu einem Kleid schenken. Höre, Alexei Iwanowitsch, Alexei Iwanowitsch, gib diesem Bettler etwas!«

Ein zerlumpter Mensch mit gekrümmtem Rücken ging auf dem Weg an uns vorbei und sah uns an.

»Aber das ist vielleicht gar kein Bettler, Großmütterchen, sondern irgendein Vagabund.«

»Gib nur, gib! Gib ihm einen Gulden!«

Ich trat an ihn heran und gab ihm das Geld. Er sah mich mit scheuer Verwunderung an, nahm aber schweigend den Gulden hin. Er roch stark nach Branntwein.

»Hast du denn noch nicht dein Glück probiert, Alexei Iwanowitsch?«

»Nein, Großmütterchen.«

»Aber die Augen brannten dir am Spieltisch nur so; ich habe es wohl gesehen.«

»Ich werde schon noch mein Glück versuchen, Großmütterchen, ganz bestimmt, ein andermal.«

»Und setze nur geradezu auf *zéro*! Dann wirst du schon sehen! Wieviel Geld hast du denn?«

»Ich habe im ganzen nur zwanzig Friedrichsdor, Großmütterchen.«

»Das ist wenig. Ich will dir fünfzig Friedrichsdor borgen, wenn du willst. Hier, du kannst gleich diese Rolle nehmen. – Aber du, lieber Freund«, wandte sie sich auf einmal an den General, »mach dir keine Hoffnungen; dir gebe ich nichts!«

Der General zuckte zusammen; aber er schwieg. De Grieux machte ein finsteres Gesicht.

»*Que diable, c'est une terrible vieille!*« flüsterte er durch die Zähne dem General zu.

»Ein Bettler, ein Bettler, wieder ein Bettler!« rief die Tante. »Alexei Iwanowitsch, gib dem auch einen Gulden!«

Diesmal war derjenige, der uns begegnete, ein grauköpfiger alter Mann mit einem Stelzfuß; er trug einen blauen Rock mit langen Schößen und hatte einen langen Rohrstock in der Hand. Er sah aus wie ein alter Soldat.

Aber als ich ihm den Gulden hinhielt, trat er einen Schritt zurück und blickte mich grimmig an.

»Zum Teufel, was soll das vorstellen?« schrie er und fügte dem noch eine Reihe von Schimpfworten hinzu.

»Na, so ein Dummkopf!« rief die Tante. »Dann läßt er's bleiben! Fahrt mich weiter! Ich bin ganz hungrig geworden! Nun wollen wir gleich zu Mittag essen; dann will ich mich ein Weilchen hinlegen und mich dann wieder dorthin begeben.«

»Sie wollen wieder spielen, Großmütterchen?« rief ich.

»Was hast du dir denn gedacht? Weil ihr alle hier still sitzt und die Hände in den Schoß legt, soll ich es euch wohl nachmachen!«

»*Mais, madame*«, bemerkte nähertretend de Grieux, »*les chances peuvent tourner, une seule mauvaise chance et vous perdrez tout . . . surtout avec votre jeu . . . c'était horrible!*«

»*Vous perdrez absolument*«, zwitscherte Mademoiselle Blanche.

»Was geht denn das euch alle an? Wenn ich verliere, verliere ich ja nicht euer Geld, sondern meins! Aber wo ist denn dieser Mister Astley?« fragte sie mich.

»Er ist im Kurhaus geblieben, Großmütterchen.«

»Schade; das ist ein sehr netter Mensch.«

Als wir nach Hause gekommen waren, begegneten wir auf der Treppe dem Oberkellner, und die Tante rief ihn sogleich heran und rühmte sich ihres Spielgewinns; darauf ließ sie Fedosja rufen, schenkte ihr drei Friedrichsdor und befahl, das Mittagessen aufzutragen. Fedosja und Marfa zerrissen sich bei Tisch fast vor Dienstfertigkeit gegen sie.

»Ich sah so nach Ihnen hin, Mütterchen«, schwatzte

Marfa, »und da sagte ich zu Potapytsch: ›Was will unser Mütterchen nur da machen?‹ Und auf dem Tisch lag Geld, eine Unmenge Geld, o Gott, o Gott! In meinem ganzen Leben habe ich noch nicht so viel Geld gesehen. Und darum herum saßen Herrschaften, lauter vornehme Herrschaften. Und ich sagte: ›Wo mögen bloß all diese vielen Herrschaften hier herkommen, Potapytsch?‹ Ich dachte bei mir: ›Möge ihr die Mutter Gottes selbst beistehen!‹ Und ich betete für Sie, Mütterchen; aber mein Herz war mir so beklommen, ganz beklommen war es mir, und ich zitterte nur so, am ganzen Leibe zitterte ich. ›Gott gebe ihr alles Gute!‹ dachte ich; na, und sehen Sie, da hat Gott Ihnen denn auch seinen Segen geschickt. Bis diesen Augenblick zittere ich noch, Mütterchen; sehen Sie nur, wie ich am ganzen Leibe zittre!«

»Alexei Iwanowitsch, nach Tisch, so um vier Uhr, dann mach dich fertig; dann wollen wir wieder hin. Jetzt aber, für die Zwischenzeit, adieu! Und vergiß auch nicht, mir so einen Doktor herzuschicken; ich muß doch auch Brunnen trinken. Tu's nur bald, sonst vergißt du es am Ende noch!«

Als ich von der Tante herauskam, war ich wie betäubt. Ich suchte mir eine Vorstellung davon zu machen: was wird jetzt aus den Unsrigen allen werden, und welche Wendung werden die Dinge nehmen? Ich sah klar, daß die Unsrigen, und ganz besonders der General, noch nicht einmal von der ersten Überraschung wieder recht zur Besinnung gekommen waren. Die Tatsache, daß die alte Tante in Person eingetroffen war, statt der von Stunde zu Stunde erwarteten Nachricht von ihrem Tod und damit auch der Nachricht von der Erbschaft, diese Tatsache hatte den ganzen Aufbau ihrer Absichten und Pläne so gründlich zerstört, daß sie nun den Großtaten der Tante am Roulettisch völlig verblüfft, ja gewissermaßen wie von einem Starrkrampf befallen gegenüberstanden. Und doch fiel diese zweite Tatsache, das Glücksspiel der Tante, fast noch schwerer in die Waagschale als die erste. Denn wenn auch die Alte zweimal erklärt hatte, sie werde dem General kein Geld geben – nun, wer weiß, man brauchte darum doch nicht alle Hoffnung aufzugeben. So gab denn auch de Grieux, der an allen Angelegenheiten des Generals stark beteiligt war, die Hoffnung nicht auf. Und ich war überzeugt, daß auch Mademoiselle Blanche, die gleichfalls bei der Sache höchst interessiert war (na, und ob! wo sie Frau Generalin zu werden und in den Besitz einer bedeutenden Erbschaft zu gelangen hoffte!), daß auch sie die Hoffnung nicht verlieren, sondern der Tante gegenüber alle Künste der Koketterie zur Anwendung bringen würde – ganz im Gegensatz zu der stolzen Polina, die zu ungelehrig war und nicht verstand, sich einzuschmeicheln. Aber jetzt, jetzt, wo die Tante so großartige Erfolge beim Roulett aufzuweisen hatte, jetzt, wo sich deren ganzes Wesen ihnen allen in voller Klarheit und Deutlichkeit als der Typus eines eigensinnigen, herrschsüchtigen, kindisch gewordenen alten Weibes enthüllt hatte, jetzt war vielleicht alles verloren. Sie freute sich ja über ihren Gewinn wie ein kleines Kind, und so war zu erwarten, daß sie, wie das so zu gehen pflegt, alles verspielen werde. »Mein Gott«, dachte ich, und Gott verzeihe mir, daß ich dabei recht schadenfroh lachte, »mein Gott, jeder Friedrichsdor, den die Alte vorhin setzte, hat gewiß dem General einen Stich ins Herz gegeben und diesen Monsieur de Grieux schwer geärgert und Mademoiselle de Cominges in Wut versetzt; dieser letzteren mag zumute gewesen sein, als ob man den vollen Löffel ihr erst gezeigt und dann an dem begehrlich geöffneten Mund vorbeigeführt hätte. Und dann war da noch eine bedenkliche Tatsache: sogar als die Tante den großen Spielgewinn gemacht hatte und voll Freude darüber war und an alle möglichen Leute Geld verteilte und jeden Passanten für einen unterstützungswürdigen Armen ansah, selbst da hatte sie zu dem General schroff gesagt: ›Dir werde ich trotzdem nichts geben!‹ Das hieß doch: ›Ich habe mich auf diesen Gedanken versteift, es mir fest vorgenommen, mir selbst das Wort darauf gegeben.‹ Eine böse, böse Sache!«

Alle diese Gedanken gingen mir durch den Kopf, während ich von dem Logis der Tante die breite Treppe nach der obersten Etage hinanstieg, in der mein Zimmerchen lag. All diese Vorgänge erregten mein lebhaftes Interesse. Zwar hatte ich schon früher die wichtigsten, stärksten Fäden erraten können, durch die die Akteure des vor meinen Augen sich abspielenden Dramas miteinander verknüpft waren; aber alle Hilfsmittel und Geheimnisse dieses Spieles kannte ich trotzdem noch nicht. Polina war gegen mich nie ganz offenherzig gewesen. Mitunter war es ja allerdings vorgekommen, daß sie mich anscheinend unwillkürlich einen Blick in ihr Herz tun ließ; aber ich hatte bemerkt, daß sie oft, ja fast immer nach solchen Fällen von Offenherzigkeit entweder alles, was sie gesagt hatte, auf das Gebiet des Scherzes hinüberspielte oder es nachträglich wieder verwirrte und allem absichtlich einen falschen Sinn beilegte. Oh, sie verheimlichte mir vieles! Jedenfalls hatte ich das Vorgefühl, daß die letzte Phase dieses ganzen Zustandes geheimnisvoller Spannung herannahte. Noch ein Schlag, und alles war beendet und aufgedeckt. Um mein eigenes Schicksal machte ich mir, obwohl ich an der Entwicklung dieser Dinge ein hohes Interesse hatte, fast keine Sorgen. Ich befand mich in einer sonderbaren Gemütsverfassung: in der Tasche hatte ich nur zwanzig Friedrichsdor; ich befand mich fern von der Heimat in fremdem Lande, ohne Stellung und ohne Existenzmittel, ohne Hoffnung und ohne Pläne – und machte mir darüber keine Sorgen! Wäre nicht der Gedanke an Polina gewesen, so hätte ich einfach mein ganzes Interesse auf die Komik der bevorstehenden Lösung gerichtet und aus vollem Halse gelacht. Aber der Gedanke an sie regte mich auf; ihr Schicksal mußte sich jetzt entscheiden, das ahnte ich; aber, ich bekenne es, ihr Schicksal beunruhigte mich gar nicht. Ich wünschte, in ihre Geheimnisse einzudringen; ich hätte gewünscht, daß sie zu mir gekommen wäre und gesagt hätte: »Ich liebe dich ja«, und wenn das nicht geschah, wenn das eine undenkbare Verrücktheit war, dann ... ja, was hätte ich dann gewünscht? Wußte ich denn etwa, was ich wünschte? Ich war selbst ganz wirr im Kopf: nur bei ihr sein, in ihrem Strahlenkreis, in dem Glanzschimmer, der sie umgibt, immer, unaufhörlich, das ganze Leben lang! Von weiteren Wünschen wußte ich nichts! War ich denn überhaupt imstande, von ihr fortzugehen?

Als ich in der dritten Etage auf dem Korridor war, an dem die Zimmer der Unsrigen liegen, hatte ich eine Empfindung, als ob mich jemand anstieße. Ich drehte mich um und erblickte in einer Entfernung von zwanzig oder noch mehr Schritten Polina, die aus einer Tür herauskam. Sie schien auf mich gewartet und nach mir Ausschau gehalten zu haben und winkte mich sogleich zu sich heran.

»Polina Alexandrowna ...«

»Leiser, leiser«, sagte sie in gedämpftem Ton.

»Können Sie sich das vorstellen«, flüsterte ich, »es war mir soeben, als stieße mich jemand von der Seite an; ich drehte mich um – und da stehen Sie! Gerade als wenn eine Art Elektrizität von Ihnen ausginge!«

»Nehmen Sie diesen Brief«, sagte Polina, die eine sorgenvolle, düstere Miene zeigte; das, was ich gesagt hatte, hatte sie wahrscheinlich gar nicht ordentlich gehört, »und übergeben Sie ihn persönlich Mister Astley, aber sogleich! So schnell wie irgend möglich; ich bitte Sie darum. Eine Antwort ist nicht nötig. Er wird schon selbst . . .«

Sie sprach den begonnenen Satz nicht zu Ende.

»Mister Astley?« fragte ich erstaunt.

Aber Polina war schon hinter der Tür verschwunden.

»Aha! Also sie haben eine Korrespondenz miteinander!«

Selbstverständlich machte ich mich eiligst auf, um Mister Astley aufzusuchen, zuerst in seinem Hotel, wo ich ihn nicht antraf, dann im Kurhaus, wo ich durch alle Säle lief; als ich endlich ärgerlich und beinahe in Verzweiflung nach Hause zurückging, begegnete ich ihm zufällig: er ritt mit einer Kavalkade von Engländern und Engländerinnen spazieren. Durch Winken mit der Hand veranlaßte ich ihn anzuhalten und übergab ihm den Brief. Wir hatten kaum Zeit, einander ordentlich anzusehen; aber ich kann mich des Verdachtes nicht erwehren, daß Mister Astley mit Absicht sein Pferd schnell wieder in Bewegung setzte.

Quälte mich Eifersucht? Ich weiß nicht, ob das der Fall war, aber jedenfalls befand ich mich in sehr gedrückter Stimmung. Es lag mir nicht einmal daran, zu erfahren, worüber sie eigentlich korrespondierten. Also das war ihr Vertrauensmann. »Er ist ihr Freund, ihr Freund«, dachte ich; »das ist klar (nur: wann hat er Zeit gefunden, ihr Freund zu werden?); aber liegt hier auch Liebe vor?« »Nein, gewiß nicht«, flüsterte mir die Vernunft zu. Aber die Vernunft allein vermag in solchen Fällen wenig. Jedenfalls mußte ich auch diesen Punkt klarstellen. Die Angelegenheit komplizierte sich in einer unangenehmen Weise.

Kaum hatte ich das Hotel wieder betreten, als mir der Portier sowie der Oberkellner, der aus seinem Büro herauskam, mitteilten, die Herrschaften wünschten mich zu sprechen, ließen mich suchen und hätten sich schon dreimal erkundigen lassen, wo ich sei; ich würde gebeten, so schnell wie möglich in das Logis des Generals zu kommen. Ich war in der garstigsten Gemütsverfassung. Im Zimmer des Generals fand ich außer dem General selbst Monsieur de Grieux und Mademoiselle Blanche, letztere allein, ohne ihre Mutter. Die Mutter war zweifellos eine erkaufte Person, die nur zu Paradezwecken diente; sobald ernste Angelegenheiten materieller Art vorlagen, handelte Mademoiselle Blanche allein. Und jene hatte von solchen Angelegenheiten ihrer angenommenen Tochter auch kaum irgendwelche Kenntnis.

Sie waren in hitziger Beratung über irgend etwas begriffen und hatten sogar die Zimmertür zugeschlossen, was sonst noch nie geschehen war. Als ich mich der Tür näherte, hörte ich laute Stimmen und unterschied de Grieux' dreiste, boshafte Redeweise, Mademoiselle Blanches zorniges Kreischen und freches Schimpfen und die klägliche Stimme des Generals, der sich offenbar über etwas, was ihm zum Vorwurf gemacht wurde, rechtfertigte. Bei meinem Eintritt suchten alle zu einem maßvollen Benehmen zurückzukehren und ihre Mienen und ihre äußere Erscheinung wieder in Ordnung zu bringen. De Grieux strich sich die Haare zurecht und verwandelte sein Gesicht aus einem zornigen in ein lächelndes; es war jenes widerwärtige, konventionell-höfliche französische Lächeln, das mir so verhaßt ist. Der General, der den Eindruck starker Bedrücktheit und Niedergeschlagenheit gemacht hatte, bemühte sich, sein würdevolles Aussehen wiederzugewinnen, wiewohl nur in mechanischer Weise, als ob er mit seinen Gedanken nicht dabei wäre. Nur Mademoiselle Blanche änderte ihren wütenden Gesichtsausdruck mit den zornig funkelnden Augen fast gar nicht und beschränkte sich darauf, zu verstummen, wobei sie auf mich einen Blick ungeduldiger Erwartung richtete. Beiläufig bemerkt: sie hatte mich bisher mit einer unglaublichen Geringschätzung behandelt, nicht einmal meine Verbeugungen erwidert und mich überhaupt völlig ignoriert.

»Alexei Iwanowitsch«, begann der General im Ton milden Vorwurfs, »gestatten Sie mir die Bemerkung, daß ich Ihr Verhalten gegen mich und meine Familie ... mit einem Wort, ich finde es sonderbar, im höchsten Grade sonderbar, daß Sie ... mit einem Wort ...«

»*Eh! ce n'est pas ça*«, unterbrach ihn de Grieux ärgerlich und geringschätzig; es war klar, daß er hier das Kommando führte. »*Mon cher monsieur, notre cher général*« (aber ich will seine Worte auf russisch wiedergeben) »hat sich im Ton vergriffen; aber er wollte Ihnen sagen ... das heißt Sie davor warnen oder, richtiger gesagt, Sie inständig bitten, ihn nicht zugrunde zu richten – nun ja, ihn nicht zugrunde zu richten! Ich bediene mich absichtlich dieses Ausdrucks ...«

»Aber wodurch tue ich denn das? Wodurch?« unterbrach ich ihn.

»Ich bitte Sie, Sie haben das Amt eines Mentors (oder wie soll ich mich ausdrücken?) bei dieser alten Dame, *cette pauvre terrible vieille,* übernommen« (hier geriet de Grieux selbst in Verwirrung); »aber sie wird ja alles verspielen; sie wird alles verspielen bis auf den letzten Groschen! Sie haben selbst gesehen, Sie waren selbst Zeuge, in welcher Art sie spielte! Wenn sie erst einmal ins Verlieren kommt, wird sie aus Hartnäckigkeit und Ingrimm nicht mehr vom Spieltisch weggehen, und wird immerzu spielen und spielen; aber auf die Art bringt man Spielverluste nie wieder ein, und dann ... dann ...«

»Und dann«, fiel der General ein, »dann richten Sie die ganze Familie zugrunde! Ich und meine Familie, wir sind ihre Erben; nähere Verwandte als uns hat sie nicht. Ich will Ihnen offen sagen: meine Vermögensverhältnisse sind zerrüttet, völlig zerrüttet. Zum Teil werden Sie das selbst schon gewußt haben ... Wenn sie nun eine bedeutende Summe verspielt oder vielleicht am Ende gar ihr ganzes Vermögen (mein Gott, mein Gott!), was soll dann aus ... aus meinen Kindern werden?« (Der General wendete sich nach de Grieux um.) »Und aus mir selbst?« (Er blickte zu Mademoiselle Blanche, die sich aber mit verächtlicher Miene von ihm abwandte.) »Alexei Iwanowitsch, retten Sie uns, retten Sie uns!«

»Aber wodurch denn? Sagen Sie selbst, General, wodurch kann ich denn ... Was habe ich denn dabei zu sagen?«

»Weigern Sie sich, ihr weiter beim Spiel behilflich zu sein; machen Sie sich von ihr los! ...«

»Dann wird sich ein anderer finden!« rief ich.

»*Ce n'est pas ça, ce n'est pas ça*«, mischte sich wieder de Grieux hinein, »*que diable!* Nein, machen Sie sich nicht von ihr los; aber versuchen Sie wenigstens, ihr Rat zu geben, sie zu überreden, sie zurückzuhalten ... Kurz gesagt, lassen Sie sie nicht allzuviel verspielen; halten Sie sie auf irgendeine Weise zurück!«

»Aber wie soll ich das anfangen? Vielleicht wäre es das beste, wenn Sie es selbst übernähmen, Monsieur de Grieux«, fügte ich hinzu, mich möglichst naiv stellend.

In diesem Augenblick bemerkte ich, daß Mademoiselle Blanche dem Franzosen einen raschen, funkelnden, fragenden Blick zuwarf. Über dessen eigenes Gesicht huschte ein eigentümlicher Ausdruck, als ob unwillkürlich seine wahre Gesinnung zum Vorschein käme.

»Das ist es ja eben, daß sie mich jetzt nicht an sich herankommen läßt!« rief er, mißmutig den Arm schwenkend. »Ja, wenn ... dann ...«

Er blickte Mademoiselle Blanche schnell und bedeutsam an.

»*Oh, mon cher monsieur Alexis, soyez si bon!*« sagte nun Mademoiselle Blanche selbst, mit einem bezaubernden Lächeln auf mich zutretend, ergriff meine beiden Hände und drückte sie kräftig. Hol's der Teufel! Dieses diabolische Gesicht verstand es, sich in einem Augenblick vollständig zu verändern. Jetzt hatte ich auf einmal ein so inständig bittendes, ein so liebenswürdiges, kindlich lächelndes und sogar schelmisches Gesicht vor mir; und am Ende dieses Satzes zwinkerte sie mir, geheim vor den andern, in einer ganz spitzbübischen Weise zu: sie legte es darauf an, mich mit einem Schlag zu gewinnen! Und es kam nicht übel heraus, nur allerdings zu derb, gar zu derb.

Nach ihr eilte der General auf mich zu:

»Alexei Iwanowitsch, verzeihen Sie, daß ich zu Ihnen vorhin zuerst nicht in der richtigen Art redete; ich meinte es aber ganz und gar nicht schlimm . . . Ich bitte Sie, ich flehe Sie an, ich verbeuge mich vor Ihnen bis zum Gürtel, wie wir Russen sagen – Sie sind der einzige, der uns retten kann, Sie allein! Ich und Mademoiselle de Cominges bitten Sie inständig – Sie verstehen, Sie verstehen ja wohl?« So redete er in flehendem Ton und deutete mit den Augen auf Mademoiselle Blanche. Er bot einen überaus kläglichen Anblick.

In diesem Augenblick wurde dreimal leise und respektvoll an die Tür geklopft, und als geöffnet wurde, stand ein Kellner da und einige Schritte hinter ihm Potapytsch. Sie waren von der Tante geschickt und hatten den Auftrag, mich zu suchen und unverzüglich zu ihr zu bringen. »Die gnädige Frau sind schon ärgerlich«, berichtete Potapytsch.

»Aber es ist ja erst halb vier«, sagte ich.

»Die gnädige Frau konnten gar nicht einschlafen, sondern wälzten sich immer umher, standen dann auf einmal auf, verlangten den Rollstuhl und schickten nach Ihnen. Die gnädige Frau sind jetzt schon vor dem Portal . . .«

»*Quelle mégère!*« rief de Grieux.

In der Tat fand ich die Tante bereits vor dem Portal, außer sich vor Ungeduld darüber, daß ich nicht da war. Sie hatte es nicht bis vier Uhr aushalten können.

»Na, dann schafft mich hin!« rief sie, und wir begaben uns wieder zum Roulett.

Zwölftes Kapitel

Die Tante befand sich in sehr ungeduldiger, reizbarer Stimmung; es war deutlich, daß sie an weiter nichts dachte als an das Roulett. Für alles andere hatte sie keine Aufmerksamkeit übrig und war überhaupt im höchsten Grade zerstreut. So zum Beispiel fragte sie unterwegs nach nichts mit dem Interesse wie am Vormittag. Als sie eine prächtige Equipage sah, die an uns vorbeisauste, hob sie wohl die Hand ein wenig auf und sagte: »Was war das? Wem gehörte die?« schien aber dann meine Antwort gar nicht zu verstehen. Sie saß in Gedanken versunken da, unterbrach aber diese Versunkenheit fortwährend durch heftige, ungeduldige Körperbewegungen und scharfe Worte. Als ich ihr (wir waren nicht mehr weit vom Kurhaus) in einiger Entfernung den Baron und die Baronin Wurmerhelm zeigte, sagte sie zerstreut und in ganz gleichgültigem Ton: »Ah!«, drehte sich dann hastig zu Potapytsch und Marfa um, die hinter ihr gingen, und herrschte sie an:

»Na, wozu kommt ihr denn wieder mitgelaufen? Jedesmal kann ich euch nicht mitnehmen! Macht, daß ihr nach Hause kommt! Ich habe an dir genug«, fügte sie, zu mir gewendet, hinzu, während jene beiden sich eilig verbeugten und nach Hause umkehrten.

Im Spielsaal erwartete man die Tante bereits. Es wurde ihr sofort wieder derselbe Platz neben dem Croupier freigemacht. Es will mir scheinen, daß diese Croupiers, die sich immer so wohlanständig benehmen und sich als gewöhnliche Beamte geben, denen es so gut wie gleichgültig sei, ob die Bank gewinne oder verliere, es will mir scheinen, daß diese Leute gegen Verluste der Bank durchaus nicht gleichgültig sind, sondern ihre besonderen Instruktionen zur Anlockung von Spielern und zur Erhöhung der Einnahmen der Bank haben und als Lohn für besondere Erfolge besondere Prämien erhalten. Wenigstens betrachteten sie die Tante bereits als ihr Schlachtopfer.

Nunmehr geschah, was die Unsrigen vorausgesagt hatten. Die Sache trug sich folgendermaßen zu.

Die Tante stürzte sich ohne weiteres wieder auf *zéro* und befahl mir sogleich, jedesmal zwölf Friedrichsdor darauf zu setzen. Wir setzten einmal, ein zweites Mal, ein drittes Mal – *zéro* kam nicht.

»Setze nur, setze!« sagte die Tante und stieß mich ungeduldig an. Ich gehorchte.

»Wievielmal haben wir schon gesetzt?« fragte sie endlich, mit den Zähnen vor Ungeduld knirschend.

»Ich habe schon zwölfmal gesetzt, Großmütterchen. Hundertvierundvierzig Friedrichsdor haben wir verloren. Ich sage Ihnen, Großmütterchen, es dauert vielleicht bis zum Abend . . .«

»Schweig!« unterbrach mich die Tante. »Setze auf *zéro*, und setze gleich auch auf Rot tausend Gulden! Hier ist eine Banknote.«

Rot kam, aber *zéro* wieder nicht. Wir erhielten tausend Gulden ausgezahlt.

»Siehst du, siehst du?« flüsterte die Tante. »Wir haben beinahe alles, was wir verloren hatten, wieder eingebracht. Setze wieder auf *zéro*; noch ein dutzendmal wollen wir darauf setzen, dann wollen wir es aufgeben.«

Aber beim fünften Mal hatten sie es bereits ganz und gar satt bekommen.

»Hol dieses nichtswürdige *zéro* der Teufel; ich will nichts mehr davon wissen. Da, setze diese ganzen viertausend Gulden auf Rot!« befahl sie.

»Aber Großmütterchen, das ist doch eine gar zu große Summe; wenn nun Rot nicht kommt?« sagte ich im Ton dringender Bitte; aber die Tante hätte mich beinahe durchgeprügelt. (Beiläufig: sie versetzte mir immer solche Stöße, daß man sie fast schon als Schläge bewerten konnte.) Es war nichts zu machen; ich setzte die ganzen viertausend Gulden auf Rot. Das Rad drehte sich. Die Tante saß gerade aufgerichtet mit ruhiger, stolzer Miene da, ohne im geringsten an dem bevorstehenden Gewinn zu zweifeln.

»*Zéro!*« rief der Croupier.

Zuerst begriff sie nicht, was es damit auf sich hatte; aber als sie sah, daß der Croupier, zusammen mit allem, was sonst noch auf dem Tisch lag, auch ihre viertausend Gulden zu sich heranharkte, und als sie zu der Erkenntnis gelangte, daß dieses *zéro*, das solange nicht gekommen war, und auf das wir über zweihundert Friedrichsdor verloren hatten, wie mit Absicht nun gerade in dem Augenblick erschienen war, wo sie eben darauf geschimpft und es nicht mehr besetzt hatte, da stöhnte sie laut auf und schlug die Hände zusammen, so daß man es durch den ganzen Saal hörte. Die Leute um sie herum lachten.

»Ach herrje, ach herrje, gerade jetzt ist nun dieses nichtswürdige Ding gekommen!« jammerte sie. »So ein verfluchtes Ding! Daran bist du schuld! Nur du bist daran schuld!« fuhr sie grimmig auf mich los und versetzte mir Stöße in die Seite. »Du hast mir abgeredet.«

»Großmütterchen, was ich gesagt habe, war ganz vernünftig; aber wie kann ich für alle Chancen einstehen?«

»Ich werde dich lehren, Chancen!« flüsterte sie wütend.

»Scher dich weg von mir!«

»Adieu, Großmütterchen!« Ich drehte mich um und wollte weggehen.

»Alexei Iwanowitsch, Alexei Iwanowitsch, bleib doch hier! Wo willst du hin? Na, was ist denn? Was ist denn? Ist der Mensch gleich ärgerlich geworden! Du Dummkopf! Na, bleib nur hier, bleib nur noch, ärgere dich nicht, ich bin selbst ein Dummkopf! Na, nun sage, was ich jetzt tun soll!«

»Nein, Großmütterchen, ich lasse mich nicht mehr darauf ein, Ihnen Rat zu geben; denn Sie würden mir nachher doch wieder die Schuld beimessen. Spielen Sie selbst! Geben Sie mir Ihre Anweisungen, und ich werde setzen.«

»Nun gut, gut! Na, dann setze noch viertausend Gulden auf Rot! Hier ist meine Brieftasche, nimm!« Sie zog sie aus der Tasche und reichte sie mir. »Na, nimm nur schnell hin; es sind zwölftausend Gulden Bargeld darin.«

»Großmütterchen«, wandte ich stockend ein, »so große Einsätze . . .«

»Ich will nicht am Leben bleiben, wenn ich es nicht wiedergewinne . . . Setze!«

Wir setzten und verloren.

»Setze, setze; setze gleich alle achttausend Gulden!«

»Das geht nicht, Großmütterchen; der höchste Einsatz ist viertausend!«

»Na, dann setz viertausend!«

Dieses Mal gewannen wir. Die Alte faßte wieder Mut.

»Siehst du wohl, siehst du wohl«, sagte sie wieder mit einem Puff in meine Seite. »Setze wieder viertausend!«

Wir setzten und verloren; darauf verloren wir noch einmal und noch einmal.

»Großmütterchen, die ganzen zwölftausend Gulden sind hin«, meldete ich ihr.

»Das sehe ich, daß sie alle hin sind«, erwiderte sie mit einer Art von ruhiger Wut, wenn man sich so ausdrücken kann. »Das sehe ich, mein Lieber, das sehe ich«, murmelte sie vor sich hin, ohne sich zu rühren und wie in Gedanken versunken. »Ach was, ich will nicht am Leben bleiben . . . setze noch einmal viertausend Gulden!«

»Aber es ist kein Geld mehr da, Großmütterchen. Hier in der Brieftasche sind nur noch russische fünfprozentige Staatsschuldscheine und außerdem einige Dokumente; Geld ist nicht mehr da.«

»Und in der Börse?«

»Es ist nur noch Kleingeld darin übrig, Großmütterchen.«

»Gibt es hier ein Wechselgeschäft? Ich habe mir sagen lassen, hier könne ich alle unsere Papiere umwechseln«, fragte die Tante in entschlossenem Ton.

»Oh, Papiere können Sie hier umwechseln, so viele Sie nur wollen! Aber was Sie beim Umwechseln verlieren werden . . . da würde selbst ein Jude einen Schreck bekommen.«

»Unsinn! Das gewinne ich alles wieder! Bring mich hin! Rufe diese Tölpel, die Dienstmänner, her!«

Ich rollte ihren Stuhl vom Tisch weg; die Dienstmänner erschienen, und wir verließen das Kurhaus.

»Schneller, schneller, schneller!« befahl die Alte. »Zeige den Weg, Alexei Iwanowitsch, aber nimm den nächsten Weg . . . ist es weit?«

»Nur ein paar Schritte, Großmütterchen.«

Aber in dem Augenblick, als wir von dem Schmuckplatz in die Allee einbogen, begegnete uns unsere ganze Gesellschaft: der General, de Grieux und Mademoiselle Blanche mit ihrer Mama. Polina Alexandrowna war nicht bei ihnen, auch Mister Astley nicht.

»Zu, zu! Nicht stehenbleiben!« rief die Tante. »Was wollt ihr denn? Ich habe jetzt für euch keine Zeit!«

Ich ging hinter dem Rollstuhl; de Grieux trat hastig auf mich zu.

»Den ganzen vorigen Gewinn hat sie verspielt und dazu noch zwölftausend Gulden eigenes Geld. Jetzt gehen wir, Staatsschuldscheine umwechseln«, flüsterte ich ihm schnell zu.

De Grieux stampfte mit dem Fuß und beeilte sich, es dem General mitzuteilen. Wir setzten unsern Weg mit der Tante fort.

»Halten Sie sie zurück, halten Sie sie zurück!« flüsterte mir der General ganz außer sich zu.

»Versuchen Sie es einmal, sie zurückzuhalten«, erwiderte ich gleichfalls leise.

»Liebe Tante«, sagte der General, zu ihr herantretend, »liebe Tante . . . wir sind gerade im Begriff . . . wir sind gerade im Begriff . . .« Die Stimme fing ihm an zu zittern und versagte . . . »Wir wollen uns einen Wagen nehmen und eine Spazierfahrt in der Umgegend des Ortes machen . . . Ein entzückender Blick . . . ein Aussichtspunkt . . . wir kamen, um Sie dazu aufzufordern.«

»Ach, laß mich in Ruhe mit deinem Aussichtspunkt!« antwortete die Alte gereizt mit einer wegwerfenden Handbewegung.

»Es ist dort ein Dorf . . . da wollen wir Tee trinken . . .«, fuhr der General in heller Verzweiflung fort.

»*Nous boirons du lait, sur l'herbe fraîche*«, fügte de Grieux mit schändlicher Bosheit hinzu.

Du lait, de l'herbe fraîche, aus diesen beiden Stücken setzt sich für den Pariser Bourgeois das Ideal einer Idylle zusammen; daraus besteht bekanntlich seine ganze Vorstellung von dem, was er *la nature et la vérité* nennt!

»Du mit deiner Milch! Labbere du sie allein; ich bekomme davon Bauchschmerzen. Aber warum belästigt ihr mich denn?« schrie die Tante. »Ich habe doch schon gesagt, daß ich keine Zeit habe!«

»Wir sind schon da, Großmütterchen!« sagte ich. »Hier ist es!«

Wir waren bei einem Haus angelangt, in dem sich ein Bankgeschäft befand. Ich ging hinein, um das Umwechseln zu erledigen; die Tante blieb draußen auf der Straße und wartete; der General, de Grieux und Blanche standen in einiger Entfernung von ihr und wußten nicht, was sie tun sollten. Die Alte warf ihnen zornige Blicke zu; so gingen sie denn fort und schlugen den Weg nach dem Kurhaus ein.

Was man mir in dem Bankgeschäft für die Wertpapiere bot, war so erschreckend wenig, daß ich nicht glaubte, auf eigene Hand den Verkauf abschließen zu sollen, sondern zur Tante zurückkehrte, um mir von ihr Instruktion zu erbitten.

»Ach, diese Räuber!« rief sie und schlug die Hände zusammen. »Na, aber es hilft nichts! Verkaufe sie!« fuhr sie kurz entschlossen fort. »Warte mal, rufe doch mal den Bankier zu mir her!«

»Wohl einen von den Kontoristen, Großmütterchen?«

»Na, also einen Kontoristen, ganz gleich! Ach, diese Räuber!«

Der Kontorist fand sich bereit mit hinauszukommen, als er hörte, es lasse ihn eine alte Gräfin zu sich bitten, die körperlich leidend sei und nicht gehen könne. Lange Zeit machte ihm die Tante mit lauter Stimme zornige Vorwürfe wegen solcher Gaunerei und suchte mit ihm zu handeln; sie redete dabei einen Mischmasch von Russisch, Französisch und Deutsch, bei dem ich als Dolmetscher half. Der ernste Kontorist sah uns beide an und schüttelte schweigend den Kopf. Die Tante betrachtete er sogar mit einer so beharrlichen Neugier, daß es ordentlich unhöflich herauskam; schließlich fing er an zu lächeln.

»Na, nun pack dich!« schrie die Alte. »Mögest du an meinem Gelde ersticken! Wechsle es bei ihm um, Alexei Iwanowitsch! Wir haben keine Zeit; sonst könnten wir zu einem andern fahren . . .«

»Der Kontorist sagt, bei andern würden wir noch weniger bekommen.«

Genau besinne ich mich nicht mehr auf die Rechnung, die uns damals gemacht wurde; aber sie war schauderhaft. Ich erhielt etwa zwölftausend Gulden in Gold und Banknoten, nahm die Rechnung und trug alles der Tante hinaus.

»Schon gut, schon gut! Du brauchst es mir nicht erst vorzuzählen!« winkte sie ab. »Nur schnell, schnell, schnell!«

»Nie mehr werde ich auf dieses verwünschte *zéro* setzen, und auf Rot auch nicht«, sagte sie vor sich hin, als wir uns dem Kurhaus näherten.

Diesmal bemühte ich mich aus allen Kräften, sie dazu zu bewegen, nur möglichst kleine Einsätze zu machen, indem ich ihr vorstellte, daß sie bei einer günstigen Wendung der Chancen immer noch Zeit habe, größere Summen zu setzen. Aber sie war für ein solches Verfahren zu ungeduldig; obwohl sie sich anfänglich damit einverstanden erklärt hatte, war es doch ein Ding der Unmöglichkeit, sie im Laufe des Spiels zurückzuhalten. Kaum fing sie an, auf Einsätze von zehn, zwanzig Friedrichsdor zu gewinnen, so hieß es unter Puffen in meine Seite:

»Na, siehst du wohl, siehst du wohl? Gewonnen haben wir; wir hätten viertausend Gulden setzen sollen statt der zehn Friedrichsdor; dann hätten wir viertausend Gulden gewonnen; aber was haben wir jetzt? Das ist nur deine Schuld, nur deine Schuld!«

Und wie sehr ich mich auch ärgerte, wenn ich ihre Art zu spielen ansah, so entschied ich mich schließlich doch dafür zu schweigen und ihr keine weiteren Ratschläge mehr zu geben.

Auf einmal trat de Grieux eilig zu ihr heran. Auch unsere übrige Gesellschaft war in der Nähe; ich bemerkte, daß Mademoiselle Blanche mit ihrer Mama etwas abseits stand und mit dem kleinen Fürsten kokettierte. Der General war in offenbarer Ungnade und so gut wie abgesetzt. Blanche wollte ihn nicht einmal ansehen, obwohl er sich aus allen Kräften mit Liebenswürdigkeiten um sie zu schaffen machte. Der arme General! Er wurde abwechselnd blaß und rot, zitterte und verfolgte nicht einmal mehr das Spiel der Tante. Schließlich gingen Blanche und der kleine Fürst hinaus; der General lief ihnen nach.

»*Madame, madame*«, flüsterte de Grieux der Tante zu, indem er sich ganz dicht an ihr Ohr hinabbeugte, »madame, so geht das nicht mit dem Setzen . . . nein, nein, das ist nicht möglich . . .«, radebrechte er auf russisch, ». . . nein!«

»Aber wie denn? Na, dann belehre mich mal!« antwortete ihm die Tante.

Nun begann de Grieux sehr schnell Französisch zu plappern und eifrig Ratschläge zu geben; er sagte, man müsse eine Chance abwarten, und führte irgendwelche Zahlen an – die Alte begriff nichts von alledem. Fortwährend wandte er sich dabei an mich, mit der Bitte, seine Worte zu übersetzen; er tippte mit dem Finger auf den Tisch und demonstrierte dies und das; zuletzt ergriff er einen Bleistift und begann auf einem Blatt Papier zu rechnen. Schließlich verlor die Alte die Geduld.

»Na, nun scher dich weg! Du schwatzt ja doch nur dummes Zeug! ›*Madame, madame*!‹, aber er selbst versteht von der Sache nichts. Scher dich weg!«

»*Mais, madame*«, schnatterte de Grieux wieder los und fing von neuem an zu schwadronieren und zu zeigen.

Er war in einen unhemmbaren Eifer hineingeraten.

»Na, dann setze einmal so, wie er sagt!« befahl mir die Tante. »Wir wollen mal sehen; vielleicht glückt es wirklich.«

De Grieux wollte sie nur von großen Einsätzen abbringen; er schlug ihr vor, auf Zahlen zu setzen, auf einzelne Zahlen und auf Zahlengruppen. Ich setzte nach seiner Anweisung je einen Friedrichsdor auf die ungeraden Zahlen von eins bis zwölf und je fünf Friedrichsdor auf die Zahlengruppe von zwölf bis achtzehn und auf die Zahlengruppe von achtzehn bis vierundzwanzig; im ganzen hatten wir sechzehn Friedrichsdor gesetzt.

Das Rad drehte sich.

»*Zéro*«, rief der Croupier.

Wir hatten alles verloren.

»So ein Esel!« rief die Alte, indem sie sich zu de Grieux umdrehte. »So ein Jammerkerl von Franzose! Der gibt noch Ratschläge, der Taugenichts! Scher dich weg, scher dich weg! Versteht nichts und tut hier wichtig!«

Tief gekränkt zuckte de Grieux mit den Achseln, warf der Tante einen Blick voller Verachtung zu und entfernte sich. Er schämte sich jetzt selbst, daß er sich mit ihr eingelassen hatte; länger hielt er es jedenfalls nicht aus.

Nach einer Stunde hatten wir, trotz allen Kämpfens und Ringens, alles verloren.

»Nach Hause!« schrie die Tante. Ehe wir die Allee erreicht hatten, sprach sie kein Wort.

Als wir in der Allee waren und uns schon dem Hotel näherten, da kamen bei ihr stoßweise die ersten Ausrufe:

»So ein dummes Weib! So ein verrücktes Weib! Du altes, altes, verrücktes Weib du!«

Sobald wir wieder in ihrem Logis waren, schrie sie:

»Bringt mir Tee! Und packt sofort ein! Wir reisen ab!«

»Wohin belieben Sie zu reisen, Mütterchen?« fragte Marfa schüchtern.

»Was geht dich das an? Kümmere dich um deine eigene Nase! Potapytsch, pack alles zusammen, mach alles fertig! Wir fahren zurück, nach Moskau. Ich habe fünfzehntausend Rubel verspielt!«

»Fünfzehntausend Rubel, Mütterchen! Mein Gott, mein Gott!« fing Potapytsch an und schlug, wie tief ergriffen, die Hände zusammen, wahrscheinlich in der Meinung, es damit der Alten recht zu machen.

»Na, na, du Schafskopf! Fang womöglich noch an zu heulen! Schweig still! Pack die Sachen! Und schnell die Rechnung, schnell!«

»Der nächste Zug geht um halb zehn, Großmütterchen«, bemerkte ich in der Absicht, ihr Toben zu hemmen.

»Und wieviel ist es jetzt?«

»Halb acht.«

»Das ist ärgerlich! Na, ganz egal! Alexei Iwanowitsch, Geld habe ich auch nicht eine Kopeke mehr. Da hast du noch zwei Staatsschuldscheine; lauf nach dem Bankgeschäft und wechsle mir die auch noch um. Sonst habe ich kein Geld zum Fahren.«

Ich ging hin. Als ich nach einer halben Stunde ins Hotel zurückkam, fand ich bei der Tante die sämtlichen Unsrigen vor. Anscheinend waren sie über die Mitteilung, daß die Tante nach Moskau zurückzufahren beabsichtige, noch mehr bestürzt als über deren Spielverlust. Allerdings wurde durch diese Abreise das übrige Vermögen der alten Dame gerettet; aber auf der anderen Seite: was sollte jetzt aus dem General werden? Wer würde de Grieux' Forderungen begleichen? Mademoiselle Blanche würde selbstverständlich nicht warten mögen, bis die Alte stürbe, sondern wahrscheinlich gleich jetzt mit dem kleinen Fürsten oder sonst jemandem davongehen. Sie standen alle vor der Tante, trösteten sie und redeten ihr freundlich zu. Polina war wieder nicht dabei. Die Tante schrie ihnen grimmig zu:

»Macht, daß ihr fortkommt, ihr Kanaillen! Was geht euch die ganze Geschichte an? Wozu drängt sich dieser Ziegenbart« (das war Monsieur de Grieux) »mir immer auf? Und du, kokette Person« (hier wandte sie sich an Mademoiselle Blanche), »was willst du von mir? Warum scharwenzelst du um mich herum?«

»*Diantre!*« murmelte Mademoiselle Blanche, in deren Augen die Wut funkelte; aber plötzlich lachte sie auf und ging hinaus.

»*Elle vivra cent ans!*« rief sie in der Tür dem General zu.

»So, so! Also du rechnest auf meinen Tod?« kreischte die Alte den General an. »Mach, daß du fortkommst! Jage sie alle hinaus, Alexei Iwanowitsch! Was geht es euch an? Ich habe mein eigenes Geld verspielt und nicht eures!«

Der General zuckte mit den Achseln und ging in gekrümmter Haltung hinaus. De Grieux folgte ihm.

»Rufe Praskowja her!« befahl die Tante ihrer Zofe Marfa.

Nach fünf Minuten kehrte Marfa mit Polina zurück. Polina hatte diese ganze Zeit über mit den Kindern in ihrem Zimmer gesessen und sich anscheinend vorgenommen, den ganzen Tag nicht auszugehen. Ihr Gesicht war ernst, traurig und sorgenvoll.

»Praskowja«, begann die Tante, »ist das wahr, was ich vor kurzem auf einem Umweg gehört habe, daß dieser Dummkopf, dein Stiefvater, diese dumme, flatterhafte Französin heiraten will? Sie ist ja wohl eine Schauspielerin, wenn nicht etwas noch Schlimmeres? Sag, ist das wahr?«

»Sicheres weiß ich darüber nicht, Großmütterchen«, antwortete Polina; »aber aus den eigenen Worten der Mademoiselle Blanche, die es nicht für nötig hält, ein Geheimnis daraus zu machen, schließe ich . . .«

»Genug«, unterbrach die Alte sie energisch. »Ich verstehe alles! Ich habe mir gleich gesagt, daß ihm das ganz ähnlich sehe, und habe ihn von jeher für einen ganz hohlen, leichtsinnigen Menschen gehalten. Er hat sich so einen Dünkel zugelegt, weil er General geworden ist (eigentlich war er nur Oberst und hat den Generalsrang erst beim Abschied bekommen); darauf ist er nun stolz. Ich weiß alles, mein Kind, wie ihr ein Telegramm nach dem andern nach Moskau geschickt habt: ›Wird denn die Alte noch nicht bald die Augen zumachen?‹ Ihr wartetet auf die Erbschaft; wenn der General kein Geld hat, nimmt ihn diese gemeine Dirne (wie heißt sie doch? de Cominges, nicht wahr?) nicht einmal als Lakaien zu sich, noch dazu mit seinen falschen Zähnen. Sie hat, wie es heißt, selbst eine tüchtige Menge Geld und verleiht es auf Zinsen, ein netter Erwerbszweig! Dir, Praskowja, mache ich keine Vorwürfe; du hast keine Telegramme abgeschickt, und an alte Geschichten will ich auch nicht weiter denken. Ich weiß, daß du einen garstigen Charakter hast; du bist die reine Wespe! Wo du hinstichst, da gibt es eine Geschwulst. Aber du tust mir leid; denn ich habe deine Mutter, die verstorbene Katerina, sehr gern gehabt. Na, willst du? Laß hier alles stehn und liegen und fahr mit mir mit! Du weißt ja doch eigentlich nicht, wo du bleiben sollst, und hier bei denen zu sein paßt sich gar nicht einmal für dich. Warte« (Polina hatte schon zu einer Antwort angesetzt; aber die Alte ließ sie nicht zu Wort kommen), »ich bin noch nicht fertig. Mein Haus in Moskau ist, wie du weißt, so groß wie ein Schloß. Meinetwegen kannst du darin eine ganze Etage bewohnen und brauchst wochenlang nicht zu mir zu kommen, wenn mein Wesen dir nicht zusagt. Nun, willst du oder willst du nicht?«

»Gestatten Sie mir zunächst die Frage: wollen Sie wirklich jetzt gleich fahren?«

»Du denkst wohl, ich mache nur Scherz, mein Kind? Ich habe gesagt, daß ich fahre, und werde es auch tun. Ich habe heute fünfzehntausend Rubel bei eurem dreimal verfluchten Roulett verloren. Auf meinem Gut bei Moskau habe ich vor fünf Jahren gelobt, eine hölzerne Kirche zu einer steinernen umzubauen, und statt dessen habe ich nun hier mein Geld vergeudet. Jetzt fahre ich hin, mein Kind, um die Kirche zu bauen.«

»Aber die Brunnenkur, Großmütterchen? Sie sind doch hergekommen, um Brunnen zu trinken?«

»Ach, geh mir mit deinem Brunnen! Mach mich nicht ärgerlich, Praskowja; oder war das gerade deine Absicht? Sag, fährst du mit oder nicht?«

»Ich bin Ihnen sehr, sehr dankbar, Großmütterchen«,

erwiderte Polina mit warmer Empfindung, »für das Asyl, das Sie mir anbieten. Zum Teil haben Sie meine Lage richtig erraten. Ich erkenne Ihre Güte aus vollem Herzen an und werde (seien Sie dessen versichert!) zu Ihnen kommen, vielleicht sogar schon sehr bald; aber jetzt habe ich Gründe . . . wichtige Gründe . . . und ich kann mich so plötzlich, in diesem Augenblick, nicht dazu entschließen. Wenn Sie wenigstens noch ein paar Wochen hierblieben . . .«

»Also du willst nicht?«

»Ich kann es nicht. Außerdem kann ich jedenfalls meinen Bruder und meine Schwester nicht verlassen; denn . . . denn . . . denn es könnte sonst wirklich so kommen, daß sie niemand auf der Welt haben, der sich ihrer annimmt. Wenn Sie also mich mitsamt den Kleinen aufnehmen wollen, Großmütterchen, dann werde ich bestimmt zu Ihnen ziehen, und glauben Sie mir: ich werde Ihnen Ihre Güte lohnen!« fügte sie warm und herzlich hinzu. »Aber ohne die Kinder kann ich es nicht, Großmütterchen.«

»Na, heule nur nicht!« (Polina war vom Heulen weit entfernt, wie sie denn überhaupt niemals weinte.) »Es wird sich auch für deine Küchlein schon noch ein Plätzchen finden; mein Hühnerstall ist ja geräumig. Überdies ist's für sie bald Zeit, daß sie in die Schule kommen. Na, also du fährst jetzt nicht mit! Nun, Praskowja, sei auf deiner Hut! Ich meine es gut mit dir; aber ich weiß ja, warum du nicht mitfährst. Ich weiß alles, Praskowja. Dieser Franzose wird dir keinen Segen bringen.«

Polina wurde dunkelrot. Ich fuhr ordentlich zusammen. (Alle wissen Bescheid! Nur ich weiß von nichts!)

»Nun, nun, du brauchst kein finsteres Gesicht zu machen. Ich will nicht weiter darüber reden. Sei nur auf deiner Hut, daß nichts Schlimmes passiert, verstehst du? Du bist ein verständiges Mädchen; es würde mir um dich leid tun. Na, nun genug! Hätte ich euch alle nur gar nicht wiedergesehen! Geh! Lebewohl!«

»Ich begleite Sie noch auf den Bahnhof, Großmütterchen«, sagte Polina.

»Nicht nötig; sei mir nicht im Wege; ich habe euch sowieso schon alle satt.«

Polina wollte der Alten die Hand küssen; aber diese zog die Hand weg und küßte selbst Polina auf die Wange.

Als Polina an mir vorbeiging, sah sie mich mit einem schnellen Blick an und wendete sogleich die Augen wieder weg.

»Na, dann leb auch du wohl, Alexei Iwanowitsch; es ist nur noch eine Stunde bis zur Abfahrt des Zuges. Und du wirst auch von dem Zusammensein mit mir müde geworden sein, denke ich mir. Da, nimm für dich diese fünfzig Goldstücke!«

»Ich danke Ihnen herzlich, Großmütterchen; aber es ist mir peinlich . . .«

»Ach was!« schrie die Tante in so energischem, grimmigem Ton, daß ich mich nicht zu weigern wagte und das Geld annahm.

»Wenn du in Moskau bist und da ohne Stellung herumläufst, dann komm zu mir; ich werde dich irgendwohin empfehlen. Na, nun mach, daß du wegkommst!«

Ich ging auf mein Zimmer und legte mich auf das Bett. Ich glaube, etwa eine halbe Stunde lang lag ich da, auf dem Rücken, die Hände unter dem Kopf. Die Katastrophe brach bereits herein; da gab es vieles, worüber ich nachdenken mußte. Ich nahm mir vor, am nächsten Tag mit Polina ein ernstes Wort zu reden. Ah, dieser kleine Franzose! Also war es wirklich wahr! Aber dennoch: von welcher Art konnte denn dieses Verhältnis sein? Polina und de Grieux! O Gott, was für eine Zusammenstellung!

Das alles war doch geradezu unglaublich. Ich sprang plötzlich, ganz außer mir, vom Bett auf, um sofort wegzugehen und Mister Astley aufzusuchen und ihn um jeden Preis zum Reden zu bringen. Er wußte sicherlich auch hiervon mehr als ich. Mister Astley? Der war mir auch für seine eigene Person noch ein Rätsel!

Da hörte ich jemand an meine Tür klopfen. Ich sah nach – es war Potapytsch.

»Alexei Iwanowitsch, die gnädige Frau lassen Sie zu sich bitten!«

»Was gibt es denn? Sie will wohl abfahren, nicht wahr? Es sind noch zwanzig Minuten bis zur Abfahrt des Zuges.«

»Die gnädige Frau sind so unruhig und können kaum stillsitzen. ›Schnell, schnell!‹ sagen die gnädige Frau, nämlich, daß ich Sie schnell holen soll. Um Christi willen, kommen Sie schnell!«

Ich lief sogleich hinunter. Die Tante hatte sich schon auf den Korridor hinaustragen lassen. In der Hand hielt sie ihre Brieftasche.

»Alexei Iwanowitsch, geh voran; wir wollen hin!«

»Wohin, Großmütterchen?«

»Ich will nicht am Leben bleiben, wenn ich es nicht wiedergewinne! Na, marsch, ohne weiter zu fragen! Das Spiel dauert dort ja wohl bis Mitternacht?«

Ich war starr, überlegte einen Augenblick, hatte dann aber sofort meinen Entschluß gefaßt.

»Nehmen Sie es mir nicht übel, Antonida Wasiljewna, ich komme nicht mit.«

»Warum nicht? Was soll das wieder heißen? Ihr seid hier wohl alle nicht recht bei Trost?«

»Nehmen Sie es mir nicht übel; aber ich würde mir nachher selbst Vorwürfe deswegen machen; ich will nicht. Ich will weder Zeuge noch Teilnehmer sein; dispensieren Sie mich davon, Antonida Wasiljewna! Da haben Sie Ihre fünfzig Friedrichsdor zurück; leben Sie wohl!« Ich legte die Rolle mit den Friedrichsdor dort auf ein Tischchen, neben dem der Stuhl der Tante gerade vorbeikam, verbeugte mich und ging weg.

»So ein Unsinn!« rief sie mir nach. »Dann laß es bleiben, meinetwegen; ich werde den Weg auch allein finden! Potapytsch, komm du mit! Na, hebt mich auf und tragt mich!«

Mister Astley fand ich nicht und kehrte nach Hause zurück. Erst spät, nach Mitternacht, erfuhr ich von Potapytsch, wie dieser Tag für die Alte geendet hatte. Sie hatte alles verspielt, was ich ihr kurz vorher eingewechselt hatte, das heißt nach unserem Geld nochmal zehntausend Rubel. Jener selbe Pole, dem sie unlängst zwei Friedrichsdor geschenkt hatte, hatte sich an sie herangemacht und während der ganzen Zeit ihr Spiel dirigiert. Zuerst, ehe sich der Pole einfand, hatte sie den Versuch gemacht, ihre Einsätze durch Potapytsch bewerkstelligen zu lassen; aber den hatte sie bald weggejagt, und dann war der Pole eingetreten. Das Unglück wollte, daß er Russisch verstand und sogar einigermaßen sprach, in einem Gemisch von drei Sprachen, so daß sie sich leidlich untereinander verständlich machen konnten. Die Tante hatte ihm die ganze Zeit über die derbsten Schimpfworte an den Kopf geworfen, und »obgleich er«, erzählte Potapytsch, »sich fortwährend ›der gnädigen Frau zu Füßen legte‹, wurde er von ihr doch ganz anders behandelt wie Sie, Alexei Iwanowitsch; gar kein Vergleich. Mit Ihnen verkehrte sie wie mit einem wirklichen Herrn; aber der . . . das war der Richtige! Ich habe es selbst mit meinen eigenen Augen gesehen (ich will auf der Stelle des Todes sein!), einfach vom Tisch weg hat er ihr das Geld gestohlen. Sie hat ihn selbst ein paarmal auf dem Tisch dabei ertappt und ihn ausgescholten, mit allerlei ganz bösen Worten hat sie ihn ausgescholten; sogar an den Haaren hat sie ihn einmal gezogen, wahrhaftig, ich lüge nicht, so daß die Leute, die drum herumstanden, anfingen zu lachen. Alles hat sie verspielt, aber auch geradezu alles, alles, was Sie ihr eingewechselt hatten. Wir haben sie dann wieder hierher gebracht; nur ein bißchen Wasser ließ sie sich zum Trinken geben; dann bekreuzte sie sich, und zu Bett! Ganz erschöpft war sie, und sie ist sofort eingeschlafen. Gott möge ihr freundliche Träume senden! Nein, ich sage nur: dieses Ausland!« schloß Potapytsch. »Ich habe es gleich gesagt, daß dabei nichts Gutes herauskommt. Wir sollten so schnell wie möglich nach unserem lieben Moskau zurückfahren! Was haben wir nicht für schöne Dinge bei uns zu Hause, in Moskau! Der Garten, und Blumen, wie sie hier gar nicht wachsen, und der Duft, und die Äpfel werden reif, und was haben wir da für Raum! Aber nein, wir mußten ins Ausland! O weh, o weh! . . .«

Dreizehntes Kapitel

Beinah ein ganzer Monat ist schon vergangen, seit ich diese meine Aufzeichnungen nicht mehr angerührt habe, die ich damals im Bann unklarer, aber starker Affekte begann. Die Katastrophe, deren Herannahen ich damals vorausfühlte, ist wirklich eingetreten, aber in sehr viel heftigerer Form und anderer Art, als ich es mir gedacht hatte. All diese Vorgänge trugen einen sonderbaren, widerwärtigen, ja tragischen Charakter, wenigstens für mich. Ich habe einzelnes erlebt, was an Wunder grenzt; so sehe ich wenigstens noch immer diese Dinge an, wiewohl sie von einem anderen Standpunkt aus, und namentlich wenn man erwägt, in welchem Wirbel ich damals herumgetrieben wurde, nur als Ereignisse von vielleicht nicht ganz gewöhnlicher Art erscheinen mögen. Aber das Allerwunderbarste ist für mich die Art und Weise, wie ich mich selbst diesen Ereignissen gegenüber verhielt. Noch immer bin ich nicht imstande, mich selbst zu begreifen! Und all das ist dahingeflogen wie ein Traum, sogar meine Leidenschaft, die doch stark und aufrichtig war; aber wo ist die jetzt geblieben? Wirklich: manchmal huscht mir der Gedanke durch den Kopf: habe ich vielleicht damals den Verstand verloren und dann diese ganze Zeit über irgendwo in einem Irrenhaus gesessen, oder sitze ich vielleicht auch jetzt noch in einem solchen und all diese Dinge waren und sind nur Produkte meiner Einbildung?

Ich habe meine Blätter zusammengesucht und wieder durchgelesen; vielleicht habe ich es nur in der Absicht getan, mich zu überzeugen, ob ich sie nicht wirklich in einem Irrenhaus geschrieben habe. Jetzt bin ich allein, mutterseelenallein. Der Herbst rückt heran, das Laub wird gelb. Ich sitze in diesem trostlosen Städtchen (oh, wie trostlos sind die kleinen deutschen Städte!), und statt zu überlegen, was ich nun weiter tun soll, lebe ich in den Empfindungen der jüngsten Vergangenheit, in frischen Erinnerungen und überlasse mich dem Gedanken an jenen Wirbelsturm, der mich damals packte und umherschleuderte und mich nun wieder irgendwohin ausgeworfen hat. Manchmal habe ich die Vorstellung, als drehte ich mich immer noch in diesem Wirbel herum, und als werde im nächsten Augenblick jener Sturm wieder heranbrausen und im Vorbeijagen mich mit seinem Flügel erfassen, und als werde ich wieder aus dem Geleise herausgerissen werden und alles gesunde Urteil verlieren und im Kreise herumgetrieben werden, immer im Kreise, im Kreise . . .

Aber vielleicht komme ich von diesem Zustand des schwindelerregenden Umherkreisens los und gelange wieder zur Ruhe, wenn ich versuche, mir von allem, was in diesem Monat vorgefallen ist, genaue Rechenschaft zu geben. Ich fühle wieder einen Drang, zur Feder zu greifen, und ich habe auch mitunter abends gar nichts zu tun. Sonderbar: um wenigstens eine Beschäftigung zu haben, entnehme ich aus der hiesigen elenden Leihbibliothek als Lektüre Romane von Paul de Kock (in deutscher Übersetzung!), obwohl ich sie nicht leiden kann; aber ich lese sie und wundere mich über mich selbst: es hat fast den Anschein, als fürchtete ich durch die Lektüre eines ernsten Buches oder irgendwelche andere ernste Beschäftigung den Zauberbann zu zerstören, in den mich die letzte Vergangenheit geschmiedet hat. Als wäre mir dieser schreckliche Traum nebst allen von ihm zurückgebliebenen Empfindungen so lieb und teuer, daß ich nicht einmal mit etwas Neuem an ihn rühren möchte, damit er nicht in Rauch verfliege! Ist mir das alles so lieb und teuer, wie? Ja, gewiß, es ist mir lieb und teuer; vielleicht werde ich noch nach vierzig Jahren mich wehmütig daran erinnern . . .

Ich beginne also wieder zu schreiben. Aber ich brauche das Folgende nicht mit der Ausführlichkeit zu erzählen wie das Frühere; waren doch auch meine Gefühle und Empfindungen dabei von ganz anderer Art.

Zuerst möchte ich das, was ich von der alten Tante berichtete, zum Abschluß bringen. Am andern Tag verspielte sie alles, was sie mithatte, schlechthin alles. Es konnte nicht anders kommen: gerät ein Mensch von solchem Charakter auf diesen Weg, so ist es, als ob er im Schlitten einen Schneeberg hinabführe: es geht immer schneller und schneller hinunter. Sie spielte den ganzen Tag bis acht Uhr abends. Ich war dabei nicht zugegen; ich weiß davon nur aus Erzählungen.

Potapytsch hielt sich im Kurhaus den ganzen Tag über zu ihrer Verfügung. Die Polen, von denen die Tante sich beim Spiel beraten ließ, wechselten an diesem Tag mehrmals ab. Sie begann damit, daß sie den Polen von gestern, den sie an den Haaren gerissen hatte, wegjagte und einen andern annahm; aber es stellte sich bald heraus, daß dieser andere womöglich noch schlimmer war. Sie jagte also auch diesen weg und nahm den ersten wieder an, der nicht weggegangen war und während der ganzen Zeit, wo er sich in Ungnade befand, sich dicht dabei, hinter ihrem Stuhl, herumgedrückt und alle Augenblicke seinen Kopf zu ihr hindurchgeschoben hatte. Durch all das geriet die Tante schließlich in einen Zustand völliger Verzweiflung. Der weggejagte zweite Pole wollte gleichfalls um keinen Preis weichen; der eine postierte sich rechts vom Stuhl der Tante, der andere links. Die ganze Zeit über stritten und schimpften sie untereinander wegen der Höhe der Einsätze und wegen der Auswahl, worauf zu setzen sei, und belegten einander mit dem Titel »Laidak«, Strolch, und andern polnischen Schmeichelnamen; dann vertrugen sie sich wieder, warfen mit dem Geld ohne alle Ordnung umher und schalteten und walteten damit ganz leichtfertig. Zu Zeiten, wo sie sich verzankt hatten, setzte ein jeder von ihnen auf seiner Seite, was ihm beliebte, zum Beispiel der eine auf Rot, der andere auf Schwarz. Schließlich machte all dies die Tante ganz schwindlig und denkunfähig, so daß sie zuletzt, dem Weinen nahe, sich an den Obercroupier wandte, mit der Bitte, sie zu beschützen und die beiden Polen wegzujagen. Diese wurden denn auch unverzüglich fortgewiesen, trotz ihres Geschreis und ihrer Proteste: sie schrien beide zugleich und behaupteten, die alte Dame sei vielmehr ihnen Geld schuldig, sie habe sie irgendwie betrogen und sich gegen sie unehrenhaft und gemein benommen. Der unglückliche Potapytsch erzählte mir alles dies unter Tränen noch an demselben Abend, an dem der Spielverlust stattgefunden hatte, und klagte mir, die beiden hätten sich die Taschen voll Geld gestopft; er habe selbst gesehen, wie sie schamlos gestohlen und sich alle Augenblicke etwas in die Taschen gesteckt hätten. Auch allerlei Kunstgriffe hätten sie angewandt. So habe zum Beispiel der eine die Tante um fünf Friedrichsdor als Belohnung für seine Dienste gebeten und dieses Geld sogleich im Roulett gesetzt, neben den Einsätzen der Tante. Habe nun die Tante gewonnen, so habe er geschrien, der Einsatz, der gewonnen habe, gehöre ihm, der der Tante habe verloren. Als sie fortgewiesen wurden, war dann Potapytsch vorgetreten und hatte der Tante berichtet, daß sie die ganzen Taschen voll Geld hätten. Die Tante hatte sofort den Croupier gebeten, sich der Sache anzunehmen, und obwohl die beiden Polen ein großes Geschrei vollführten (gerade wie zwei Hähne, die man mit den Händen greift), war die Polizei erschienen und hatte ihnen zum Vorteil der Tante die Taschen ausgeleert. Solange die Tante nicht ihr ganzes Geld verspielt hatte, erfreute sie sich an diesem ganzen Tag bei den Croupiers und überhaupt bei allen Beamten des Kurhauses offenkundiger Hochachtung. Allmählich hatte sich eine Kunde von ihr in der ganzen Stadt verbreitet. Alle Kurgäste jeder Nationalität, vornehm und gering, strömten in den Spielsaal, um sich da *»une vieille russe, tombée en enfance«* anzusehen, die bereits »einige Millionen« verspielt hatte.

Aber es nützte der Tante herzlich wenig, daß man sie von den beiden Polacken befreit hatte. An Stelle derselben erschien sogleich dienstbereit ein dritter Pole; dieser sprach ein vollkommen reines Russisch, war wie ein Gentleman gekleidet, wiewohl er dabei doch wie ein Lakai aussah, trug einen gewaltigen Schnurrbart und kehrte ein großes Ehrgefühl heraus. Er küßte gleichfalls, nach seinem Ausdruck, die Fußspuren der gnädigen Frau und legte sich ihr zu Füßen, benahm sich aber gegen alle, die er um sich hatte, hochmütig, maßte sich eine despotische Herrschaft an, kurz, er trat gleich von vornherein nicht als ein Diener der Tante, sondern als ihr Gebieter auf. Alle Augenblicke, bei jedem Einsatz, wandte er sich zu ihr und schwur mit den fürchterlichsten Eiden, er sei ein Ehrenmann und nehme nicht eine Kopeke von ihrem Geld. Er wiederholte diese Schwüre so oft, daß die Tante schließlich ganz eingeschüchtert wurde. Aber da dieser Herr tatsächlich anfangs einen günstigen Einfluß auf ihr Spiel auszuüben schien und Gewinne erzielte, so glaubte die Tante selbst, sich nicht von ihm losmachen zu sollen. Eine Stunde später erschienen die beiden früheren Polen, die aus dem Spielsaal heraustransportiert worden waren, von neuem hinter dem Stuhl der Tante und boten ihr wieder ihre Dienste an, wenn auch nur zu Botengängen. Potapytsch beteuerte eidlich, daß der Ehrenmann ihnen heimlich zugeblinzelt und ihnen sogar etwas in die Hand geschoben habe. Da die Tante nichts zu Mittag gegessen hatte und fast gar nicht von ihrem Stuhl weggegangen war, so kam ihr der eine Pole mit seiner Dienstfertigkeit ganz gelegen: er mußte nach dem Restaurant des Kurhauses laufen und ihr eine Tasse Bouillon holen, dann auch eine Tasse Tee. Übrigens liefen die Polen immer beide zugleich. Aber am Ende des Tages, als es schon allen klar war, daß sie ihre letzte Banknote verspielen werde, standen hinter ihrem Stuhl schon ganze sechs Polen, von denen vorher nichts zu sehen und zu hören gewesen war. Und als die Tante wirklich im Begriff stand, ihr letztes Geld zu verlieren, da gehorchte keiner von ihnen mehr ihren Weisungen, ja sie beachteten die Alte gar nicht mehr, drängten sich geradezu neben ihr vorbei an den Tisch, griffen selbst nach dem Geld, verfügten eigenmächtig darüber, setzten, stritten und schrien, wobei sie mit dem Ehrenmann auf dem Duzfuß verkehrten; der Ehrenmann selbst aber hatte die Existenz der Tante beinah überhaupt vergessen. Sogar dann, als die Tante alles verspielt hatte und am Abend gegen acht Uhr ins Hotel zurückkehrte, selbst da konnten sich drei oder vier Polen immer noch nicht entschließen, von ihr abzulassen, sondern liefen rechts und links neben ihrem Stuhl her, schrien aus Leibeskräften und behaupteten in schneller Rede, die alte Dame habe sie irgendwie betrogen und müsse ihnen etwas herausgeben. So kamen sie bis zum Hotel mit, von wo sie schließlich mit Püffen und Stößen weggetrieben wurden.

Nach Potapytschs Berechnung muß die Tante an diesem Tag im ganzen gegen neunzigtausend Rubel verspielt haben, abgesehen von dem Geld, das sie tags zuvor verloren hatte. Alle fünfprozentigen Staatsschuldscheine von inländischen Anleihen, alle Aktien, die sie mithatte, ließ sie, ein Stück nach dem andern, umwechseln. Ich drückte mein Erstaunen darüber aus, wie sie es diese ganzen sieben oder acht Stunden lang habe aushalten können, auf ihrem Stuhl zu sitzen, beinahe ohne jemals vom Tisch fortzugehen; aber Potapytsch erzählte mir, sie habe etwa dreimal wirklich stark zu gewinnen angefangen; durch die wiedererwachte Hoffnung neu belebt, habe sie dann nicht von ihrem Platz weggekonnt. Spieler haben ja Verständnis dafür, wie ein Mensch es fertigbringt, fast vierundzwanzig Stunden lang auf einem Fleck bei den Karten zu sitzen und weder rechts noch links zu blicken.

Unterdes waren im Laufe dieses Tages bei uns im Hotel gleichfalls sehr wichtige Dinge vorgegangen. Schon am Vormittag, vor elf Uhr, als die Tante noch zu Hause war, entschlossen sich die Unsrigen, das heißt der General und de Grieux, zu einem letzten Schritt. Da sie erfahren hatten, daß die Tante nicht mehr daran dachte, abzureisen, sondern vielmehr im Begriff war, sich nach dem Kurhaus aufzumachen, so begaben sie sich als vollständiges Konklave (mit Ausnahme von Polina) zu ihr, um mit ihr nachdrücklich und sogar offenherzig zu reden. Der General, der angesichts der schrecklichen Folgen, die die Spielwut der Tante für ihn haben mußte, vor Angst verging und am ganzen Leibe zitterte, griff aber dabei zu Mitteln, die gar zu kräftig waren: nachdem er eine halbe Stunde lang gebeten und gefleht und sogar alles offenherzig gestanden hatte, nämlich alle seine

Schulden und selbst seine Leidenschaft für Mademoiselle Blanche (er war eben ganz kopflos geworden), schlug er auf einmal einen drohenden Ton an und begann sogar seine Tante anzuschreien und mit den Füßen zu stampfen; er schrie, sie verunehre seine und ihre Familie, verursache in der ganzen Stadt ein skandalöses Aufsehen, und schließlich . . . schließlich sagte er noch: »Sie bringen Schande über unser russisches Vaterland, gnädige Frau!« und deutete darauf hin, daß es dagegen noch eine Polizei gebe! Die Alte jagte ihn endlich mit einem Stock hinaus, mit einem wirklichen Stock. Der General und de Grieux berieten sich noch ein- oder zweimal im Laufe dieses Vormittags, wobei sie besonders die Frage beschäftigte, ob es denn wirklich ganz unmöglich sei, irgendwie ein Eingreifen der Polizei herbeizuführen. Man könnte ja sagen, diese unglückliche, aber höchst achtungswerte Dame habe den Verstand verloren und sei jetzt dabei, ihr letztes Geld zu verspielen usw. Kurz, ob es nicht möglich sei, eine Art von Aufsicht oder ein Spielverbot zu erwirken. Aber de Grieux zuckte nur mit den Achseln und lachte dem General ins Gesicht, der ohne Aufhören in diesem Sinne redete und im Zimmer auf und ab ging. Endlich verließ de Grieux mit einer wegwerfenden Handbewegung nach dem General hin das Zimmer. Am Abend wurde bekannt, daß er das Hotel mit seinem ganzen Gepäck verlassen habe, nachdem er vorher noch eine sehr ernste, geheimnisvolle Unterredung mit Mademoiselle Blanche gehabt habe. Was Mademoiselle Blanche anlangt, so hatte sie gleich am Vormittag entscheidende Maßregeln ergriffen: sie hatte den General vollständig abgehalftert und ließ ihn überhaupt nicht mehr vor ihre Augen kommen. Als der General ihr nach dem Kurhaus nachlief und sie dort Arm in Arm mit dem kleinen Fürsten traf, kannten Mademoiselle Blanche und Madame *veuve* Cominges ihn gar nicht mehr. Auch der kleine Fürst grüßte ihn nicht. Diesen ganzen Tag über experimentierte Mademoiselle Blanche an dem Fürsten herum und bearbeitete ihn mit allen möglichen Mitteln, um ihn endlich zu einer entscheidenden Erklärung zu bringen. Aber o weh! In ihren Spekulationen auf den Fürsten sah sie sich grausam getäuscht! Diese kleine Katastrophe trug sich erst gegen Abend zu: es stellte sich nämlich auf einmal heraus, daß der Fürst kahl wie eine Kirchenmaus war und sogar seinerseits darauf gehofft hatte, von ihr Geld auf einen Wechsel zu bekommen, um dann Roulett spielen zu können. Blanche gab ihm entrüstet den Laufpaß und schloß sich in ihr Zimmer ein.

Am Morgen dieses selben Tages ging ich zu Mister Astley, oder, richtiger gesagt, ich suchte Mister Astley den ganzen Vormittag über, konnte ihn aber nirgends finden. Er war weder bei sich zu Hause noch im Kurhaus oder im Park. Auch am Diner nahm er diesmal in seinem Hotel nicht teil. Zwischen vier und fünf Uhr erblickte ich ihn plötzlich, wie er vom Bahnhof geradewegs nach dem Hotel d'Angleterre ging. Er hatte es eilig und schien seine Sorgen zu haben, wiewohl es schwer war, jemals auf seinem Gesicht einen Ausdruck von Sorge oder irgendwelcher Verlegenheit zu erkennen. Er streckte mir freudig mit seinem gewöhnlichen Ausruf: »Ah!« die Hand entgegen, blieb aber nicht auf der Straße stehen, sondern setzte seinen Weg ziemlich schnellen Schrittes fort. Ich schloß mich ihm an; aber er verstand es, mir solche Antworten zu geben, daß ich nicht dazu kam, ihn nach etwas Wichtigerem zu fragen. Außerdem war es mir sehr peinlich, das Gespräch auf Polina zu bringen, und er selbst erwähnte sie mit keinem Wort. Ich erzählte ihm von der Tante; er hörte aufmerksam und mit ernster Miene zu und zuckte mit den Achseln.

»Sie wird alles verspielen«, bemerkte ich.

»O ja«, erwiderte er. »Vorhin, als ich wegfahren wollte, traf ich sie auf dem Weg zum Spielsaal, und da sagte ich mir mit Bestimmtheit, daß sie alles verlieren werde. Wenn ich Zeit habe, will ich nach dem Spielsaal gehen, um zuzusehen; denn so etwas ist interessant.«

»Wo waren Sie denn hingefahren?« fragte ich und wunderte mich selbst darüber, daß ich danach bisher noch nicht gefragt hatte.

»Ich war in Frankfurt.«

»In geschäftlichen Angelegenheiten?«

»Jawohl.«

Wonach konnte ich ihn nun noch weiter fragen? Ich ging immer noch neben ihm her; aber plötzlich bog er in das an unserm Weg stehende *Hôtel des quatre saisons* ein, nickte mir mit dem Kopf zu und war verschwunden. Nach Hause zurückgekehrt, wurde ich mir allmählich darüber klar, daß ich, selbst wenn ich zwei Stunden lang mit ihm gesprochen hätte, doch schlechterdings nichts erfahren haben würde, weil . . . weil es gar nichts gab, wonach ich ihn hätte fragen können! Ja, es war wirklich so! Ich war jetzt absolut nicht imstande, meine Frage zu formulieren.

Diesen ganzen Tag über ging Polina bald mit den Kindern und der Kinderfrau im Park spazieren, bald saß sie zu Hause. Den General mied sie schon seit längerer Zeit und redete mit ihm fast gar nicht, wenigstens nicht über ernsthafte Dinge. Das hatte ich schon lange bemerkt. Aber da ich wußte, in welcher Situation sich der General heute befand, so sagte ich mir, er würde wohl nicht umhin gekonnt haben mit ihr zu sprechen, das heißt es müsse wohl mit Notwendigkeit zwischen ihnen zu einer ernsten Aussprache gekommen sein, wie sie bei so wichtigen Angelegenheiten zwischen Familienmitgliedern unerläßlich ist. Als ich jedoch nach meinem Gespräch mit Mister Astley nach dem Hotel zurückging und unterwegs Polina mit den Kindern traf, da lag auf ihrem Gesicht ein Ausdruck ungetrübter Ruhe, als ob all die Stürme, unter denen die Familie litt, nur sie allein verschonten. Meine Verbeugung erwiderte sie mit einem Kopfnicken. Ich ging wütend auf mein Zimmer.

Allerdings hatte ich es seit dem Vorfall mit dem Wurmerhelmschen Ehepaar vermieden, mit ihr zu sprechen, und war seitdem kein einziges Mal mit ihr zusammen gewesen. Das war von mir zum Teil nur Getue und Gehabe gewesen; aber je länger es dauerte, um so heißer glühte in mir eine wirkliche Entrüstung auf. Auch wenn sie mich nicht ein bißchen liebte, durfte sie meiner Ansicht nach dennoch nicht meine Gefühle in dieser Weise mit Füßen treten und meine Geständnisse mit solcher Geringschätzung aufnehmen. Sie wußte ja doch, daß ich sie mit einer wahren, echten Liebe liebte, und hatte mir selbst gestattet und erlaubt, davon zu ihr zu reden! Freilich, diese unsere Beziehungen hatten in eigentümlicher Weise ihren Anfang genommen. Vor geraumer Zeit, schon vor zwei Monaten, hatte ich bemerkt, daß sie mich zu ihrem Freund und Vertrauten zu machen wünschte und mich gelegentlich auch schon als solchen behandelte. Aber ohne daß ich gewußt hätte warum, wollte sich dieses Verhältnis damals nicht weiterentwickeln; statt dessen kam es vielmehr zu unsern jetzigen sonderbaren Beziehungen; und eben deswegen hatte ich angefangen so mit ihr zu reden. Aber wenn ihr meine Liebe zuwider war, warum verbot sie mir dann nicht geradezu, mit ihr davon zu reden?

Sie hatte es mir nicht verboten, mich im Gegenteil manchmal zu einem solchen Gespräch herausgefordert; aber das hatte sie natürlich nur zum Spott getan. Ich hatte deutlich gemerkt und wußte genau, daß es ihr Freude machte, nachdem sie mich angehört und mich auf das äußerste gereizt hatte, dann auf einmal mich durch einen schroffen Ausdruck größter Geringschätzung und Gleichgültigkeit wie mit einem Knüttel über den Kopf zu schlagen. Und sie wußte doch, daß ich ohne sie nicht leben konnte. Jetzt waren nun drei Tage seit der Geschichte mit dem Baron vergangen, und ich konnte unsere »Scheidung« nicht mehr ertragen. Als ich ihr kurz vorher beim Kurhaus begegnet war, da hatte mir das Herz so stark geschlagen, daß ich ganz blaß wurde. Aber auch sie konnte ja ohne mich nicht existieren! Sie hatte mich nötig – ob wirklich nur als Hanswurst, um etwas zum Lachen zu haben?

Sie hatte ein Geheimnis, das war zweifellos! Ihr Gespräch mit der Tante versetzte mir einen schmerzlichen Stich ins Herz. Ich hatte sie doch tausendmal gebeten, mir gegenüber aufrichtig zu sein, und sie wußte doch, daß ich tatsächlich bereit war, meinen Kopf für sie hinzugeben. Aber sie hatte sich immer in beinahe verächtlicher Weise von mir losgemacht oder statt des Opfers meines Lebens, das ich ihr anbot, von mir solche Exzesse verlangt wie damals mit dem Baron! War das nicht empörend? War denn dieser Franzose ihr ein und alles? Und Mister Astley? Aber hier wurde die Sache für mich nun schon vollständig unbegreiflich – und was litt ich dabei für Qualen, mein Gott, mein Gott!

Als ich nach Hause gekommen war, griff ich in heller Wut zur Feder und schrieb an sie folgendes:

»Polina Alexandrowna, ich sehe deutlich, daß die Katastrophe nahe bevorsteht, die jedenfalls auch für Sie bedeutungsvoll sein wird. Zum letzten Male frage ich Sie: können Sie das Opfer meines Lebens gebrauchen oder nicht? Wenn Sie meiner, wozu auch immer, bedürfen, so verfügen Sie über mich; ich werde vorläufig in meinem Zimmer bleiben, wenigstens den größten Teil der Zeit, und nirgends hingehen. Wenn Sie mich nötig haben, so schreiben Sie mir oder lassen Sie mich rufen.«

Ich siegelte den Brief zu und gab ihn dem Kellner zur Beförderung, mit der Weisung, ihn ihr zu eigenen Händen zu übergeben. Eine Antwort erwartete ich nicht; aber nach drei Minuten kam der Kellner zurück und meldete, das Fräulein lasse eine Empfehlung bestellen.

Zwischen sechs und sieben Uhr wurde ich zum General gerufen.

Er befand sich in seinem Zimmer, wie zum Ausgehen angekleidet. Hut und Stock lagen auf dem Sofa. Als ich eintrat, stand er, wie mir vorkam, mit gespreizten Beinen und gesenktem Kopf mitten im Zimmer und redete halblaut mit sich selbst. Aber sowie er mich erblickte, stürzte er ordentlich mit einem Aufschrei auf mich los, so daß ich unwillkürlich zurücktrat und mich schleunigst wieder entfernen wollte; aber er ergriff mich an beiden Händen und zog mich zum Sofa; er selbst setzte sich auf dieses, während er mich auf einen Lehnstuhl ihm gerade gegenüber nötigte. Ohne meine Hände loszulassen, sagte er dann mit zitternden Lippen und unter Tränen, die plötzlich an seinen Wimpern glitzerten, in flehendem Ton zu mir:

»Alexei Iwanowitsch, retten Sie mich, retten Sie mich, haben Sie Erbarmen mit mir!«

Ich begriff lange Zeit nicht, was er eigentlich wollte; er redete und redete immerzu und wiederholte fortwährend: »Haben Sie Erbarmen mit mir, haben Sie Erbarmen mit mir!« Endlich glaubte ich zu erraten, daß er von mir so etwas wie einen Rat erwartete, oder richtiger, daß er, von allen verlassen, in seiner Aufregung und Unruhe sich meiner erinnert und mich hatte rufen lassen, lediglich um reden, reden, reden zu können.

Er war verrückt geworden oder hatte wenigstens im höchsten Grade die Fassung verloren. Er faltete die Hände und war nahe daran, vor mir auf die Knie zu fallen, um mich zu bitten, ich möchte (sollte man es für möglich halten?) sogleich zu Mademoiselle Blanche gehen und sie durch Bitten und Vorstellungen dazu bewegen, zu ihm zurückzukehren und ihn zu heiraten.

»Aber ich bitte Sie, General«, rief ich, »Mademoiselle Blanche hat mich bis jetzt vielleicht überhaupt noch nicht bemerkt! Was kann ich in dieser Sache tun?«

Aber alle Erwiderungen waren nutzlos; er verstand gar nicht, was ich sagte. Auch über die Tante begann er zu reden, aber in einer schrecklich unsinnigen Weise; er konnte immer noch nicht von dem Gedanken loskommen, daß man gut tue, nach der Polizei zu schicken.

»Bei uns, bei uns«, fing er an und kochte auf einmal vor Wut, »mit einem Wort, bei uns in einem wohlgeordneten Staat, in dem es eine Obrigkeit gibt, würde man solche alten Weiber sofort unter Vormundschaft stellen! Jawohl, mein Herr, jawohl«, fuhr er fort, indem er plötzlich in einen scheltenden Ton überging, von seinem Platz aufsprang und im Zimmer hin und her ging. »Das haben Sie wohl noch nicht gewußt, mein

Herr«, wandte er sich an einen Herrn, den er sich in der Ecke vorstellte; »nun, dann mögen Sie es jetzt lernen ... jawohl ... bei uns werden solche alten Weiber eingesperrt, eingesperrt, eingesperrt, jawohl ... Ach, hol alles der Teufel!«

Er warf sich wieder auf das Sofa; aber einen Augenblick darauf begann er, beinahe schluchzend und nur mühsam atmend, mir in eiliger Rede zu erzählen, Mademoiselle Blanche wolle ihn deswegen nicht heiraten, weil statt eines Telegramms die Tante selbst angekommen sei und er nun offenbar die Erbschaft nicht bekommen werde. Er hatte die Vorstellung, ich wüßte von alledem noch nichts. Ich wollte von de Grieux zu reden anfangen; aber er winkte geringschätzig ab: »Der ist abgereist! Alles, was ich besitze, ist ihm verpfändet; ich bin arm wie eine Kirchenmaus! Das Geld, das Sie mir geholt haben ... dieses Geld ... ich weiß nicht, wieviel davon noch da ist, es mögen wohl noch siebenhundert Franc und ein bißchen übrig sein ... das ist alles ... aber dann ... das weiß ich nicht, das weiß ich nicht! ...«

»Wie werden Sie denn die Hotelrechnung bezahlen?« rief ich erschrocken. »Und ... was soll dann weiter werden?«

Er sah aus, als dächte er angestrengt nach, schien aber das, was ich gesagt hatte, nicht verstanden und vielleicht überhaupt nicht gehört zu haben. Ich machte einen Versuch, von Polina Alexandrowna und den Kindern zu reden; aber er antwortete nur hastig: »Ja, ja!« und fing sogleich wieder an von dem Fürsten zu sprechen, und daß Blanche nun mit diesem davongehen werde. »Und dann ... und dann ... was soll ich dann anfangen, Alexei Iwanowitsch?« wandte er sich plötzlich zu mir. »Ich bitte Sie um Gottes willen! Was soll ich dann anfangen? Sagen Sie, das ist doch bitterer Undank! Das ist doch bitterer Undank!«

Er weinte, daß ihm die Tränen nur so über die Backen liefen.

Mit einem solchen Menschen war nichts zu machen; aber ihn allein zu lassen war gleichfalls gefährlich; es konnte womöglich etwas mit ihm passieren. Indessen machte ich mich doch von ihm los, so gut es ging, wies aber die Kinderfrau an, möglichst oft nach ihm zu sehen, und sprach außerdem mit dem Kellner, einem sehr verständigen jungen Menschen; dieser versprach mir, seinerseits ebenfalls ein Auge auf den General zu haben.

Kaum hatte ich den General verlassen, als Potapytsch zu mir kam und mich zur Tante rief. Es war acht Uhr, und sie war eben erst nach dem vollständigen Verlust ihres Geldes aus dem Kurhaus zurückgekommen. Ich begab mich zu ihr; die Alte saß auf ihrem Lehnstuhl, ganz erschöpft und offenbar krank. Marfa reichte ihr eine Tasse Tee und nötigte sie fast mit Gewalt, ihn auszutrinken. Ihre Stimme und der ganze Ton, in dem sie sprach, hatten sich gegen früher in auffälliger Weise verändert.

»Guten Abend, lieber Alexei Iwanowitsch«, sagte sie und neigte langsam und würdevoll den Kopf. »Entschuldige, daß ich dich noch einmal belästigt habe; verzeihe einer alten Frau! Ich habe alles dort gelassen, lieber Freund, fast hunderttausend Rubel. Du hattest recht, daß du gestern nicht mit mir mitkamst. Jetzt bin ich ganz ohne Geld; nicht einen Groschen habe ich. Ich will keine Minute länger hierbleiben, als nötig ist; um halb zehn fahre ich ab. Ich habe zu deinem Engländer, diesem Mister Astley, geschickt und will ihn bitten, mir dreitausend Franc auf eine Woche zu leihen. Setze ihm die Sache auseinander, damit er nicht etwa Schlimmes denkt und es mir abschlägt. Ich bin noch reich genug, lieber Freund. Ich habe drei Dörfer und zwei Häuser. Und auch Geld wird sich noch finden; ich habe nicht alles mit auf die Reise genommen. Ich sage das, damit er nicht mißtrauisch wird ... Ah, da ist er ja selbst! Man sieht doch gleich, was ein guter Mensch ist.«

Mister Astley war, sowie man ihm die Bitte der Tante überbracht hatte, unverzüglich herbeigeeilt. Ohne sich irgendwie zu besinnen oder ein Wort zuviel zu sagen, zahlte er ihr sofort dreitausend Franc auf einen Wechsel aus, den die Tante unterschrieb. Nach Erledigung dieser Angelegenheit empfahl er sich und ging eilig wieder fort.

»Und nun geh auch du, Alexei Iwanowitsch! Ich habe noch etwas über eine Stunde Zeit; da will ich mich noch ein bißchen hinlegen; die Knochen tun mir weh. Geh mit mir alten Närrin nicht zu streng ins Gericht! Jetzt werde ich junge Leute nicht mehr wegen ihres Leichtsinns schelten, und auch dem unglücklichen Menschen, eurem General, habe ich kein Recht mehr Vorwürfe zu machen. Geld werde ich ihm aber trotzdem nicht geben, wie er es gern möchte; denn er ist nach meiner Ansicht doch ein bißchen gar zu dumm; nur daß ich alte Närrin nicht klüger bin als er. Ja, das ist offenbar: Gott sucht einen auch im Alter heim und bestraft uns für unsern Hochmut. Na, dann leb wohl! Marfa, hebe mich auf!«

Ich wollte sie aber gern noch auf die Bahn begleiten. Außerdem befand ich mich in einem Zustand unruhiger Spannung; ich erwartete immer, daß sich im nächsten Augenblick etwas ereignen werde. Es war mir unmöglich, auf meinem Zimmer zu bleiben. Ich ging auf den Korridor hinaus, ja ich verließ sogar für kurze Zeit das Haus und ging in der Allee auf und ab. Mein Brief an Polina war, wie ich mir sagte, deutlich und energisch gewesen, und die jetzige Katastrophe war offenbar endgültig. Im Hotel hatte ich von de Grieux' Abreise gehört. Schließlich, wenn Polina mich auch als Freund verschmähte, vielleicht duldete sie mich als ihren Diener. Sie konnte mich ja gebrauchen, wenn auch nur zu allerlei Besorgungen, und ich konnte ihr gute Dienste leisten, sicherlich, sicherlich!

Zum Abgang des Zuges ging ich nach dem Bahnhof und war der Tante beim Einsteigen behilflich. Sie hatte mit ihrer Begleitung ein besonderes Abteil genommen.

»Ich danke dir, lieber Freund, für deine uneigennützige Teilnahme«, sagte sie beim Abschied zu mir. »Und erinnere Praskowja an das, worüber ich gestern mit ihr gesprochen habe; ich werde sie erwarten.«

Ich ging nach Hause. Als ich an dem Logis des Generals vorbeikam, begegnete ich der Kinderfrau und erkundigte mich nach dem General. »Es geht ihm ja ganz leidlich«, antwortete sie trübe. Ich wollte indessen doch zu ihm gehen; aber an der ein wenig geöffneten Tür seines Zimmers blieb ich starr vor Staunen stehen. Mademoiselle Blanche und der General lachten über irgend etwas um die Wette. Die *veuve* Cominges war auch dort und saß auf dem Sofa. Der General war offenbar ganz sinnlos vor Freude, schwatzte allen möglichen Unsinn und brach fortwährend in ein nervöses, langdauerndes Lachen aus, bei dem sich auf seinem Gesicht unzählige kleine Fältchen bildeten und die Augen ganz verschwanden. Später habe ich den Hergang von Blanche selbst erfahren: Als sie dem Fürsten den Laufpaß gegeben hatte und von dem jämmerlichen Zustand des Generals hörte, hatte sie den Einfall gehabt, ihn zu trösten, und war auf ein Augenblickchen zu ihm gegangen. Aber der arme General wußte nicht, daß in diesem Augenblick sein

Schicksal bereits entschieden war und Mademoiselle Blanche schon angefangen hatte, ihre Sachen zu packen, um am andern Tag mit dem ersten Morgenzug nach Paris davonzurattern.

Nachdem ich ein Weilchen auf der Schwelle des Zimmers gestanden hatte, entschied ich mich dafür, lieber nicht einzutreten, und ging unbemerkt wieder weg. Als ich zu meinem Zimmer kam und die Tür öffnete, bemerkte ich auf einmal im Halbdunkel eine Gestalt, die auf einem Stuhl in der Ecke am Fenster saß. Sie erhob sich bei meinem Erscheinen nicht. Ich trat schnell an sie heran, sah genauer hin, und – der Atem stockte mir: es war Polina!

Vierzehntes Kapitel

Ich konnte einen Schrei des Erstaunens nicht unterdrücken.

»Was ist denn? Was ist denn?« fragte sie seltsamerweise. Sie war blaß und hatte ein finsteres Gesicht.

»Wie können Sie so fragen! Sie hier? Hier bei mir?«

»Wenn ich komme, so komme ich auch *ganz*. Das ist meine Gewohnheit. Sie werden das sogleich selbst sehen. Machen Sie Licht!«

Ich zündete eine Kerze an. Sie stand auf, trat an den Tisch und legte einen geöffneten Brief vor mich hin.

»Lesen Sie!« befahl sie.

»Das ist ... das ist de Grieux' Handschrift!« rief ich, sobald ich den Brief in die Hand genommen hatte. Die Hände zitterten mir, und die Buchstaben tanzten vor meinen Augen. Ich habe den genaueren Wortlaut des Briefes vergessen; aber hier ist sein Inhalt, wenn auch nicht Wort für Wort, so doch nach der Reihenfolge der Gedanken.

»Mademoiselle«, schrieb de Grieux, »unangenehme Umstände zwingen mich zu sofortiger Abreise. Sie haben gewiß selbst bemerkt, daß ich eine endgültige Aussprache mit Ihnen absichtlich vermied, ehe sich nicht die ganze Lage geklärt haben würde. Die Ankunft Ihrer alten Verwandtin *(de la vieille dame)* und deren unsinniges Benehmen haben all meinen Zweifeln ein Ende gemacht. Die Zerrüttung meiner eigenen Vermögensverhältnisse verbietet es mir kategorisch, jene süßen Hoffnungen länger zu hegen, an denen ich mich eine Zeitlang so gern berauschte. Ich bedauere das Zurückliegende; aber ich hoffe, daß Sie in meinem Verhalten nichts finden werden, was eines Edelmannes und eines Mannes von Ehre *(gentilhomme et honnête homme)* unwürdig wäre. Da ich fast mein ganzes Geld Ihrem Stiefvater geliehen habe und jetzt fürchten muß, es zu verlieren, so sehe ich mich gezwungen, auf die verbliebenen Vermögensstücke die Hand zu legen; ich habe daher bereits meine Freunde in Petersburg angewiesen, den Verkauf der mir verpfändeten Besitztümer ungesäumt in die Wege zu leiten. Da ich aber weiß, daß Ihr leichtsinniger Stiefvater auch Ihr eigenes Geld vergeudet hat, so habe ich mich entschlossen, ihm fünfzigtausend Franc zu erlassen, und gebe ihm einige seiner Pfandverschreibungen in diesem Betrag zurück, so daß Sie jetzt in den Stand gesetzt sind, alles, was Sie verloren haben, wieder einzubringen, wenn Sie Ihr Eigentum von ihm auf gerichtlichem Wege zurückfordern. Ich hoffe, Mademoiselle, daß bei dem jetzigen Stand der Dinge mein Verfahren für Sie sehr vorteilhaft sein wird. Und weiter hoffe ich, daß ich durch dieses Verfahren die Pflicht eines anständigen, ehrenhaften Mannes in vollem Maße erfülle. Seien Sie versichert, daß mein Herz die Erinnerung an Sie mein ganzes Leben lang bewahren wird.«

»Nun, das ist ja alles deutlich«, sagte ich, mich zu Polina wendend. »Haben Sie denn auch etwas anderes erwarten können?« fügte ich ingrimmig hinzu.

»Ich habe nichts erwartet«, antwortete sie anscheinend ruhig, aber ihre Stimme klang doch, als ob es in ihrem Innern zuckte, »ich hatte schon längst meinen Entschluß gefaßt; ich las ihm seine Gedanken vom Gesicht ab und wußte, was er glaubte. Er glaubte, mein Streben ginge danach ... ich würde darauf bestehen ...« Sie stockte, biß sich, ohne den Satz zu Ende zu bringen, auf die Lippe und schwieg. »Ich habe ihm absichtlich in verstärktem Maße meine Verachtung bezeigt«, begann sie dann wieder; »ich wartete, wie er sich wohl benehmen werde. Wäre das Telegramm über die Erbschaft gekommen, so hätte ich ihm das Geld, das ihm dieser Idiot (der Stiefvater) schuldet, hingeworfen und ihn weggejagt! Er war mir schon lange, schon lange verhaßt. Oh, er war früher ein anderer, ein ganz, ganz anderer; aber jetzt, aber jetzt ...! Oh, mit was für einem Wonnegefühl würde ich ihm jetzt diese fünfzigtausend Franc in sein gemeines Gesicht schleudern und ihn anspeien ...«

»Aber dieses Schriftstück, diese von ihm zurückgegebene Pfandverschreibung im Betrag von fünfzigtausend Franc, hat doch wohl der General jetzt in Händen? So lassen Sie sie sich doch von ihm geben, und stellen Sie sie diesem de Grieux wieder zu!«

»Nein, nein, das geht nicht, das geht nicht!«

»Sie haben recht, Sie haben recht, das geht nicht. Der General ist ja auch jetzt zu allem unfähig. Aber wie ist's mit der Tante?« rief ich plötzlich.

Polina sah mich zerstreut und ungeduldig an.

»Was soll dabei die Tante?« fragte sie ärgerlich. »Ich kann nicht zu ihr gehen ... Und ich mag auch niemanden um Verzeihung bitten«, fügte sie gereizt hinzu.

»Was ist dann zu machen?« rief ich. »Aber wie, wie in aller Welt war es nur möglich, daß Sie einen Menschen wie diesen de Grieux liebten! O der Schurke, der Schurke! Wenn Sie wollen, werde ich ihn im Duell töten! Wo ist er jetzt?«

»Er ist in Frankfurt und wird da drei Tage bleiben.«

»Sie brauchen nur ein Wort zu sagen, so fahre ich hin, morgen, mit dem ersten Zug!« erbot ich mich in einer Art von törichtem Enthusiasmus. Sie lachte auf.

»Nun ja, er wird dann vielleicht gar noch sagen: ›Geben Sie mir zuerst die fünfzigtausend Franc wieder!‹ Und was hätte er für Anlaß sich zu schlagen? ... Das ist ja Unsinn!«

»Aber wo, wo sollen wir denn diese fünfzigtausend Franc hernehmen?« rief ich zähneknirschend. »Von der Erde können wir sie nicht so ohne weiteres aufheben! Hören Sie mal: Mister Astley?« sagte ich in fragendem Ton zu ihr, da sich eine seltsame Idee in meinem Gehirn zu bilden begann.

Ihre Augen fingen an zu funkeln.

»Wie? *Du selbst* verlangst, daß ich von dir zu diesem Engländer gehe?« sagte sie, indem sie mir mit einem durchdringenden Blick ins Gesicht sah und bitter lächelte. Es war das erstemal im Leben, daß sie zu mir du sagte.

Es schien sie in diesem Augenblick infolge der starken Aufregung ein Schwindel zu überkommen, und sie setzte sich schnell auf das Sofa, wie wenn ihr schwach würde.

Mir war, als hätte mich ein Blitz getroffen; ich stand da und traute meinen Augen nicht, traute meinen Ohren nicht! Also ... also sie liebte mich! *Zu mir* war sie gekommen, nicht zu Mister Astley! Sie, ein junges Mädchen, kam ganz allein zu mir auf mein Zimmer, in einem Hotel, kompromittierte sich also vor allen Leuten – und ich, ich stand vor ihr und begriff noch immer nicht!

Ein toller Gedanke blitzte in meinem Kopfe auf.

»Polina, gib mir nur eine einzige Stunde Zeit! Warte hier nur eine Stunde, und ... ich komme wieder! Das ... das ist notwendig! Du wirst sehen! Bleib hier, bleib hier!«

Mit diesen Worten lief ich aus dem Zimmer, ohne auf ihren verwunderten, fragenden Blick zu antworten; sie rief mir etwas nach, aber ich wandte mich nicht mehr um.

Ja, mitunter setzt sich ein ganz toller, anscheinend ganz unmöglicher Gedanke derartig im Kopf fest, daß man ihn schließlich für etwas Wirkliches hält. Und noch mehr: wenn eine solche Idee mit einem starken, leidenschaftlichen Wunsch verbunden ist, so betrachtet man sie manchmal am Ende sogar als etwas vom Schicksal Verhängtes, Unvermeidliches, Vorherbestimmtes, als etwas, was sich gar nicht anders zutragen kann! Es mag sein, daß dabei noch irgend etwas anderes mitwirkt, eine Kombination von Ahnungen, eine außerordentliche Anspannung der Willenskraft, eine Selbstvergiftung durch die eigene Phantasie oder sonst noch etwas – ich weiß es nicht; aber mir begegnete an diesem Abend, den ich in meinem ganzen Leben nie vergessen werde, ein ganz wundersames Erlebnis. Obgleich es sich durch die Regeln der Arithmetik vollständig erklären läßt, bleibt es dennoch für mich bis auf diesen Tag ein Wunder. Und woher kam es, woher kam es, daß diese Überzeugung damals in mir so tief, so fest wurzelte, und zwar schon seit so langer Zeit? Ich wiederhole es: ich betrachtete das von mir erwartete Ereignis nicht als einen Zufall, der unter der ganzen Menge der übrigen Zufälle eintreten konnte oder somit auch ausbleiben konnte, sondern als etwas, was mit unbedingter Notwendigkeit geschehen mußte.

Es war ein Viertel auf elf. Ich ging nach dem Kurhaus in einer so festen Hoffnung und zugleich in einer so starken Aufregung, wie ich sie noch nie empfunden hatte. In den Spielsälen befanden sich noch ziemlich viel Menschen, wiewohl nur etwa halb so viel wie am Vormittag.

Nach zehn Uhr bleiben an den Spieltischen nur die echten, passionierten Spieler zurück, für die an den Kurorten nichts weiter existiert als das Roulett, die nur um deswillen hingekommen sind, die kaum bemerken, was um sie herum vorgeht, sich während der ganzen Saison für weiter nichts interessieren, sondern nur vom Morgen bis in die Nacht hinein spielen und womöglich auch noch die ganze Nacht über bis zum Morgengrauen würden spielen wollen, wenn es gestattet wäre. Nur ungern und unwillig gehen sie allabendlich weg, wenn um zwölf Uhr das Roulett geschlossen wird. Und wenn der Obercroupier vor dem Schluß des Roulett gegen Mitternacht ruft: *»Les trois derniers coups, messieurs!«* so setzen sie mitunter bei diesen drei letzten Malen alles, was sie in der Tasche haben, und pflegen tatsächlich gerade dann am meisten zu verlieren. Ich ging zu demselben Tisch, an dem kurz vorher die Tante gesessen hatte. Es war kein übermäßiges Gedränge, so daß ich sehr bald einen Stehplatz erlangte. Gerade vor mir stand auf dem grünen Tuche das Wort *passe* geschrieben.

Passe, das bedeutet die Gruppe der Zahlen von neunzehn bis sechsunddreißig. Die erste Gruppe, von eins bis achtzehn, heißt *manque*; aber was kümmerte mich das? Ich rechnete nicht; ich hatte nicht einmal gehört, welche Zahl zuletzt herausgekommen war, und erkundigte mich auch nicht danach, als ich zu spielen begann, wie es doch jeder auch nur ein wenig rechnende Spieler getan hätte. Ich zog alle meine zwanzig Friedrichsdor aus der Tasche und warf sie auf das vor mir stehende *passe*.

»*Vingt-deux!*« rief der Croupier.

Ich hatte gewonnen – und setzte wieder alles: was ich gehabt hatte, und was hinzugekommen war.

»*Trente et un*,« ertönte die Stimme des Croupiers.

Ein neuer Gewinn. Im ganzen besaß ich jetzt also achtzig Friedrichsdor. Ich schob sie alle achtzig auf die Gruppe der zwölf mittleren Zahlen (man erhält zu seinem Einsatz das Doppelte als Gewinn hinzu, hat aber zwei Chancen gegen sich und nur eine für sich); das Rad drehte sich, und es kam Vierundzwanzig. Man legte mir drei Rollen mit je fünfzig Friedrichsdor und zehn einzelne Goldstücke hin; mit dem Früheren zusammen hatte ich jetzt zweihundertvierzig Friedrichsdor.

Ich war wie im Fieber und schob diesen ganzen Haufen Geld auf Rot – und nun kam ich plötzlich zur Besinnung! Nur dieses einzige Mal im Laufe des ganzen Abends, während meines ganzen Spiels, geschah es, daß mir vor Angst ein kalter Schauder über den Rücken lief und mir die Arme und Beine zitterten. Mit Schrecken erkannte und fühlte ich für einen Moment, was es für mich bedeutete, wenn ich jetzt verlor! Mit diesem Einsatz stand mein ganzes Leben auf dem Spiel!

»*Rouge!*« rief der Croupier – und ich atmete tief auf;

ein feuriges Kribbeln ging über meinen ganzen Leib. Die Auszahlung an mich erfolgte in Banknoten; im ganzen hatte ich also jetzt viertausend Gulden und achtzig Friedrichsdor. Ich war zu diesem Zeitpunkt noch imstande, die einzelnen Rechenexempel auszuführen.

Ich erinnere mich, daß ich dann zweitausend Gulden auf die zwölf mittleren Zahlen setzte und sie verlor; ich setzte mein ganzes Gold, die achtzig Friedrichsdor, und verlor es. Da packte mich die Wut: ich nahm die letzten mir verbliebenen zweitausend Gulden und setzte sie auf die zwölf ersten Zahlen – gedankenlos, aufs Geratewohl, wie es sich gerade traf, ohne jede Berechnung! Aber es trat doch für mich ein Augenblick der Erwartung ein, in welchem meine Empfindung eine gewisse Ähnlichkeit gehabt haben mag mit der Empfindung der Madame Blanchard, als sie in Paris vom Luftballon herabfiel und auf die Erde zustürzte.

»*Quatre!*« rief der Croupier.

Nun hatte ich mit dem Einsatz wieder sechstausend Gulden. Jetzt fühlte ich mich bereits als Sieger; ich fürchtete nichts, schlechterdings nichts mehr und warf viertausend Gulden auf Schwarz. Ein Dutzend Spieler beeilte sich, meinem Beispiel folgend, gleichfalls auf Schwarz zu setzen. Die Croupiers warfen sich wechselseitig Blicke zu und besprachen sich miteinander. Die Umstehenden redeten von diesem Einsatz und warteten gespannt auf den Ausgang.

Es kam Schwarz. Von da an besinne ich mich weder auf die Höhe noch auf die Reihenfolge meiner Einsätze. Ich habe nur eine traumhafte Erinnerung, daß ich schon stark gewonnen hatte, etwa sechzehntausend Gulden, und auf einmal, durch drei unglückliche Spiele, zwölftausend davon wieder einbüßte; dann schob ich die übrigen viertausend auf *passe* (aber jetzt hatte ich dabei fast gar keine besondere Empfindung mehr; ich wartete nur sozusagen mechanisch, ohne Gedanken) – und gewann wieder; darauf gewann ich noch viermal hintereinander. Ich erinnere mich nur, daß ich das Geld zu Tausenden einheimste; auch besinne ich mich, daß besonders häufig die zwölf mittleren Zahlen herauskamen, an denen ich daher auch vorzugsweise festhielt. Sie erschienen mit einer gewissen Regelmäßigkeit unfehlbar drei-, viermal hintereinander; dann verschwanden sie für zweimal und kehrten darauf wieder für drei- oder viermal nacheinander zurück. Diese wunderbare Regelmäßigkeit kommt mitunter sozusagen strichweise vor – und das ist es gerade, was die eingefleischten Spieler aus dem Konzept bringt, die mit dem Bleistift in der Hand rechnen. Und mit welchem schrecklichen Hohn und Spott behandelt das Schicksal hier nicht selten die Spieler!

Ich glaube, es war seit meiner Ankunft nicht mehr als eine halbe Stunde vergangen, da benachrichtigte mich der Croupier, ich hätte dreißigtausend Gulden gewonnen, und da die Bank bei so hohem einmaligen Verlust zur Fortsetzung des Spieles nicht verpflichtet sei, so werde das Roulett bis morgen früh geschlossen. Ich nahm all mein Gold und schüttete es mir in die Taschen; ich nahm auch alle meine Banknoten und ging an einen anderen Tisch hinüber, in einen anderen Saal, wo sich ein anderes Roulett befand; hinter mir her strömte der ganze Spielerschwarm dorthin. Hier wurde sogleich für mich ein Platz freigemacht, und ich begann wieder zu setzen, blindlings und ohne zu überlegen. Ich begreife nicht, was mich rettete!

Mitunter huschte mir allerdings der Gedanke durch den Kopf, ich müsse doch mit Berechnung setzen. Ich hielt mich dann eine Weile an bestimmte Zahlen und bestimmte andere Arten des Einsatzes, hörte damit aber bald wieder auf und setzte von neuem fast ohne Bewußtsein. Ich mußte wohl sehr zerstreut sein; denn ich erinnere mich, daß die Croupiers mein Spiel mehrfach korrigierten. Ich beging grobe Fehler. Meine Schläfen waren feucht von Schweiß, und die Hände zitterten mir. Auch die Polen wollten sich mir mit ihren Diensten aufdrängen; aber ich hatte für niemand Ohren. Das Glück blieb mir fortwährend treu! Auf einmal erhob sich um mich herum Stimmengeschwirr und Lachen. »Bravo, bravo!« riefen alle, und manche klatschten sogar in die Hände. Ich hatte auch hier dreißigtausend Gulden erbeutet, und auch diese Bank wurde bis zum nächsten Tag geschlossen.

»Gehen Sie fort, gehen Sie fort!« flüsterte mir eine Stimme von rechts zu.

Es war ein Frankfurter Jude; er hatte die ganze Zeit über neben mir gestanden und mir wohl manchmal beim Spiel geholfen.

»Um Gottes willen, gehen Sie fort!« flüsterte eine andere Stimme an meinem linken Ohr.

Ich blickte flüchtig hin. Es war eine sehr bescheiden und anständig gekleidete Dame von etwa dreißig Jahren, mit einem krankhaft blassen, müden Gesicht, das aber doch noch ihre frühere wundervolle Schönheit erkennen ließ. Ich stopfte mir in diesem Augenblick gerade die Taschen mit Banknoten voll, die ich achtlos zerknitterte, und suchte das auf dem Tisch liegende Gold zusammen. Als ich die letzte Rolle mit fünfzig Friedrichsdor gefaßt hatte, gelang es mir, sie der blassen Dame ganz unbemerkt in die Hand zu schieben; ich hatte einen unwiderstehlichen Drang gefühlt, dies zu tun, und ich erinnere mich, daß ihre schlanken, mageren Finger sich in festem Druck um meine Hand legten, zum Zeichen tief empfundener Dankbarkeit. All das geschah in einem Augenblick.

Nachdem ich all mein Geld zusammengerafft hatte, begab ich mich zum *Trente-et-quarante*.

Beim *Trente-et-quarante* sitzt ein aristokratisches Publikum. Dies ist kein Roulett, sondern ein Kartenspiel. Hier muß die Bank für Gewinne bis zu hunderttausend Talern aufkommen. Der größte Einsatz beträgt gleichfalls viertausend Gulden. Ich verstand von dem Spiel gar nichts und kannte kaum eine der möglichen Arten von Einsätzen, nämlich nur Rot und Schwarz, die es hier ebenfalls gab. An diese Farben hielt ich mich also. Das gesamte Spielerpublikum drängte sich um mich herum. Ich erinnere mich nicht, ob ich die ganze Zeit über auch nur ein einziges Mal an Polina dachte. Es machte mir damals ein unsägliches Vergnügen, immer mehr Banknoten zu fassen und an mich heranzuziehen; sie wuchsen vor mir zu einem ansehnlichen Haufen an.

Es war tatsächlich, als stieße mich das Schicksal immer weiter vorwärts. Wie wenn es gerade auf mich abgesehen wäre, begab sich diesmal etwas, was sich übrigens bei diesem Spiel ziemlich oft wiederholt. Das Glück heftet sich zum Beispiel an Rot und bleibt bei dieser Farbe zehn-, selbst fünfzehnmal. Ich hatte erst vor zwei Tagen gehört, daß Rot in der vorigen Woche zweiundzwanzigmal hintereinander gekommen sei; beim Roulett weiß sich an dergleichen niemand zu erinnern, und man erzählte es sich mit Erstaunen. Selbstverständlich wenden sich alle Spieler sofort von Rot ab, und zum Beispiel schon nach zehn Malen wagt fast niemand mehr auf diese Farbe zu setzen. Aber auch auf Schwarz, das

Gegenstück von Rot, setzt dann kein routinierter Spieler. Der routinierte Spieler weiß, was es mit diesem »Eigensinn des Schicksals« auf sich hat. Man könnte ja zum Beispiel glauben, daß nach sechzehnmal Rot nun beim siebzehnten Male sicher Schwarz kommen werde. Auf diese Farbe stürzen sich daher die Neulinge scharenweis, verdoppeln und verdreifachen ihre Einsätze und verlieren in schrecklicher Weise.

Ich machte es anders. Als ich bemerkte, daß Rot siebenmal hintereinander gekommen war, hielt ich in sonderbarem Eigensinn mich absichtlich gerade an diese Farbe. Ich bin überzeugt, daß das zunächst die Wirkung eines gewissen Ehrgeizes war; ich wollte die Zuschauer durch meine sinnlosen Wagestücke in Staunen versetzen. Dann aber (es war eine seltsame Empfindung, deren ich mich deutlich erinnere) ergriff mich auf einmal wirklich, ohne jede weitere Reizung von seiten des Ehrgeizes, ein gewaltiger Wagemut. Vielleicht wird die Seele, die so viele Empfindungen durchmacht, von diesen nicht gesättigt, sondern nur gereizt und verlangt nach neuen, immer stärkeren und stärkeren Empfindungen bis zur vollständigen Erschöpfung. Und (ich lüge wirklich nicht) wenn es nach dem Spielreglement gestattet wäre, fünfzigtausend Gulden mit einem Male zu setzen, so hätte ich sie sicherlich gesetzt. Als die Umstehenden mich fortdauernd auf Rot setzen sahen, riefen sie, das sei sinnlos; Rot sei schon vierzehnmal gekommen!

»*Monsieur a gagné déjà cent mille florins*«, hörte ich jemand neben mir sagen.

Auf einmal kam ich zur Besinnung. Wie? Ich hatte an diesem Abend hunderttausend Gulden gewonnen? Wozu brauchte ich noch mehr? Ich griff nach den Banknoten, stopfte sie in die Tasche, ohne sie zu zählen, raffte all mein Gold, Rollen und einzelne Münzen, zusammen und lief aus dem Saal. Um mich herum lachten alle, als ich durch die Säle ging, beim Anblick meiner abstehenden Taschen und meines von der Last des Goldes unsicheren Ganges. Ich glaube, es waren weit über acht Kilo. Mehrere Hände streckten sich mir entgegen; ich gab reichlich, soviel ich gerade zu fassen bekam. Zwei Juden hielten mich am Ausgang an.

»Sie sind kühn, sehr kühn!« sagten sie zu mir. »Aber fahren Sie unter allen Umständen morgen früh weg, so früh wie möglich; sonst werden Sie alles wieder verlieren, alles . . .«

Ich hörte nicht weiter auf sie. Die Allee war so dunkel, daß man nicht die Hand vor den Augen sehen konnte. Bis zum Hotel waren es ungefähr neunhundert Schritte. Ich hatte mich nie vor Dieben oder Räubern gefürchtet, selbst nicht als kleiner Knabe; auch jetzt dachte ich an so etwas nicht. Ich erinnere mich übrigens nicht, woran ich denn eigentlich unterwegs dachte; wirkliche Gedanken waren es nicht. Ich empfand nur eine gewaltige Freude – über das Gelingen meines Planes, über den Sieg, über die erlangte Macht – ich weiß nicht, wie ich mich ausdrücken soll. Auch Polinas Bild tauchte vor meinem geistigen Blick auf; es kam mir die Erinnerung und das Bewußtsein, daß ich auf dem Weg zu ihr sei, in wenigen Augenblicken bei ihr sein, ihr alles erzählen, ihr das Geld zeigen würde . . . Aber ich konnte mich kaum mehr besinnen, was sie mir eigentlich vorhin gesagt hatte, und warum ich weggegangen war, und alle die Empfindungen, die mich noch vor anderthalb Stunden so stark bewegt hatten, erschienen mir jetzt bereits als etwas längst Vergangenes, Abgetanes, Veraltetes, als etwas, woran wir nun nicht mehr denken würden, weil jetzt alles einen neuen Anfang nehmen werde. Ich war schon fast am Ende der Allee, als mich plötzlich eine Angst überkam: »Wenn ich nun jetzt ermordet und beraubt werde!« Diese Angst wurde mit jedem Schritt ärger. Ich lief fast. Auf einmal stand, als ich am Ende der Allee angelangt war, unser Hotel mit all seinen erleuchteten Fenstern vor mir – Gott sei Dank, ich war zu Hause!

Ich lief nach meiner Etage hinauf und öffnete schnell die Tür zu meinem Zimmer. Polina war da und saß mit verschränkten Armen bei der brennenden Kerze auf meinem Sofa. Erstaunt musterte sie mich, und allerdings mochte ich in diesem Augenblick einen seltsamen Anblick bieten. Ich blieb vor ihr stehen, holte mein ganzes Geld hervor und warf es in einem Haufen auf den Tisch.

Fünfzehntes Kapitel

Ich erinnere mich, daß sie mir ganz starr ins Gesicht blickte, aber ohne sich vom Platz zu rühren und ohne auch nur ihre Körperhaltung zu ändern.

»Ich habe zweihunderttausend Franc gewonnen!« rief ich, indem ich die letzte Goldrolle aus der Tasche zog und hinwarf.

Der gewaltige Haufe von Banknoten und Goldrollen bedeckte den ganzen Tisch; ich vermochte meine Augen nicht mehr von ihm abzuwenden; in einzelnen Augenblicken hatte ich Polinas Anwesenheit völlig vergessen. Bald begann ich diese Haufen von Banknoten in Ordnung zu bringen und zusammenzupacken, das Gold zu einem einzigen Haufen zusammenzuschieben; bald ließ ich alles stehn und liegen und ging in Gedanken versunken mit schnellen Schritten im Zimmer auf und ab; dann trat ich plötzlich wieder an den Tisch und fing wieder an, das Geld zu zählen. Auf einmal stürzte ich, wie von einem plötzlichen Einfall erfaßt, nach der Tür und schloß sie schnell zu, wobei ich den Schlüssel zweimal umdrehte. Darauf blieb ich, da mir wieder ein neuer Gedanke gekommen war, vor meinem kleinen Koffer stehen.

»Soll ich es nicht bis morgen in den Koffer legen?« fragte ich Polina; ich hatte mich erinnert, daß sie da war, und wandte mich nun hastig zu ihr.

Sie saß immer noch auf demselben Fleck da, ohne sich zu rühren, folgte aber unablässig mit den Augen meinen Bewegungen. Auf ihrem Gesicht lag ein eigenartiger Ausdruck, ein Ausdruck, der mir nicht gefiel! Ich irre mich nicht, wenn ich sage, daß es ein Ausdruck des Hasses war.

Ich trat schnell zu ihr hin.

»Polina, hier sind fünfundzwanzigtausend Gulden; das sind fünfzigtausend Franc, sogar mehr. Nehmen Sie sie, und werfen Sie sie ihm morgen ins Gesicht!«

Sie gab mir keine Antwort.

»Wenn Sie wollen, werde ich sie ihm selbst hinbringen, morgen früh. Ja?«

Sie lachte auf. Dieses Lachen dauerte lange.

Erstaunt und gekränkt sah ich sie an. Dieses Lachen hatte die größte Ähnlichkeit mit jenem spöttischen Gelächter über mich, in das sie in letzter Zeit häufig ausgebrochen war, und zwar immer gerade, wenn ich ihr in leidenschaftlicher Weise meine Liebe erklärt hatte. Endlich hörte sie auf und machte nun ein finsteres Gesicht; unter der gesenkten Stirn hervor warf sie mir einen ärgerlichen Blick zu.

»Ich nehme Ihr Geld nicht«, sagte sie verächtlich.

»Wie? Was bedeutet das?« rief ich. »Warum nicht, Polina?«

»Ich lasse mir kein Geld schenken.«

»Ich biete es Ihnen als Freund an; ich biete Ihnen mein Leben an.«

Sie betrachtete mich mit einem langen, prüfenden Blick, als wollte sie mich durch und durch sehen.

»Sie geben einen zu hohen Preis«, sagte sie lächelnd. »De Grieux' Geliebte ist nicht fünfzigtausend Franc wert.«

»Polina, wie können Sie so zu mir reden!« rief ich vorwurfsvoll. »Bin ich denn ein de Grieux?«

»Ich hasse Sie! Ja . . . ja . . . Ich liebe Sie nicht mehr als de Grieux!« rief sie, und ihre Augen funkelten zornig auf.

In diesem Augenblick schlug sie plötzlich die Hände vor das Gesicht und brach in ein krampfhaftes Weinen aus. Ich stürzte zu ihr hin.

Es mußte während meiner Abwesenheit etwas mit ihr vorgegangen sein. Sie war wie eine Irrsinnige.

»Kaufe mich! Willst du? Willst du? Für fünfzigtausend Franc wie de Grieux?« stieß sie unter heftigem Schluchzen hervor.

Ich umarmte sie, küßte ihre Hände, ihre Füße, fiel vor ihr auf die Knie.

Der Weinkrampf war vorübergegangen. Sie legte beide Hände auf meine Schultern und betrachtete mich unverwandt; sie schien auf meinem Gesicht etwas lesen zu wollen. Sie hörte an, was ich sagte, aber offenbar ohne es zu verstehen. Ein Ausdruck von sorgenvollem Nachdenken zeigte sich auf ihrem Gesicht. Ich ängstigte mich um sie; ich hatte entschieden den Eindruck, daß sie von Irrsinn befallen wurde. Ganz unerwartet begann sie, mich leise an sich zu ziehen, und ein vertrauensvolles Lächeln breitete sich schon über ihr Gesicht; dann aber stieß sie mich plötzlich von sich und betrachtete mich wieder mit finsterer Miene.

Auf einmal umarmte sie mich stürmisch.

»Du liebst mich doch, du liebst mich doch?« sagte sie. »Du wolltest ... du wolltest dich ja um meinetwillen mit dem Baron duellieren!«

Dann lachte sie auf, als hätte sie sich soeben an etwas Komisches und Hübsches erinnert. Sie weinte und lachte, alles zu gleicher Zeit. Was konnte ich tun! Ich befand mich selbst in einem fieberhaften Zustand. Ich erinnere mich, sie fing an, mir etwas zu sagen; aber ich konnte so gut wie nichts davon verstehen. Es war eine Art von Irrereden, eine Art von Gestammel, als wenn sie mir recht schnell etwas erzählen wollte; und dieses Gerede wurde ab und zu von einem sehr heiteren Lachen unterbrochen, das mich erschreckte. »Nein, nein, du Lieber, Guter!« sagte sie einmal über das andere. »Du bist mir treu!« Und von neuem legte sie mir ihre Hände auf die Schultern, von neuem schaute sie mich prüfend an und sagte immer wieder: »Du liebst mich, nicht wahr? ... Du liebst mich ... Und du wirst mich immer lieben?« Ich konnte die Augen nicht von ihr abwenden; noch nie hatte ich sie in einem solchen Anfall von Zärtlichkeit und Liebe gesehen. Sie redete freilich wie im Fieber; aber als sie meinen leidenschaftlichen Blick bemerkte, lächelte sie schelmisch und fing ohne jeden äußeren Anlaß auf einmal an von Mister Astley zu sprechen.

Sie redete von ihm geraume Zeit ohne Unterbrechung und bemühte sich eine Weile besonders, mir etwas aus der jüngsten Vergangenheit zu erzählen; aber was es eigentlich war, das konnte ich nicht verstehen; sie schien sich sogar über ihn lustig zu machen; unaufhörlich wiederholte sie, daß er warte. »Weißt du wohl«, sagte sie, »er steht gewiß in diesem Augenblick unten vor dem Fenster. Ja, ja, unten vor dem Fenster. Mach doch einmal das Fenster auf und sieh zu; er ist gewiß da, er ist gewiß da!« Sie wollte mich zum Fenster hindrängen; aber kaum machte ich eine Bewegung, um hinzugehen, als sie in ein Gelächter ausbrach. Ich blieb bei ihr stehen, und sie umarmte mich wieder leidenschaftlich.

»Wir fahren doch fort? Wir fahren doch morgen fort?« fragte sie unruhig, da ihr dieser Gedanke plötzlich in den Kopf gekommen war. »Ja ...« (sie überlegte) »ja, ob wir wohl die Tante noch einholen? Was meinst du? Ich denke mir, wir werden sie in Berlin einholen. Was meinst du, was wird sie sagen, wenn wir sie einholen und sie uns sieht? Und was wird Mister Astley sagen ...? Na, der wird nicht vom Schlangenberg hinabspringen, was meinst du?« (Sie kicherte.) »Hör mal zu: weißt du, wohin er im nächsten Sommer reisen wird? Er will zum Zwecke wissenschaftlicher Untersuchungen nach dem Nordpol fahren und hat mich eingeladen mitzukommen, hahaha! Er sagt, daß wir Russen ohne die Westeuropäer nichts verständen und nichts leisten könnten ... Aber er ist ebenfalls ein guter Mensch! Weißt du, er entschuldigt die Handlungsweise des Generals; er sagt, daß Blanche ... daß die Leidenschaft ... na, ich weiß nicht mehr ... ich weiß nicht mehr«, sagte sie ein paarmal hintereinander, wie wenn sie wirr geredet und den Faden verloren hätte. »Die Armen, wie leid sie mir tun; und auch die alte Tante tut mir leid ... Na, hör mal, hör mal, wie willst du denn das anfangen, de Grieux zu töten? Hast du denn wirklich gedacht, daß es dazu kommen würde? Du Lieber, Dummer! Hast du denn glauben können, ich würde es zugeben, daß du dich mit de Grieux duelliertest? Und auch den Baron wirst du nicht töten«, fügte sie auflachend hinzu. »Ach, wie komisch du damals in der Szene mit dem Baron warst! Ich beobachtete euch beide von der Bank aus. Und wie ungern du damals hingingst, als ich dich schickte! Was habe ich damals gelacht, was habe ich damals gelacht!« fügte sie kichernd hinzu.

Und dann küßte und umarmte sie mich wieder und schmiegte wieder leidenschaftlich und zärtlich ihr Gesicht an das meinige. Ich hatte jetzt keine Gedanken mehr und hörte nichts mehr; es war mir ganz schwindlig zumute.

Ich glaube, es war gegen sieben Uhr morgens, als ich erwachte; die Sonne schien ins Zimmer. Polina saß neben mir und blickte in sonderbarer Art und Weise rings um sich, als wäre sie eben erst aus einer dunklen Bewußtlosigkeit zu sich gekommen und nun bemüht, in ihre Erinnerungen Klarheit zu bringen. Sie war ebenfalls erst vor kurzem aufgewacht und blickte nun starr auf den Tisch und das Geld. Der Kopf war mir schwer und tat mir weh. Ich wollte Polinas Hand ergreifen; aber sie stieß mich zurück und sprang vom Sofa auf. Der beginnende Tag war trübe; es hatte vor Sonnenaufgang geregnet. Sie trat an das Fenster, öffnete es, bog den Kopf und den Oberkörper hinaus, stützte sich mit den Händen auf das Fensterbrett und lehnte die Ellbogen gegen den Rahmen; in dieser Stellung verharrte sie etwa drei Minuten lang, ohne sich zu mir umzuwenden und ohne zu hören, was ich zu ihr sagte. Voll Angst mußte ich denken: was wird jetzt geschehen, und wie wird das enden? Plötzlich richtete sie sich wieder auf und verließ das

Fenster; sie trat an den Tisch, blickte mich mit einem Ausdruck grenzenlosen Hasses an und sagte mit Lippen, die vor Ingrimm bebten:

»Nun, dann gib mir jetzt meine fünfzigtausend Franc!«

»Polina, wie sprichst du wieder?« begann ich.

»Oder hast du dich anders besonnen? Hahaha! Es ist dir vielleicht schon wieder leid geworden?«

Die fünfundzwanzigtausend Gulden, die ich schon gestern abgezählt hatte, lagen auf dem Tisch; ich nahm sie und reichte sie ihr hin.

»Also sie gehören jetzt mir? Es ist doch so? Nicht wahr?« fragte sie mich ergrimmt, während sie das Geld in der Hand hielt.

»Sie haben dir schon immer gehört«, erwiderte ich.

»Nun dann also: da hast du deine fünfzigtausend Franc!«

Sie holte aus und schleuderte sie mir ins Gesicht, so daß mich der Wurf schmerzte. Dann fiel das Päckchen auseinanderblätternd auf den Fußboden. Nachdem sie das vollführt hatte, lief sie aus dem Zimmer.

Ich weiß, sie hatte in diesem Augenblick sicherlich nicht ihren vollen Verstand, obgleich ich mir diese zeitweilige Geistesstörung nicht recht erklären kann. Allerdings ist sie auch jetzt noch, das heißt einen Monat nach jenem Ereignis, krank. Aber was war die Ursache dieses Zustandes und namentlich eines so schroffen Benehmens? Beleidigter Stolz? Verzweiflung darüber, daß sie sich dazu entschlossen hatte, zu mir zu kommen? Machte ich ihr vielleicht den Eindruck, als triumphiere ich wegen meines Glückes und wolle mich im Grunde ebenso wie de Grieux durch ein Geschenk von fünfzigtausend Franc von ihr losmachen? Aber das traf doch in keiner

Weise zu; das kann ich auf mein Gewissen sagen. Ich glaube, ihre Handlungsweise war zum Teil eine Folge ihres Hochmutes; ihr Hochmut veranlaßte sie, mir zu mißtrauen und mich zu beleidigen, obgleich sie sich über alles dies wohl selbst nicht ganz klar wurde. Wenn dem so ist, so habe ich für de Grieux gebüßt und bin vielleicht bestraft worden, ohne daß ich selbst eine sehr große Schuld gehabt hätte. Ich muß zugeben: sie befand sich bei diesem Besuch auf meinem Zimmer in einem fieberhaften Zustand, und ich erkannte diesen Zustand, berücksichtigte ihn aber nicht, wie ich gesollt hätte. Vielleicht ist es das, was sie mir jetzt nicht verzeihen kann? Ja, für heute mag das richtig sein; aber damals, damals? So arg war schließlich ihr krankhafter Fieberzustand doch nicht, daß sie gar nicht mehr gewußt hätte, was sie tat, als sie mit de Grieux' Brief zu mir kam. Nein, sie wußte, was sie tat.

Eilig und ohne Sorgfalt legte ich meine Banknoten und meinen ganzen Haufen Gold in das Bett, deckte dieses wieder zu und ging hinaus, etwa zehn Minuten nach Polina. Ich war überzeugt, daß sie nach ihrem Zimmer gelaufen sei, und wollte mich daher unauffällig nach dem Logis des Generals begeben und im Vorzimmer die Kinderfrau nach dem Befinden des Fräuleins fragen. Wie groß war mein Erstaunen, als ich von der Kinderfrau, die mir auf der Treppe begegnete, erfuhr, daß Polina noch nicht in die Wohnung zurückgekehrt sei, und daß sie, die Kinderfrau, auf dem Weg zu mir gewesen sei, um sie zu suchen.

»Sie ist eben erst«, sagte ich zu ihr, »eben erst von mir weggegangen, vor etwa zehn Minuten. Wo kann sie denn nur geblieben sein?«

Die Kinderfrau sah mich vorwurfsvoll an.

Unterdessen waren die einzelnen Tatsachen zu einer Skandalgeschichte zusammengefügt worden, die bereits im ganzen Hotel kursierte. In der Loge des Portiers und im Büro des Oberkellners flüsterte man sich zu, das Fräulein sei am Morgen, um sechs Uhr, im Regen aus dem Hotel gelaufen und habe die Richtung nach dem Hotel d'Angleterre eingeschlagen. Aus den Reden und Andeutungen des Hotelpersonals entnahm ich, daß bereits bekannt war, daß Polina die ganze Nacht in meinem Zimmer verbracht hatte. Auch über die ganze Familie des Generals wurde allerlei erzählt: man behauptete, der General habe am vorigen Tage den Verstand verloren und dermaßen geweint, daß man es durch das ganze Hotel habe hören können. Dazu wurde noch erzählt, die alte Dame, die angereist gekommen sei, wäre seine Mutter und wäre expreß aus Rußland hergekommen, um ihrem Sohn die Heirat mit Mademoiselle Comminges zu verbieten und ihm im Falle des Ungehorsams die Erbschaft zu entziehen, und da er ihr nun wirklich nicht gehorcht habe, so hätte die Gräfin vor seinen Augen absichtlich all ihr Geld im Roulett verspielt, damit er auf diese Weise nichts bekäme. »Diese Russen!« wiederholte der Oberkellner mehrmals mit verwundertem, tadelndem Kopfschütteln. Die andern lachten. Der Oberkellner machte die Rechnung fertig. Auch mein Spielgewinn war schon allgemein bekannt; Karl, mein Zimmerkellner, war der erste, der mir Glück wünschte. Aber ich war nicht in der Stimmung, mich mit diesen Menschen abzugeben. Ich eilte nach dem Hotel d'Angleterre.

Es war noch früh am Tag; man sagte mir, Mister Astley nehme jetzt keinen Besuch an; als er jedoch hörte, daß ich es sei, kam er zu mir auf den Korridor heraus, blieb vor mir stehen, richtete schweigend seine zinnernen Augen auf mich und wartete, was ich ihm sagen würde. Ich fragte ihn nach Polina.

»Sie ist krank«, antwortete Mister Astley und fuhr fort, mich starr und unverwandt anzusehen.

»Also ist sie wirklich bei Ihnen?«

»O ja, sie ist bei mir.«

»Aber wie können Sie denn . . . Beabsichtigen Sie, sie bei sich zu behalten?«

»O ja, ich beabsichtige es.«

»Mister Astley, das wird eine sehr häßliche Nachrede zur Folge haben; das geht nicht. Außerdem ist sie ernstlich krank; Sie haben das vielleicht nicht bemerkt?«

»O ja, ich habe es bemerkt und habe Ihnen ja schon selbst gesagt, daß sie krank ist. Wenn sie nicht krank wäre, hätte sie nicht die Nacht bei Ihnen zugebracht.«

»Also wissen Sie auch das?«

»Ich weiß es. Sie kam gestern hierher, und ich wollte sie zu einer Verwandten von mir bringen; aber da sie eben krank war, beging sie den Fehler, zu Ihnen zu gehen.«

»Was Sie da sagen! Nun, ich wünsche Ihnen Glück, Mister Astley. Apropos, da bringen Sie mich auf einen Gedanken: haben Sie nicht die ganze Nacht bei uns unter dem Fenster gestanden? Miß Polina verlangte in der Nacht fortwährend von mir, ich sollte das Fenster aufmachen und nachsehen, ob Sie unten ständen. Sie hat gewaltig darüber gelacht.«

»Wirklich? Nein, unter dem Fenster habe ich nicht gestanden; aber ich wartete auf dem Korridor und ging um das Hotel herum.«

»Aber sie muß in ärztliche Behandlung kommen, Mister Astley.«

»O ja, ich habe schon nach einem Arzt geschickt, und wenn sie sterben sollte, so werden Sie mir Rechenschaft für ihren Tod geben.«

Ich war ganz erstaunt.

»Ich bitte Sie, Mister Astley«, sagte ich. »Was meinen Sie damit?«

»Ist das richtig, daß Sie gestern zweihunderttausend Taler im Spiel gewonnen haben?«

»Im ganzen nur hunderttausend Gulden.«

»Nun, sehen Sie! Fahren Sie also heute vormittag nach Paris!«

»Wozu?«

»Alle Russen, die Geld haben, fahren nach Paris«, erwiderte Mister Astley in einem Ton, als ob er diesen Satz aus einem Buch vorläse.

»Was soll ich jetzt im Sommer in Paris anfangen? Ich liebe sie, Mister Astley. Das wissen Sie selbst.«

»Wirklich? Ich bin überzeugt, daß das nicht der Fall ist. Außerdem werden Sie, wenn Sie hierbleiben, aller Wahrscheinlichkeit nach Ihren ganzen Gewinn wieder verlieren, und dann haben Sie kein Geld, um nach Paris zu fahren. Nun, leben Sie wohl; ich bin der festen Überzeugung, daß Sie heute nach Paris fahren werden.«

»Nun gut, leben Sie wohl; aber nach Paris werde ich nicht fahren. Denken Sie doch nur daran, Mister Astley, welches Schicksal jetzt bei uns der ganzen Familie bevorsteht! Der General ist, kurz gesagt ... Und jetzt dieser Vorfall mit Miß Polina; diese Geschichte wird ja durch die ganze Stadt die Runde machen.«

»Ja, durch die ganze Standt; aber der General kümmert sich meiner Ansicht nach nicht darum; der hat jetzt andere Gedanken. Außerdem hat Miß Polina ein volles Recht zu leben, wo es ihr beliebt. Diese Familie anlangend kann man wahrheitsgemäß sagen, daß sie nicht mehr existiert.«

Ich ging und amüsierte mich über den seltsamen Glauben dieses Engländers, daß ich nach Paris fahren würde. »Aber er will mich im Duell erschießen«, dachte ich, »wenn Mademoiselle Polina stirbt – das ist ja eine tolle Geschichte!« Ich schwöre es, Polina tat mir leid; aber sonderbar: von diesem Augenblick an, wo ich gestern an den Spieltisch getreten war und angefangen hatte, Haufen Geldes zusammenzuscharren, von diesem Augenblick an war meine Liebe sozusagen in die zweite Reihe zurückgerückt. So spreche ich jetzt; aber damals hatte ich das alles noch nicht klar erkannt. Bin ich denn wirklich eine Spielernatur? Habe ich Polina wirklich nur in dieser sonderbaren Weise geliebt? Nein, ich liebe sie bis auf den heutigen Tag, das weiß Gott! Damals aber, als ich Mister Astley verlassen hatte und wieder nach Hause ging, empfand ich den bittersten Schmerz und machte mir schwere Vorwürfe. Aber ... aber da passierte mir etwas sehr Seltsames, etwas sehr Dummes.

Ich war eiligen Ganges auf dem Wege nach dem Logis des Generals, als plötzlich nicht weit davon sich eine Tür öffnete und mich jemand rief. Es war Madame *veuve* Cominges, und sie rief mich im Auftrag der Mademoiselle Blanche. Ich ging hinein.

Sie hatten ein kleines Logis, nur aus zwei Zimmern bestehend. Aus dem Schlafzimmer hörte ich Mademoiselle Blanche lachen und laut reden. Sie schien eben aus dem Bett aufstehen zu wollen.

»Ah, c'est lui! Viens donc, bêta! Ist das wahr, *que tu as gagné une montagne d'or et d'argent? J'aimerais mieux l'or.«*

»Ja, ich habe gewonnen«, antwortete ich lachend.

»Wieviel?«

»Hunderttausend Gulden.«

»Bibi, comme tu es bête. Aber komm doch hier herein, ich verstehe nichts. *Nous ferons bombance, n'est-ce pas?«*

Ich ging zu ihr hinein. Sie lag lässig hingestreckt unter einer rosaseidenen Decke, aus der die bräunlichen, gesunden, wundervollen Schultern zum Vorschein kamen (Schultern, wie man sie sonst nur im Traume sieht), mangelhaft bedeckt von einem mit schneeweißen Spitzen besetzten Batisthemd, was zu ihrer bräunlichen Haut wundervoll paßte.

»Mon fils, as-tu du cœur?« rief sie, sobald sie mich erblickte, und kicherte munter. Sie lachte immer sehr lustig, und sogar manchmal von Herzen.

»Tout autre . . .«, begann ich aus Corneille zu zitieren.

»Siehst du wohl, *vois-tu*«, fing sie an zu schwatzen, »zuerst such mir mal meine Strümpfe und hilf mir sie anziehen; und dann, *si tu n'es pas trop bête, je te prends à Paris.* Du weißt wohl, ich reise gleich ab.«

»Gleich?«

»In einer halben Stunde.«

Tatsächlich war alles gepackt. Alle Koffer und ihre übrigen Sachen standen bereit. Der Kaffee wartete schon lange auf dem Tisch.

»Eh bien, wenn du willst, *tu verras Paris. Dis donc qu'est-ce que c'est qu'un outchitel?* Tu étais bien bête, quand tu étais outchitel.* Wo sind meine Strümpfe? Zieh sie mir an, mach!«

Sie streckte wirklich ein entzückendes, bräunliches, kleines Füßchen heraus, das nicht verunstaltet war wie fast alle jene Füßchen, die in den Modestiefelchen so zierlich aussehen. Ich lachte und machte mich daran, ihr den seidenen Strumpf anzuziehen. Mademoiselle Blanche saß unterdessen auf dem Bett und redete munter drauflos.

* Utschitel heißt im Russischen »Lehrer«. A. d. Ü.

»*Eh bien, que feras-tu, si je te prends avec?* Zunächst, *je veux cinquante mille francs*. Die gibst du mir in Frankfurt. *Nous allons à Paris*; da leben wir zusammen, *et je te ferai voir des étoiles en plein jour*. Du wirst da Frauen kennenlernen, wie du sie noch nie gesehen hast. Hör mal . . .«

»Warte mal: also ich soll dir fünfzigtausend Franc geben; aber was behalte ich dann übrig?«

»Nun, hundertfünfzigtausend Franc; die hast du wohl vergessen? Und außerdem bin ich bereit, mit dir in deiner Wohnung zu wohnen, einen oder zwei Monate lang, *que sais-je!* In zwei Monaten werden wir natürlich die hundertfünfzigtausend Franc verbraucht haben. Siehst du wohl, *je suis bonne enfant* und sage es dir vorher: *mais tu verras des étoiles*.«

»Wie? Alles in zwei Monaten?«

»Erschreckt dich das? *Ah, vil esclave!* Weißt du wohl, daß ein einziger Monat eines solchen Lebens mehr wert ist als dein ganzes übriges Leben? Ein Monat – *et après le déluge! Mais tu ne peux comprendre, va!* Geh weg, geh weg, du bist mein Anerbieten nicht wert! *Ah, que fais-tu?*«

Ich zog ihr gerade den zweiten Strumpf an, konnte mich aber nicht enthalten, ihr Füßchen zu küssen. Sie riß es mir aus den Händen und stieß mich ein paarmal mit der Fußspitze ins Gesicht. Schließlich jagte sie mich hinaus.

»*Eh bien, mon outchitel, je t'attends, si tu veux;* in einer Viertelstunde fahre ich!« rief sie mir nach.

Als ich wieder auf mein Zimmer gekommen war, war mir der Kopf ganz schwindlig. Nun, im Grunde war es doch nicht meine Schuld, daß Mademoiselle Polina mir ein ganzes Päckchen Banknoten ins Gesicht geworfen und mir noch gestern diesen Mister Astley vorgezogen hatte. Einige der beim Fallen auseinandergeflatterten Banknoten lagen noch auf dem Fußboden umher; ich hob sie auf. In diesem Augenblick öffnete sich die Tür, und es erschien in eigener Person der Oberkellner, der früher gar keinen Blick für mich übrig gehabt hatte, und fragte an, ob es mir nicht gefällig wäre, in eine tiefer gelegene Etage überzusiedeln, etwa in das ausgezeichnete Logis, in dem eben erst der Graf B. gewohnt habe.

Ich stand einen Moment da und überlegte.

»Die Rechnung!« rief ich. »Ich reise sogleich ab, in zehn Minuten.« Und im stillen dachte ich: »Nach Paris, also doch nach Paris! Es muß wohl so im Buche des Schicksals geschrieben stehen!«

Eine Viertelstunde darauf saßen wir wirklich zu dreien auf der Bahn in einem Familienabteil: ich, Mademoiselle Blanche und Madame *veuve* Cominges. Mademoiselle Blanche lachte, so oft sie mich ansah, bis zu Tränen. Die *veuve* Cominges stimmte in dieses Gelächter ein. Ich kann nicht sagen, daß mir lustig zumute war. Mein Leben war in zwei Teile auseinandergebrochen; aber seit dem vorhergehenden Tag hatte ich mich schon daran gewöhnt, alles auf eine Karte zu setzen. Vielleicht ist es wirklich richtig, daß ich es nicht ertragen konnte, viel Geld zu besitzen, und davon schwindlig wurde. *Peut-être, je ne demandais pas mieux*. Es schien mir, daß für ein Weilchen (aber auch nur für ein Weilchen) in meinem Leben die Dekorationen wechselten. »Aber in einem Monat«, sagte ich mir, »werde ich wieder hier sein, und dann . . . und dann messen wir uns noch einmal miteinander, Mister Astley!« Nein, wie ich mich jetzt recht gut entsinne, war mir auch damals sehr traurig zumute, obwohl ich mit dieser närrischen Blanche um die Wette lachte.

Aber es entging ihr trotzdem nicht, wie beschaffen meine wirkliche Stimmung war.

»Was ist dir denn? Wie dumm du bist! Oh, wie dumm du bist!« rief sie, ihr Lachen unterbrechend, und begann mich in allem Ernst auszuschelten. »Nun ja, nun ja, ja, wir werden deine zweihunderttausend Franc verbrauchen; aber dafür *tu seras heureux, comme un petit roi*. Ich selbst werde dir deine Krawatte binden und dich mit Hortense bekanntmachen. Und wenn wir all unser Geld verbraucht haben, dann fährst du wieder hierher und sprengst wieder die Bank. Was haben doch die Juden zu dir gesagt? Die Hauptsache ist Kühnheit, und die besitzt du, und du wirst mir noch öfter Geld nach Paris bringen. *Quant à moi je veux cinquante mille francs de rente et alors* . . .«

»Aber der General?« fragte ich sie.

»Der General geht, wie du ja selbst weißt, jeden Tag um diese Zeit aus, um ein Bukett für mich zu kaufen. Für diesmal habe ich absichtlich verlangt, er solle suchen, gewisse besonders seltene Blumen für mich zu bekommen. Wenn der Ärmste dann nach Hause zurückkehrt, wird das Vögelchen ausgeflogen sein. Du wirst sehen: er wird uns nachfahren. Hahaha! Das wird mich sehr freuen. In Paris wird er mir gute Dienste leisten können. Hier wird Mister Astley für ihn bezahlen . . .«

So ging es zu, daß ich damals nach Paris fuhr.

Sechzehntes Kapitel

Was soll ich von Paris sagen? Mein ganzes Leben dort war einerseits ein fieberhafter Taumel, andrerseits eine große Narrheit. Ich lebte in Paris im ganzen nur drei Wochen und einige Tage, und in diesem Zeitraum gingen meine hunderttausend Franc vollständig drauf. Ich rede nur von einhunderttausend; denn die andern hunderttausend hatte ich Mademoiselle Blanche in barem Gelde gegeben: fünfzigtausend gab ich ihr in Frankfurt, und drei Tage darauf stellte ich ihr in Paris noch einen Wechsel über fünfzigtausend Franc aus, für den sie sich aber eine Woche darauf von mir das Geld geben ließ; *»et les cent mille francs, qui nous restent, tu les mangeras avec moi, mon outchitel«*. Sie nannte mich beständig mit dieser Bezeichnung. Es ist schwer, sich in der Welt etwas Sparsameres, Geizigeres, Knauserigeres zu denken, als es die Gattung von Geschöpfen ist, zu der Mademoiselle Blanche gehörte. Aber das bezieht sich nur auf die Art, wie sie mit ihrem eigenen Geld umgehen. Was die hunderttausend Franc betrifft, die eigentlich mir hätten verbleiben sollen, so erklärte sie mir nachher geradezu, die habe sie für ihre erste Einrichtung in Paris gebraucht, und fügte hinzu: »Jetzt habe ich aber auch ein für allemal in der besseren Gesellschaft Fuß gefaßt; nun wird so bald niemand meine Stellung erschüttern; wenigstens habe ich getan, was in meinen Kräften stand.« Übrigens hatte ich von diesen hunderttausend Franc, bis sie zu Ende waren, fast gar nichts mehr zu sehen bekommen; das Geld hielt sie die ganze Zeit über in ihrem eigenen Gewahrsam, und meine Börse, die sie selbst täglich revidierte, enthielt nie mehr als hundert Franc und meistens weniger.

»Wozu brauchst du Geld?« sagte sie manchmal mit der harmlosesten Miene, und ich ließ mich darüber in keinen Streit mit ihr ein.

Sie dagegen richtete von diesem Geld ihre neue Wohnung außerordentlich hübsch ein, und als sie mich dann hindurchführte und mir alle Zimmer zeigte, sagte sie: »Da kannst du sehen, was sich mit den armseligsten Mitteln ausrichten läßt, wenn man nur ökonomisch ist und Geschmack besitzt.« Diese armseligen Mittel, das waren aber genau fünfzigtausend Franc. Für die übrigen fünfzigtausend schaffte sie sich eine Equipage und Pferde an; außerdem gaben wir zwei Bälle oder vielmehr kleine Soiréen, auf denen auch Hortense und Lisette und Cléopâtre erschienen, Damen, die in vielfacher Hinsicht interessant und ganz und gar nicht häßlich waren. Auf diesen beiden Soiréen war ich genötigt, die sehr dumme Rolle des Hausherrn zu spielen und die Gäste zu empfangen und zu unterhalten. Und was für Gäste! Da waren bornierte, aber reichgewordene Kaufleute, die überall sonst wegen ihrer Ignoranz und Schamlosigkeit unmöglich waren, mehrere Leutnants und jämmerliche Literaten und Journalisten, die in modernen Fracks und mit strohgelben Handschuhen erschienen, und deren Eitelkeit und Aufgeblasenheit von so kolossalen Dimensionen waren, wie es sogar bei uns in Petersburg undenkbar wäre – und das will viel sagen. Sie erdreisteten sich sogar, sich über mich lustig zu machen; aber ich trank tüchtig Champagner und legte mich dann in der Hinterstube eine Weile aufs Sofa. All das war mir im höchsten Grade widerlich. *»C'est un outchitel«*, sagte Blanche von mir; *»il a gagné deux cent mille francs* und würde ohne mich nicht wissen, wie er sie ausgeben soll. Nachher wird er wieder Lehrer werden;

weiß keiner von Ihnen eine Stelle für ihn? Man muß etwas für ihn tun.«

Zum Champagner nahm ich recht oft meine Zuflucht, weil ich beständig in sehr trüber Stimmung war und mich aufs äußerste langweilte. Der Haushalt, in dem ich lebte, trug einen im höchsten Grade kleinbürgerlichen, krämerhaften Charakter: bei jedem Sou, der ausgegeben werden sollte, wurde gerechnet und überlegt. Blanche liebte mich in den ersten zwei Wochen sehr wenig; das merkte ich recht wohl. Allerdings sorgte sie dafür, daß ich elegant gekleidet ging, und band mir eigenhändig alle Tage die Krawatte; aber im Grunde ihrer Seele verachtete sie mich. Ich meinerseits kümmerte mich darum nicht im geringsten. Aus Langeweile und Trübsinn wurde ich ein regelmäßiger Besucher des *Château des Fleurs*, wo ich mich jeden Abend betrank und Cancan tanzen lernte (der dort in recht garstiger Manier getanzt wird) und schließlich auf diesem Gebiet sogar einige Berühmtheit erwarb. Dann aber gewann Blanche doch etwas mehr Verständnis für mein Wesen. Aus irgendwelchem Grund hatte sie sich früher die Vorstellung gebildet, ich würde während der ganzen Dauer unseres Zusammenlebens mit dem Bleistift und dem Notizbuch in den Händen hinter ihr hergehen und alles berechnen, was sie mir gestohlen und ausgegeben habe, und was sie mir noch stehlen und ausgeben werde. Und sie war fest überzeugt, daß es bei uns um eines jeden Zehnfrancstücks willen eine hitzige Schlacht setzen werde. Auf jeden meiner Angriffe, die sie mit Sicherheit erwartete, hatte sie sich schon im voraus eine Erwiderung zurechtgelegt; aber da sie von meiner Seite keine Angriffe erfolgen sah, machte sie selbst mit ihren Erwiderungen den Anfang. Manchmal begann sie sehr hitzig;

wenn sie dann aber sah, daß ich schwieg (ich rekelte mich meist auf einer Chaiselongue und blickte, ohne mich zu rühren, nach der Zimmerdecke), da wunderte sie sich schließlich doch. Anfangs dachte sie, ich sei einfach dumm, *»un outchitel«*, und brach einfach ihre Erklärungen ab, weil sie sich wahrscheinlich sagte: »Er ist ja dumm; es hat keinen Zweck, ihn erst auf etwas zu bringen, wenn er es nicht von selbst versteht.« Es kam jedoch vor, daß sie aus dem Zimmer ging, aber nach zehn Minuten wieder zurückkehrte und ihr Thema wieder aufnahm. Das folgende Gespräch begab sich in einem solchen Fall zur Zeit ihrer sinnlosen Ausgaben, Ausgaben, die weit über unsere Mittel hinausgingen: so gab sie zum Beispiel unsere Pferde weg und kaufte für sechzehntausend Franc ein anderes Paar.

»Na, also du bist nicht böse darüber, *bibi*?« fragte sie, zu mir herantretend.

»Nein, nein, wozu redest du noch?« antwortete ich gähnend und schob sie mit der Hand von mir weg. Aber dieses Benehmen von meiner Seite war ihr so merkwürdig, daß sie sich sofort neben mich setzte.

»Siehst du, wenn ich mich entschlossen habe, so viel dafür zu bezahlen, so habe ich es nur deswegen getan, weil es ein Gelegenheitskauf war. Wir können sie für zwanzigtausend Franc wieder verkaufen.«

»Ich glaube es, ich glaube es; es sind schöne Pferde, und wenn du jetzt ausfährst, wird es sich sehr gut ausnehmen; das wird dir für deine weitere Karriere zustatten kommen. Na, nun genug davon!«

»Also du bist nicht böse?«

»Warum sollte ich böse sein? Du handelst sehr verständig, wenn du dir einiges anschaffst, was du notwendig brauchst. All das wird dir später von Nutzen sein. Ich sehe ein, daß du dir in der Tat eine solche Stellung in der Gesellschaft schaffen mußt; sonst wirst du nie eine Million erwerben. Da sind unsere hunderttausend Franc nur der Anfang, nur ein Tropfen im Meer.«

Blanche, die von mir alles andere eher erwartet hatte als solche Anschauungen (sie hatte gemeint, ich würde ein großes Geschrei erheben und ihr Vorwürfe machen), fiel aus den Wolken.

»Also so einer ... also so einer bist du! *Mais tu as l'esprit pour comprendre. Sais-tu, mon garçon*, du bist zwar ein *outchitel*, aber du hättest als Prinz auf die Welt kommen müssen! Also es tut dir nicht leid, daß das Geld bei uns schnell davongeht?«

»Laß es in Gottesnamen davongehen; so schnell wie es will!«

»Mais ... sais-tu ... mais dis donc, bist du denn reich? *Mais sais-tu*, du schätzt denn doch das Geld gar zu gering. *Qu'est-ce que tu feras après, dis donc?«*

»Après? Ich werde nach Homburg fahren und wieder hunderttausend Franc gewinnen.«

»Oui, oui, c'est ça, c'est magnifique! Und ich weiß, du wirst bestimmt gewinnen und mir das Geld herbringen. *Dis donc*, du bringst es noch dahin, daß ich dich wirklich liebgewinne. *Eh bien,* zum Lohn dafür, daß du so bist, werde ich dich auch diese ganze Zeit über lieben und dir kein einziges Mal untreu werden. Siehst du, diese ganze Zeit her habe ich dich allerdings nicht geliebt, *parce que je croyais, que tu n'es qu'un outchitel (quelque chose comme un laquais, n'est-ce pas?)*; aber ich bin dir trotzdem treu gewesen, *parce que je suis bonne fille.«*

»Na, na, rede mir nichts vor! Habe ich dich nicht das vorige Mal mit Albert, diesem kleinen, brünetten Offizier, zusammen gesehen?«

»Oh, oh, mais tu es . . .«

»Na, nur nicht schwindeln, nur nicht schwindeln! Aber denkst du denn, daß ich darüber böse bin? Mir ganz gleichgültig; *il faut que jeunesse se passe.* Du kannst ihn doch nicht wegjagen, wenn du ihn vor meiner Zeit gehabt hast und ihn liebst. Nur gib ihm kein Geld, hörst du?«

»Also auch darüber bist du nicht böse? *Mais tu es un vrai philosophe, sais-tu? Un vrai philosophe!«* rief sie ganz entzückt. *»Eh bien, je t'aimerai, je t'aimerai – tu verras, tu seras content!«*

Und wirklich bewies sie mir seitdem eine Art von Anhänglichkeit, ja Freundschaft, und so vergingen unsere letzten zehn Tage. Die »Sterne«, die sie versprochen hatte mir zu zeigen, habe ich freilich nicht gesehen; aber in mancher Beziehung hielt sie tatsächlich Wort. Auch machte sie mich mit Hortense bekannt, die eine in ihrem Genre sehr bemerkenswerte Dame war und in unserm Kreis *»Thérèse philosophe«* genannt wurde . . .

Aber es hat keinen Zweck, darüber ausführlicher zu handeln; alles dies könnte eine besondere Erzählung abgeben; eine Erzählung mit besonderem Kolorit, die ich in die hier vorliegende nicht einschieben will. In summa: ich wünschte von ganzem Herzen, daß alles recht bald zu Ende sein möchte. Aber unsere hunderttausend Franc reichten, wie schon gesagt, fast einen Monat lang – worüber ich wirklich erstaunt war: denn für mindestens achtzigtausend Franc von diesem Geld hatte Blanche sich allerlei angeschafft, und wir hatten für unsern Lebensunterhalt nicht mehr als zwanzigtausend Franc verbraucht – und es hatte doch gereicht. Blanche, die gegen Ende unseres Zusammenseins mir gegenüber beinah aufrichtig war (wenigstens in manchen Dingen belog sie mich nicht), rühmte sich, daß ich wenigstens nicht für die Schulden würde einzustehen haben, die sie genötigt gewesen sei zu machen. »Ich habe«, sagte sie zu mir, »dich keine Rechnungen und Wechsel unterschreiben lassen, weil du mir leid tatest; eine andere hätte das unbedingt getan und dich ins Schuldgefängnis gebracht. Da siehst du, wie ich dich geliebt habe, und wie gut ich bin! Was wird mich schon allein diese verwünschte Hochzeit kosten!«

Es wurde bei uns wirklich Hochzeit gehalten. Sie fiel bereits ganz an das Ende unseres Monats, und es war anzunehmen, daß für sie der letzte Rest meiner hunderttausend Franc draufgehen werde; damit war denn auch die Sache zum Abschluß gelangt, das heißt unser Monat war zu Ende, und ich trat nun in aller Form in den Ruhestand.

Das trug sich folgendermaßen zu. Eine Woche, nachdem wir uns in Paris niedergelassen hatten, kam der General angereist. Er begab sich direkt zu Blanche und blieb von seinem ersten Besuch an fast dauernd bei uns. Allerdings hatte er irgendwo in der Nähe auch eine eigene Wohnung. Blanche begrüßte ihn freudig, mit Lachen und Ausrufen des Entzückens, und umarmte ihn sogar stürmisch; das Verhältnis gestaltete sich dann so, daß sie selbst ihn gar nicht mehr von sich fortlassen wollte und er sie überallhin begleiten mußte: auf den Boulevard, bei Spazierfahrten, ins Theater und zu Bekannten. Für diese Verwendung war der General ganz wohl brauchbar; er war eine stattliche, vornehme Erscheinung von mehr als Mittelgröße, mit gefärbtem Backenbart und gefärbtem, gewaltigem Schnurrbart (er hatte seinerzeit bei den Kürassieren gedient) und mit einem angenehmen, wenn auch etwas aufgedunsenen

Gesicht. Er besaß vortreffliche Manieren und trug seinen Frack mit vielem Anstand. In Paris legte er auch seine Orden wieder an. Mit einem solchen Mann auf dem Boulevard zu gehen war nicht nur möglich, sondern, wenn ich mich so ausdrücken darf, sogar eine Empfehlung. Der gutmütige, einfältige General war mit alledem höchst zufrieden; er hatte darauf gar nicht gerechnet, als er nach seiner Ankunft in Paris zu uns kam. Er hatte damals beinah gezittert vor Angst; er hatte gedacht, Blanche würde ihn anschreien und ihm die Tür weisen; da er nun einen so ganz anderen Empfang gefunden hatte, war er in das größte Entzücken geraten und befand sich nun diesen ganzen Monat über in dem Zustand eines sinnlosen Wonnerausches; in diesem Zustand verließ ich ihn auch.

Erst hier habe ich genauer erfahren, daß ihm damals nach unserer plötzlichen Abreise aus Roulettenburg an demselben Vormittag etwas in der Art eines Schlaganfalls zugestoßen war. Er war besinnungslos niedergestürzt und war dann eine ganze Woche lang wie ein Wahnsinniger gewesen und hatte lauter törichtes Zeug geredet. Er war ärztlich behandelt worden, hatte aber auf einmal alles stehen und liegen lassen, sich auf die Bahn gesetzt und war nach Paris gefahren. Natürlich erwies sich der freundliche Empfang, den er bei Blanche fand, für ihn als das beste Heilmittel; aber Spuren seiner Krankheit blieben bei ihm noch lange Zeit zurück, trotz seiner frohen, seligen Gemütsstimmung. Etwas zu überlegen oder auch nur ein einigermaßen ernstes Gespräch zu führen war er völlig unfähig, in solchem Fall sagte er nur zu jedem Satz des andern: »Hm!« und nickte mit dem Kopf – auf weiteres ließ er sich nicht ein. Er lachte oft; aber es war ein nervöses, krankhaftes Lachen, als könnte er sich gar nicht genug tun; ein andermal saß er ganze Stunden lang da, mit einem Gesicht finster wie die Nacht, die buschigen Augenbrauen mürrisch zusammengezogen. Für viele Dinge war ihm das Gedächtnis ganz abhanden gekommen; seine Zerstreutheit ging über alles Maß, und er hatte sich angewöhnt, mit sich selbst zu reden. Nur Blanche vermochte ihn zu beleben, und diese Anfälle von Trübsinn und Schwermut, bei denen er sich in eine Ecke verkroch, traten auch nur dann ein, wenn er Blanche lange nicht gesehen hatte oder sie weggefahren war, ohne ihn mitzunehmen, oder sie beim Wegfahren ihm keine Liebkosung hatte zuteil werden lassen. Dabei hätte er selbst nicht sagen können, was er eigentlich wollte, und wußte selbst nicht, daß er finster und traurig war. Nachdem er eine oder zwei Stunden so dagesessen hatte (ich beobachtete das mehrere Male, als Blanche für den ganzen Tag weggefahren war, vermutlich zu Albert), begann er auf einmal sich nach allen Seiten umzusehen und unruhig hin und her zu laufen; es war, als ob ihm eine Frage eingefallen wäre und er jemand suchen wollte. Aber wenn er dann niemand sah und sich auch nicht mehr besinnen konnte, wonach er hatte fragen wollen, so sank er wieder in sein Dahinbrüten zurück, bis auf einmal Blanche erschien, heiter, ausgelassen, in eleganter Toilette, mit ihrem hellen Lachen; sie lief auf ihn zu, zupfte und schüttelte ihn; manchmal, wiewohl dies nur selten, küßte sie ihn sogar. Einmal freute sich der General darüber dermaßen, daß er in Tränen ausbrach. Ich war ganz verwundert.

Gleich von der Zeit an, wo der General bei uns eingetroffen war, begann Blanche ihn mir gegenüber wie ein Advokat zu verteidigen. Sie bediente sich dabei sogar aller möglichen rednerischen Kunstgriffe: sie erinnerte mich daran, daß sie dem General nur um meinetwillen untreu geworden sei, daß sie beinah schon seine Braut gewesen sei, ihm ihr Wort gegeben habe; daß er um ihretwillen seine Familie im Stich gelassen habe, und daß ich doch eigentlich bei ihm in Dienst gestanden hätte und ihn deswegen immer noch respektieren müsse, und ich solle mich schämen, jetzt über ihn zu lachen ... Ich schwieg bei solchen Reden immer; aber ihr Mundwerk konnte gar nicht zur Ruhe kommen. Zuletzt pflegte ich in ein Gelächter auszubrechen, und damit war dann die Sache beendet, das heißt in der ersten Zeit hielt sie mich für einen Dummkopf, und in der letzten Zeit war sie der Ansicht, daß ich ein sehr guter, vernünftiger Mensch sei. Kurz, gegen das Ende unseres Zusammenwohnens hatte ich das Glück, mir das Wohlwollen dieses achtbaren Fräuleins erworben zu haben. (Übrigens war Blanche wirklich ein sehr gutes Mädchen – selbstverständlich nur in ihrer Art; ich hatte sie anfangs nicht richtig beurteilt.) »Du bist ein verständiger, guter Mensch«, sagte sie in der letzten Zeit manchmal zu mir, »und ... und ... es ist nur schade, daß du so dumm bist! Du wirst nie ordentlich Geld verdienen. *Un vrai Russe, un calmouk!*«

Mitunter schickte sie mich aus, um den General in den Straßen spazierenzuführen, ganz wie einen Diener mit einem Windspiel. Ich führte ihn auch ins Theater und nach dem Bal-Mabille und in Restaurants. Dazu gab Blanche sogar Geld her, obgleich der General auch eigenes Geld hatte und mit besonderem Vergnügen vor den Augen anderer Leute seine Brieftasche hervorholte. Einmal mußte ich beinahe Gewalt anwenden, um ihn davon abzuhalten, für siebenhundert Franc im Palais-Royal eine Brosche zu kaufen, die er schön fand und durchaus Blanche zum Geschenk machen wollte. Na, was hätte sie sich aus einer Brosche für siebenhundert Franc gemacht! Und dabei besaß der General an Geld nicht mehr als tausend Franc. Ich habe nie in Erfahrung bringen können, wo er diese Summe her hatte. Ich denke mir aber, von Mister Astley, und dies um so mehr, da dieser im Hotel für den General und die Seinen bezahlt hatte. Was nun die Meinung anlangt, die der General die ganze Zeit über von mir hatte, so glaube ich, daß er meine Beziehungen zu Blanche nicht im entferntesten ahnte. Er hatte zwar dunkel davon gehört, daß ich ein Kapital gewonnen hätte, nahm aber aller Wahrscheinlichkeit nach trotzdem an, daß ich bei Blanche so eine Art von Privatsekretär oder vielleicht sogar nur Diener sei. Jedenfalls redete er zu mir stets in der früheren Weise von oben herab, im Ton des Vorgesetzten, und verstieg sich sogar zuweilen dazu, mich energisch auszuschelten. Einmal versetzte er mich und Blanche in die größte Heiterkeit; es war in unserer Wohnung, beim Morgenkaffee. Er war sonst nicht besonders empfindlich; aber damals fühlte er sich auf einmal von mir beleidigt; wodurch, das weiß ich noch heute nicht. Und er selbst hätte es damals auch nicht sagen können. Kurz, er redete und redete das sinnloseste Zeug, *à bâtons rompus*, schrie, ich sei ein Grünschnabel, er werde mich lehren ... er werde es mir schon zeigen usw. Aber keiner konnte von dem, was er sagte, das geringste verstehen. Blanche wollte sich ausschütten vor Lachen; endlich gelang es uns, ihn einigermaßen zu beruhigen, und ich führte ihn spazieren. Nicht selten aber bemerkte ich an ihm, daß er traurig wurde, daß ihm irgend jemand oder irgend etwas leid tat, und daß ihm, sogar wenn Blanche anwesend war, jemand fehlte. In solchen Augenblicken begann er ein paarmal von selbst mit mir zu reden, war aber nie imstande, sich verständlich auszudrücken; er sprach von seiner Dienstzeit, von seiner verstorbenen Frau, von der Landwirtschaft und von seinem Gut. Kam ihm dabei zufällig irgendein Wort in den Mund, das ihm Eindruck machte, so hatte er an ihm eine kindliche Freude und wiederholte es des Tags wohl hundertmal, obgleich es in Wirklichkeit weder seine Gefühle noch seine Gedanken wiedergab. Ich versuchte es, ein Gespräch mit ihm über die Kinder in Gang zu bringen; aber er machte sich davon in seiner alten Manier frei, indem er eilig ein paar Worte sagte und dann schnell zu einem andern Gegenstand überging: »Ja, ja! Die Kinder, die Kinder, Sie haben recht, die Kinder!« Nur einmal ließ er ein tieferes Empfinden erkennen (ich war gerade mit ihm auf dem Weg ins Theater), indem er plötzlich anfing: »Es sind unglückliche Kinder; ja, mein Herr, ja, es sind unglückliche Kinder!« Und nun wiederholte er an diesem Abend mehrmals die Worte: »Unglückliche Kinder!« Als ich einmal von Polina zu sprechen anfing, geriet er geradezu in Wut: »Das ist ein undankbares Frauenzimmer!« rief er. »Sie ist boshaft und undankbar! Sie hat Schande über die Familie gebracht! Wenn es hier Gesetze gäbe, so würde ich sie gehörig fassen! Jawohl, jawohl!« Was de Grieux betrifft, so konnte er es nicht einmal ertragen, dessen Namen zu hören: »Dieser Mensch hat mich ruiniert«, sagte er; »er hat mich bestohlen, er ist mein Halsabschneider gewesen! Ganze zwei Jahre lang habe ich das Verhältnis zu ihm wie ein Alpdrücken empfunden. Monatelang habe ich jede Nacht von ihm geträumt! Das ist ... das ist ... Oh, erwähnen Sie ihn nie wieder mir gegenüber!«

Ich sah, daß zwischen ihm und Blanche eine Verständigung zustande kam; aber ich schwieg nach meiner Gewohnheit. Eine Mitteilung darüber machte mir zuerst

Blanche; es war genau eine Woche, bevor wir uns trennten. *»Il a de la chance«*, sagte sie in ihrer flinken Redeweise. »Seine Tante ist jetzt wirklich krank und wird bestimmt nächstens sterben. Mister Astley hat ein Telegramm geschickt. Trotz allem Geschehenen wird er sie beerben; daran ist wohl kein Zweifel. Und selbst wenn das nicht eintritt, wird er mir in keiner Weise lästig fallen. Erstens hat er seine Pension, und zweitens wird er in einer Hinterstube wohnen und sich dabei höchst glücklich fühlen. Ich werde *madame la générale* werden. Ich werde in die gute Gesellschaft eintreten« (das war das Ziel, von dem Blanche immer träumte und schwärmte), »und später werde ich eine russische Gutsbesitzerin werden, *j'aurai un château, des moujiks, et puis j'aurai toujours mon million.«*

»Na, aber wenn er eifersüchtig wird und von dir verlangt, daß du . . . du verstehst?«

»O nein, *non, non, non!* Wie sollte er das wagen! Dem habe ich vorgebeugt; da brauchst du dich nicht zu beunruhigen. Ich habe ihn schon veranlaßt, einige Wechsel mit Alberts Namen zu unterschreiben. Sowie er unangenehm werden sollte, wird er sofort wegen Wechselfälschung bestraft; aber er wird es ja nicht wagen!«

»Nun, dann heirate ihn . . .«

Die Hochzeit fand ohne besonderen Prunk still im Familienkreise statt. Eingeladen waren Albert und noch ein paar Bekannte. Hortense, Cléopâtre und andere Damen dieser Art wurden von diesem Fest absichtlich ferngehalten. Der Bräutigam war sehr stolz auf seine neue Würde. Blanche band ihm eigenhändig die Krawatte und pomadisierte ihm selbst das Haar; er sah in seinem Frack und in seiner weißen Weste *très comme il faut* aus.

»Il est pourtant très comme il faut«, äußerte Blanche mir

gegenüber selbst, als sie aus dem Zimmer des Generals herauskam; daß der General *très comme il faut* war, schien für sie selbst eine überraschende Entdeckung zu sein. Ich kümmerte mich bei dieser Hochzeit sehr wenig um die Einzelheiten und nahm an dem ganzen Fest nur als müßiger Zuschauer teil; infolgedessen weiß ich heute nur noch mangelhaft, wie es dabei zuging. Ich erinnere mich nur, daß Blanche, wie jetzt auf einmal bekannt wurde, gar nicht de Cominges hieß (ebenso wie ihre Mutter keine *veuve* Cominges war), sondern du Placet. Warum die beiden sich bisher de Cominges genannt hatten, weiß ich nicht. Aber der General war auch hiermit sehr zufrieden, und der Name du Placet gefiel ihm sogar noch besser als der Name de Cominges. Am Morgen des Hochzeitstages ging er, schon vollständig festlich gekleidet, immer im Salon auf und ab und sagte fortwährend mit überaus ernster, würdevoller Miene vor sich hin: »Mademoiselle Blanche du Placet! Blanche du Placet, du Placet! Jungfrau Blanka du Placet! . . .« und dabei strahlte sein Gesicht von Eitelkeit. In der Kirche, beim Maire und zu Hause beim Frühstück war er nicht nur heiter und zufrieden, sondern sogar stolz. Mit ihm sowie mit seiner jungen Frau ging etwas Besonderes vor. Blanche hatte sogar eine Art von würdigem Aussehen angenommen.

»Ich muß mir jetzt ein ganz anderes Betragen zu eigen machen«, sagte sie zu mir mit großem Ernst; *»mais vois-tu*, an einen häßlichen Umstand hatte ich nicht gedacht: denk dir nur, ich kann immer noch nicht meinen neuen Familiennamen im Kopf behalten: *Sagorjanski, Sagosianski, madame la générale de Sago . . . Sago . . . ces diables de noms russes, enfin madame la générale à quatorze consonnes! Comme c'est agréable, n'est-ce pas?«*

Endlich trennten wir uns, und Blanche, diese dumme Blanche, fing beim Abschied von mir sogar an zu weinen. *Tu étais bon enfant«*, sagte sie schluchzend. *»Je te croyais bête et tu en avais l'air*, aber das steht dir gut.« Und als sie mir schon zum letzten Male die Hand gedrückt hatte, rief sie plötzlich: *»Attends!«* lief in ihr Boudoir und brachte mir einen Augenblick darauf von dort zwei Tausendfrancscheine. So etwas hätte ich nie für möglich gehalten! »Das wird dir zustatten kommen; du bist vielleicht ein sehr gelehrter *outchitel*, aber ein schrecklich dummer Mensch. Mehr als zweitausend gebe ich dir auf keinen Fall; denn du verspielst es doch nur. Nun adieu! *Nous serons toujours bons amis*, und wenn du wieder gewinnst, dann komm unter allen Umständen zu mir, *et tu seras heureux.«*

Ich besaß selbst noch fünfhundert Franc, und außerdem habe ich noch eine prachtvolle Uhr im Wert von tausend Franc, Hemdknöpfe mit Brillanten und mehr dergleichen, so daß ich noch ziemlich lange Zeit leben kann, ohne mir Sorgen zu machen. Ich habe mich absichtlich in diesem kleinen Städtchen niedergelassen, um mich zu sammeln, und, was die Hauptsache ist, ich erwarte Mister Astley.

Ich habe aus guter Quelle gehört, daß er hier durchkommen und sich in Geschäften einen Tag hier aufhalten wird. Von dem werde ich über alles, was mich interessiert, Auskunft erhalten . . . und dann, dann sofort nach Homburg! Nach Roulettenburg will ich diesmal nicht fahren; vielleicht tue ich es im nächsten Jahr. Es soll ein böses Omen sein, wenn man sein Glück zweimal hintereinander an ein und demselben Tisch versucht. Und dann ist auch in Homburg das wahre Spiel, das Spiel, wie es sein muß.

Siebzehntes Kapitel

Nun ist es schon ein Jahr und acht Monate, daß ich diese Aufzeichnungen nicht angesehen habe, und erst heute bin ich in meinem Kummer und Gram zufällig auf den Einfall gekommen, sie zu meiner Zerstreuung noch einmal durchzulesen.

Also ich blieb damals dabei stehen, daß ich nach Homburg fahren wollte. Wie leicht (das heißt verhältnismäßig leicht) war mir damals zumute, als ich diese letzten Zeilen schrieb! Ich will nicht sagen, daß mir so schlechthin leicht zumute gewesen wäre; aber was besaß ich für ein Selbstvertrauen, wie unerschütterlich glaubte ich an die Erfüllung meiner Hoffnungen! An mir selbst zweifelte ich nicht im geringsten. Und nun ist nur wenig mehr als eine Zeit von anderthalb Jahren vergangen, und ich bin meiner Ansicht nach weit schlechter als ein Bettler! Denn was hat ein Bettler groß zu klagen? Armut ist kein Unglück. Ich aber habe geradezu mich selbst, meine Persönlichkeit, zugrunde gerichtet! Übrigens gibt es eigentlich kaum etwas, was ich mit mir in Vergleich stellen könnte. Und es hätte keinen Zweck, wenn ich mir jetzt selbst eine Moralpredigt halten wollte! Nichts kann abgeschmackter sein als Moralpredigten in solcher Lage! O über die selbstzufriedenen Leute: mit welchem Stolz auf ihre eigenen Personen sind diese Schwätzer bereit, einem ihre Sentenzenweisheit vorzutragen! Wenn sie wüßten, wie klar ich selbst die ganze Erbärmlichkeit meines jetzigen Zustandes erkenne, so würden sie sich die Mühe sparen, mich belehren zu wollen. In der Tat, was könnten sie mir Neues sagen, das ich nicht wüßte? Aber hier handelt es sich nicht um Sagen und Wissen; hier handelt es sich darum, daß das Rad nur eine einzige Drehung zu machen braucht, und alles ändert sich, und diese selben Moralprediger werden dann (das ist meine feste Überzeugung) die ersten sein, die mit freundschaftlichen Scherzworten zu mir kommen, um mich zu beglückwünschen. Dann werden alle sich nicht so von mir abwenden, wie sie es jetzt tun. Hol sie alle der Teufel! Was bin ich jetzt? *Zéro*. Und was bin ich vielleicht morgen? Morgen erstehe ich vielleicht von den Toten und beginne ein neues Leben! Ich kann in mir den Menschen wiederfinden, solange er noch nicht ganz zugrunde gegangen ist.

Ich fuhr damals wirklich nach Homburg; aber ... ich war dann auch wieder in Roulettenburg, ich war auch in Spaa, ich war sogar in Baden, wohin ich als Kammerdiener eines Herrn Hinze gereist war; er war Beamter mit dem Titel eines Rates, übrigens ein widerwärtiges Subjekt. Ja, ja, auch Diener bin ich gewesen, ganze fünf Monate lang! Das war, gleich nachdem ich aus dem Schuldgefängnis gekommen war. Ich habe nämlich auch im Schuldgefängnis gesessen, in Roulettenburg. Ein Unbekannter kaufte mich los; wer mag es gewesen sein? Mister Astley? Polina? Ich weiß es nicht; aber die Schuld wurde bezahlt, im ganzen zweihundert Taler, und so kam ich frei. Wo sollte ich bleiben? So trat ich bei diesem Hinze in Dienst. Er war ein junger, leichtlebiger Mensch, der gern faulenzte; ich aber verstehe drei Sprachen zu sprechen und zu schreiben. Ich war ursprünglich bei ihm als eine Art von Sekretär eingetreten, mit dreißig Gulden Monatsgehalt; aber ich wurde schließlich bei ihm ein bloßer Diener, da es auf die Dauer doch seine Mittel überstieg, sich einen Sekretär zu halten, und er mein Gehalt verringerte; ich aber wußte keine andere Stelle, die ich hätte annehmen können. So blieb ich denn bei ihm und wandelte mich auf diese Weise ganz von selbst in einen Diener um. Ich gönnte mir in seinem Dienste weder Essen noch Trinken in auskömmlichem Maß, sparte mir aber dadurch in den fünf Monaten siebzig Gulden. Und eines Abends in Baden machte ich ihm die Mitteilung, ich wolle aus seinem Dienst gehen, und noch an demselben Abend begab ich mich zum Roulett. Oh, wie pochte mir das Herz! Nein, nicht um das Geld war es mir zu tun! Damals wünschte ich weiter nichts als dies: es möchten am folgenden Tage alle diese Hinzes, alle diese Oberkellner, alle diese eleganten Badener Damen, die möchten alle von mir reden, einander meinen gelungenen Streich erzählen, mich bewundern und loben und vor meinem neuen Spielgewinn eine Reverenz machen. Das waren ja alles nur kindische Gedanken und Hoffnungen; aber . . . wer konnte es wissen: vielleicht würde ich Polina treffen und ihr alles erzählen, und sie würde sehen, daß mir all diese albernen Schicksalsschläge nichts hatten anhaben können . . . Oh, nicht um das Geld war es mir zu tun! Ich war überzeugt, daß ich es wieder irgendeiner Blanche in den Schoß werfen und wieder in Paris drei Wochen lang mit einem Paar eigener Pferde für sechzehntausend Franc umherkutschieren würde. Ich weiß ja recht gut, daß ich nicht geizig bin; ich halte mich sogar für einen Verschwender; aber trotzdem, mit welchem Zittern, mit welcher Herzbeklemmung höre ich jedesmal den Croupier rufen: *trente et un, rouge, impair et passe*, oder: *quatre, noir, pair et manque*! Mit welcher Gier blicke ich auf den Spieltisch, auf dem die Louisdors und Friedrichsdors und Taler umherliegen, und auf die kleinen Stapel von Goldstücken, wenn sie unter der Krücke des Croupiers in Häufchen auseinanderfallen, die wie feurige Glut schimmern, oder auf die eine halbe Elle langen Silberrollen, die um das Rad herumliegen. Schon wenn ich mich dem Spielsaal nähere und noch zwei Zimmer von ihm entfernt bin, bekomme ich fast Krämpfe, sobald ich das Klirren des hingeschütteten Geldes höre.

Oh, jener Abend, an dem ich meine siebzig Gulden zum Spieltisch trug, war für mich äußerst merkwürdig. Ich begann mit zehn Gulden, und zwar wieder auf *passe*. Für *passe* habe ich eine Vorliebe. Ich verlor. Es blieben mir noch sechzig Gulden in Silbergeld; ich überlegte und wählte *zéro*. Ich setzte auf *zéro* jedesmal fünf Gulden; beim dritten Einsatz kam plötzlich *zéro*; ich war halbtot vor Freude, als ich hundertfünfundsiebzig Gulden bekam; so sehr hatte ich mich nicht einmal damals gefreut, als ich die hunderttausend Gulden gewann. Sofort setzte ich hundert Gulden auf *rouge* – ich gewann; alle zweihundert auf *rouge* – ich gewann; alle vierhundert auf *noir* – ich gewann; alle achthundert auf *manque* – ich gewann; mit dem Früheren zusammen waren es jetzt tausendsiebenhundert Gulden, und das in weniger als fünf Minuten! Ja, in solchen Augenblicken vergißt man alles frühere Mißgeschick! Ich hatte das erreicht dadurch, daß ich mehr als mein Leben gewagt hatte; ich hatte mich zu diesem Wagnis erkühnt, und siehe da, ich gehörte wieder zu den Menschen!

Ich nahm mir in einem Hotel ein Zimmer, schloß mich ein und saß bis drei Uhr nachts und zählte mein Geld. Am Morgen erwachte ich mit dem Bewußtsein, daß ich nicht mehr Diener war. Ich beschloß, gleich an diesem Tag nach Homburg zu fahren: dort war ich nicht Diener gewesen und hatte nicht im Schuldgefängnis gesessen. Eine halbe Stunde vor Abgang des Zuges ging ich nochmals zum Roulett, um zweimal zu setzen, nicht öfter, und verlor tausendfünfhundert Gulden. Indes ich fuhr trotzdem nach Homburg und bin jetzt schon einen Monat hier.

Ich lebe natürlich in beständiger Aufregung, spiele nur mit ganz kleinem Einsatz und warte immer auf etwas; ich rechne fortwährend und stehe ganze Tage lang am Spieltisch und *beobachte* das Spiel; sogar im Traum glaube ich immer das Spiel zu sehen. Aber dabei habe ich eine Empfindung, als ob ich eine Holzpuppe geworden wäre, oder als sei ich in tiefem Schlamm steckengeblieben. Ich schließe das aus meinem Gefühl bei meinem Zusammentreffen mit Mister Astley. Wir hatten uns seit jenem verhängnisvollen Tag nicht wieder gesehen und begegneten einander nun unerwartet. Das ging folgendermaßen zu. Ich ging im Park spazieren und überlegte, daß ich fast ganz abgebrannt war, da ich nur noch fünfzig Gulden besaß; im Hotel, wo ich ein geringes Kämmerchen bewohne, hatte ich meine Rechnung zwei Tage vorher vollständig beglichen. Also blieb mir die Möglichkeit, jetzt noch einmal zum Roulett zu gehen; gewann ich, und wenn's auch nur wenig war, so konnte ich das Spiel fortsetzen; verlor ich, so mußte ich wieder Bedienter werden, falls es mir nicht gelang, schleunigst eine russische Familie zu finden, die einen Hauslehrer brauchte. Mit diesem Gedanken beschäftigt, schritt ich auf meinem gewöhnlichen Spazierweg dahin, der mich täglich durch den Park und einen Wald nach dem benachbarten Fürstentum führte; manchmal machte ich auf diese Art eine vierstündige Wanderung und kehrte müde und hungrig nach Homburg zurück. Diesmal war ich kaum aus dem Kurgarten in den Park gelangt, als ich plötzlich auf einer Bank Mister Astley erblickte. Er hatte mich zuerst bemerkt und rief mich nun an. Ich setzte mich neben ihn. Da ich an ihm ein ungewöhnlich ernstes Wesen wahrnahm, so stimmte ich meine Freude sogleich herab; sonst hätte ich mich außerordentlich über das Wiedersehen gefreut.

»Also Sie sind hier! Das hatte ich mir wohl gedacht, daß ich Sie treffen würde«, sagte er zu mir. »Machen Sie sich nicht die Mühe zu erzählen, wie es Ihnen gegangen ist; ich weiß das, ich weiß das alles; Ihr ganzes Leben in diesen zwanzig Monaten ist mir bekannt.«

»Ei, sehen Sie mal! Also so verfolgen Sie die Schicksale Ihrer alten Freunde!« antwortete ich. »Das macht Ihnen Ehre, daß Sie sie nicht vergessen . . . Warten Sie mal, da bringen Sie mich auf einen Gedanken: sind nicht etwa Sie derjenige gewesen, der mich aus dem Roulettenburger Gefängnis losgekauft hat, wo ich wegen einer Schuld von zweihundert Talern saß? Ein Unbekannter hat mich losgekauft.«

»Nein, o nein; ich habe Sie nicht aus dem Roulettenburger Gefängnis losgekauft, wo Sie wegen einer Schuld von zweihundert Talern saßen; aber ich wußte, daß Sie wegen einer solchen Schuld im Gefängnis waren.«

»Also wissen Sie doch, wer mich losgekauft hat?«

»O nein, ich kann nicht sagen, daß ich weiß, wer Sie losgekauft hat.«

»Sonderbar; von meinen russischen Landsleuten war ich niemandem bekannt, und die Russen lassen sich hier auch wohl kaum darauf ein, einen Landsmann aus dem Schuldgefängnis loszukaufen; das kommt wohl bei uns in Rußland vor; da erweist wohl ein Rechtgläubiger einem Glaubensgenossen eine solche Liebe. Darum hatte ich mir gedacht, es hätte es irgend so ein Kauz von Engländer aus Lust am Sonderbaren getan.«

Mister Astley hörte mich einigermaßen verwundert

an. Er hatte wohl gedacht, mich in trüber, niedergedrückter Stimmung zu finden.

»Nun, ich freue mich sehr zu sehen, daß Sie sich Ihre ganze seelische Festigkeit, ja Heiterkeit bewahrt haben«, sagte er mit ziemlich unzufriedener Miene.

»Das heißt, innerlich knirschen Sie vor Ärger darüber, daß ich nicht geknickt und niedergeschlagen bin«, sagte ich lachend.

Er verstand nicht gleich; aber als er es dann verstanden hatte, lächelte er.

»Ihre Bemerkung gefällt mir. Ich erkenne in diesen Worten meinen früheren verständigen, idealgesinnten und dabei zugleich zynischen Freund wieder; nur die Russen bringen es fertig, solche Gegensätze in sich gleichzeitig zu vereinigen. In der Tat, der Mensch sieht gern auch seinen besten Freund im Zustand der Erniedrigung vor sich; die Freundschaft basiert größtenteils auf der Erniedrigung des einen und der Überlegenheit des andern; das ist eine alte, allen klugen Leuten bekannte Wahrheit. Aber im vorliegenden Falle kann ich Sie versichern, ich freue mich aufrichtig darüber, daß Sie nicht niedergeschlagen sind. Sagen Sie, Sie beabsichtigen wohl nicht, das Spiel aufzugeben?«

»Ach, hol das ganze Spiel der Teufel! Ich will es sofort aufgeben, ich möchte nur . . .«

»Sie möchten nur erst das Verlorene wiedergewinnen? Das habe ich mir wohl gedacht; Sie brauchen nicht weiterzureden, ich weiß schon; das kam Ihnen ganz unwillkürlich heraus, also ist es Ihre wahre Meinung. Sagen Sie, außer dem Spiel beschäftigen Sie sich mit nichts?«

»Nein, mit nichts.«

Er fragte mich nach allerlei Dingen. Ich wußte nichts;

ich hatte fast gar nicht in die Zeitungen gesehen und faktisch die ganze Zeit über kein Buch aufgeschlagen.

»Sie sind gegen alles stumpf und gleichgültig geworden«, bemerkte er. »Sie haben sich vom frisch pulsierenden Leben losgesagt, sich losgesagt von Ihren eigenen Interessen und von denen der Gesellschaft, von Ihrer Pflicht als Bürger und Mensch, von Ihren Freunden (und Sie hatten doch solche), von dem Streben nach irgendeinem Ziel mit Ausnahme des Gewinnes im Spiel; ja, was noch mehr ist, Sie haben sich sogar von Ihren Erinnerungen losgesagt. Sie stehen mir noch vor der Seele, wie Sie damals waren, als in Ihnen Glut und Kraft lebten; aber ich bin überzeugt, Sie haben all Ihre damaligen guten und schönen Empfindungen vergessen; Ihre Zukunftspläne, Ihre Wünsche für jeden Tag gehen jetzt nicht hinaus über *pair, impair, rouge, noir,* die zwölf mittleren Zahlen usw. usw.; das ist meine Überzeugung!«

»Hören Sie auf, Mister Astley; bitte, erinnern Sie mich nicht daran!« rief ich ärgerlich und beinahe grimmig. »Glauben Sie: ich habe nichts davon vergessen; nur zeitweilig habe ich das alles aus meinem Kopf verbannt, sogar die Erinnerungen, nur solange bis ich meine Verhältnisse gründlich gebessert haben werde; dann ... dann (das sollen Sie sehen!) werde ich von den Toten auferstehen!«

»Sie werden noch nach zehn Jahren hier sein«, erwiderte er. »Ich biete Ihnen eine Wette an, daß ich Sie daran erinnern werde, wenn ich solange lebe, hier auf dieser Bank.«

»Na, nun hören Sie auf!« unterbrach ich ihn ungeduldig; »und um Ihnen zu beweisen, daß ich die Vergangenheit doch nicht so ganz vergessen habe, gestatten Sie mir die Frage: wo ist jetzt Miß Polina? Wenn Sie es nicht gewesen sind, der mich damals loskaufte, dann war es wahrscheinlich sie. Seit unserer Trennung habe ich nicht das geringste von ihr gehört.«

»Nein, o nein! Ich glaube nicht, daß sie Sie losgekauft hat. Sie ist jetzt in der Schweiz, und Sie werden mir einen großen Gefallen tun, wenn Sie mich nicht weiter nach Miß Polina fragen«, sagte er in energischem und sogar zornigem Ton.

»Danach scheint es, daß sie auch Ihrem Herzen bereits eine schwere Wunde beigebracht hat!« erwiderte ich und mußte unwillkürlich lachen.

»Miß Polina ist das beste, hochachtungswürdigste Wesen, das es auf der Welt gibt; aber ich wiederhole es Ihnen, Sie werden mir einen großen Gefallen tun, wenn Sie mich nicht weiter nach Miß Polina fragen. Sie haben sie nie gekannt, und wenn Sie ihren Namen in den Mund nehmen, so empfinde ich das als eine Beleidigung meines sittlichen Gefühls.«

»Nun sehen Sie mal! Übrigens, was das Kennen betrifft, haben Sie unrecht. Und wovon könnte ich denn auch mit Ihnen reden, wenn nicht davon? Sagen Sie selbst! Eben darin bestehen ja unsere ganzen gemeinsamen Erinnerungen. Aber seien Sie unbesorgt: ich habe kein Verlangen, die Geheimnisse Ihres Seelenlebens zu erfahren. Ich interessiere mich nur für Miß Polinas äußere Lebenslage, für das Milieu, in dem sie sich jetzt befindet. Das läßt sich doch in wenigen Worten sagen.«

»Meinetwegen, aber unter der Bedingung, daß mit diesen wenigen Worten die Sache abgetan ist. Miß Polina war lange krank, und sie ist es auch jetzt noch; eine Zeitlang lebte sie bei meiner Mutter und meiner Schwester im nördlichen England. Vor einem halben Jahr ist ihre Großtante gestorben (Sie erinnern sich wohl: jenes verrückte Weib) und hat ihr persönlich ein Vermögen von siebentausend Pfund hinterlassen. Jetzt ist Miß Polina mit der Familie meiner verheirateten Schwester zusammen auf Reisen. Ihr kleiner Bruder und ihre kleine Schwester sind gleichfalls durch das Testament der Großtante versorgt und besuchen in London die Schule. Der General, ihr Stiefvater, ist vor einem Monat in Paris an einem Schlaganfall gestorben. Mademoiselle Blanche hat ihn gut behandelt, hat aber alles, was er von seiner Tante geerbt hatte, sogleich auf sich übertragen lassen . . . Das ist wohl alles.«

»Und de Grieux? Reist der auch in der Schweiz?«

»Nein, de Grieux reist nicht in der Schweiz, und ich weiß nicht, wo de Grieux ist; außerdem ersuche ich Sie ein für allemal, dergleichen Andeutungen und ungehörige Zusammenstellungen zu unterlassen; andernfalls werden Sie es ganz sicher mit mir zu tun bekommen.«

»Wie? Trotz unserer früheren freundschaftlichen Beziehungen?«

»Ja, trotz unserer früheren freundschaftlichen Beziehungen.«

»Ich bitte tausendmal um Verzeihung, Mister Astley. Aber gestatten Sie die Bemerkung: in dem, was ich sagte, liegt nichts Beleidigendes und Ungehöriges; ich mache ja Miß Polina in keiner Weise einen Vorwurf. Außerdem, ganz allgemein gesagt: ein Franzose und eine junge russische Dame, das ist eine Kombination, Mister Astley, bei der wir beide, Sie und ich, die Gründe für ihr Zustandekommen nicht vollständig zu erkennen und zu begreifen vermögen.«

»Wenn Sie es vermeiden wollen, den Namen de Grieux zusammen mit dem andern Namen zu erwähnen, so würde ich Sie bitten, mir zu erklären, was Sie unter dem Ausdruck ›ein Franzose und eine junge russische Dame‹ verstehen. Was ist das für eine ›Kombination‹? Warum reden Sie gerade von einem Franzosen und gerade von einer jungen russischen Dame?«

»Sehen Sie, nun haben Sie doch Interesse dafür bekommen. Aber das ist ein Thema, das sich nicht so kurz abtun läßt, Mister Astley. Man muß sich vorher über mancherlei Voraussetzungen klarwerden. Übrigens ist es eine wichtige Frage, wie lächerlich das alles auch auf den ersten Blick aussehen mag. Der Franzose, Mister Astley, gilt als die vollendet schöne Form. Sie, als Brite, können es bestreiten, und ich, als Russe, tue es ebenfalls, man mag meinetwegen sagen: aus Neid; aber unsere jungen Damen sind anderer Meinung als wir. Sie können Racine eckig und verrenkt und parfümiert finden, und Sie werden ihn wahrscheinlich nicht einmal lesen. Ich finde ihn gleichfalls verkünstelt und verrenkt und parfümiert und in gewisser Hinsicht geradezu lächerlich; aber nach allgemeiner Anschauung ist er entzückend, Mister Astley, und vor allen Dingen ein großer Dichter, ob Sie und ich das nun zugeben wollen oder nicht. Der nationale Typus des Franzosen, das heißt des Parisers, hat sich zu einer eleganten Form herausgebildet, als wir noch Bären waren. Die Revolution wurde die Erbin des Adels. Heutzutage kann der gemeinste Franzose Manieren, Gebärden, Redewendungen und sogar Gedanken von durchaus eleganter Form besitzen, ohne zu dieser Form durch eigene Tätigkeit mitgewirkt zu haben oder an ihr mit seiner Seele und seinem Herzen beteiligt zu sein: es ist ihm alles durch Erbschaft zugefallen. An und für sich können sie die hohlsten, gemeinsten Gesellen sein. Jetzt nun, Mister Astley, will ich Ihnen verraten, daß es auf der ganzen Welt kein zutraulicheres, offenherzigeres Wesen gibt als eine gutherzige, hinreichend kluge, nicht zu verkünstelte russische junge Dame. Wenn nun so ein de Grieux in einer theatralischen Rolle, mit einer Maske vor seinem wahren Gesicht erscheint, so kann er mit größter Leichtigkeit ihr Herz erobern; er hat die elegante Form, Mister Astley, und die junge Dame hält diese Form für seine eigene Seele, für die natürliche Form seiner Seele und seines Herzens, und nicht für ein Gewand, das er durch Erbschaft erlangt hat. Gewiß zu Ihrem größten Mißvergnügen muß ich Ihnen gestehen, daß die Engländer größtenteils recht eckig und unelegant sind; die Russinnen aber besitzen ein sehr feines Urteil für Schönheit und fühlen sich zu ihr besonders hingezogen. Um dagegen die Schönheit einer Seele und die Eigenart einer Persönlichkeit zu erkennen, dazu ist sehr viel mehr Selbständigkeit und Unbefangenheit des Urteils erforderlich, als unsere Frauen und nun gar unsere jungen Damen besitzen, und jedenfalls auch mehr Erfahrung. Miß Polina – verzeihen Sie; aber das ausgesprochene Wort kann man nicht zurückholen – wird eine sehr, sehr lange Überlegung nötig haben, ehe sie sich dazu entschließt, Sie dem Schuft de Grieux vorzuziehen. Sie wird Sie hochschätzen, Ihre Freundin sein, Ihnen ihr ganzes Herz aufschließen; aber in diesem Herzen wird doch der schändliche Schurke, der ekelhafte, armselige Wucherer de Grieux herrschen. Und schon allein Eigensinn und Eitelkeit werden diesem Zustand Dauer verleihen, weil dieser selbe de Grieux ihr früher einmal mit der Aureole eines eleganten Marquis erschienen ist, eines enttäuschten liberalen Idealisten, eines Mannes, der ihrer Familie und dem leichtsinnigen General hilfreich war und sich dabei selbst zugrunde richtete (wenn's wahr wäre). Alle diese Verkleidungen sind ja nachher als solche erkannt worden; aber das tut nichts; trotz alledem: wenn Sie ihr jetzt den früheren de Grieux wiedergeben könnten, so hätte sie alles, was sie haben möchte! Und je mehr sie den jetzigen de Grieux haßt, um so mehr sehnt sie sich nach dem früheren, obgleich der frühere nur in ihrer Vorstellung existiert hat. Sie sind Zuckerfabrikant, Mister Astley?«

»Ja, ich bin jetzt bereits Kompagnon bei der bekannten Zuckerfirma Lowell und Comp.«

»Nun, dann sehen Sie selbst, Mister Astley: auf der einen Seite ein Zuckerfabrikant, auf der andern Seite ein Apollo von Belvedere; das ist ein schroffer Gegensatz. Und ich bin nicht einmal Zuckerfabrikant; ich bin weiter nichts als ein armseliger Roulettspieler und bin sogar Bedienter gewesen, was Miß Polina wahrscheinlich schon weiß, da sie ja, wie es scheint, von einer guten Geheimpolizei bedient wird.«

»Sie sind verbittert, und deshalb reden Sie all diesen Unsinn«, erwiderte nach kurzem Nachdenken Mister Astley kaltblütig. »Übrigens war in dem, was Sie sagten, nichts Neues und Originelles enthalten.«

»Das gebe ich zu! Aber gerade das ist das Schreckliche, mein verehrter Freund, daß alle diese meine Beschuldigungen, so alt und vulgär und possenhaft sie auch sein mögen, doch der Wahrheit entsprechen! Jedenfalls haben wir beide, Sie und ich, bei Miß Polina nichts erreicht!«

»Das ist abscheulicher Unsinn . . . denn . . . denn . . . nun, so mögen Sie es denn wissen!« rief Mister Astley mit zitternder Stimme und funkelnden Augen. »So mögen Sie denn wissen, Sie undankbarer und unwürdiger, armseliger und unglücklicher Mensch, daß ich mit Absicht nach Homburg gekommen bin, in ihrem Auftrag, um Sie wiederzusehen, eingehend und herzlich mit Ihnen zu reden und ihr dann alles zu berichten: welches Ihre Gefühle und Empfindungen seien, welche Gedanken und Pläne Sie hegten, was Sie von der Zukunft hofften, und ... wie Sie der Vergangenheit gedächten!«

»Wirklich? Ist das die Wahrheit?« rief ich, und die Tränen stürzten mir stromweise aus den Augen. Ich konnte sie nicht zurückhalten; es war wohl das erstemal in meinem Leben.

»Ja, Sie unglücklicher Mensch, sie hat Sie geliebt, und ich kann Ihnen das jetzt mitteilen, weil Sie ein verlorener Mensch sind! Noch mehr: selbst wenn ich Ihnen sage, daß sie Sie noch heutigen Tages liebt, so werden Sie trotzdem hierbleiben! Ja, Sie haben sich selbst zugrunde gerichtet. Sie besaßen einige Fähigkeiten und einen lebhaften Charakter und waren kein schlechter Mensch; Sie hätten sogar Ihrem Vaterland nützlich sein können, das an tüchtigen Männern wahrlich keinen Überfluß hat; aber – Sie werden hierbleiben, und Ihr Leben ist abgeschlossen. Ich mache Ihnen keine Vorwürfe. Meiner Ansicht nach sind alle Russen von dieser Art, oder sie neigen wenigstens dazu. Ist es nicht das Roulett, so ist es etwas anderes, dem Ähnliches. Ausnahmen sind nur sehr selten. Sie sind nicht der erste, der kein Verständnis dafür hat, was Arbeit bedeutet. (Ich rede nicht von den unteren Volksschichten in Ihrem Lande.) Das Roulett ist ein spezifisch russisches Spiel. Bisher waren Sie noch ehrenhaft und entschlossen sich lieber dazu, Bedienter zu werden, als zu stehlen ... Aber es ist mir ein furchtbarer Gedanke, was noch in Zukunft alles geschehen kann. Aber genug! Leben Sie wohl! Sie sind gewiß in Geldnot? Hier haben Sie zehn Louisdor; mehr werde ich Ihnen nicht geben, da Sie das Geld ja doch nur verspielen werden. Nehmen Sie, und leben Sie wohl! So nehmen Sie doch!«

»Nein, Mister Astley, nach allem, was wir jetzt miteinander gesprochen haben . . .«

»Neh-men – Sie!« rief er. »Ich bin überzeugt, daß Sie noch ein anständiger Mensch sind, und gebe es Ihnen so, wie ein Freund einem wahren Freunde etwas geben darf. Könnte ich überzeugt sein, daß Sie unverzüglich das Spiel aufgeben, Homburg verlassen und in Ihr Vaterland zurückreisen würden, so wäre ich bereit, Ihnen sofort tausend Pfund zu geben, damit Sie eine neue Lebenslaufbahn beginnen könnten. Aber eben deswegen gebe ich Ihnen nicht tausend Pfund, sondern nur zehn Louisdor, weil tausend Pfund und zehn Louisdor jetzt für Sie doch ein und dasselbe sind; Sie verspielen es doch nur. Nehmen Sie, und leben Sie wohl!«

»Ich nehme es, wenn Sie mir erlauben, Sie zum Abschied zu umarmen.«

»Oh, mit Vergnügen!«

Wir umarmten uns herzlich, und Mister Astley ging weg.

Nein, er hat nicht recht! Wenn ich törichterweise mich zu scharf über Polina und de Grieux aussprach, so hat er vorschnell ein zu scharfes Urteil über die Russen gefällt. Von mir will ich nicht reden. Übrigens . . . übrigens handelt es sich vorläufig um all das gar nicht: das sind alles nur Worte und wieder Worte, und hier sind Taten nötig! Die Hauptsache ist für mich jetzt die Schweiz! Morgen – o wenn ich gleich morgen hinfahren könnte! Ich will von neuem geboren werden, ich will auferstehen. Ich muß ihnen beweisen . . . Polina soll sehen, daß ich noch imstande bin ein Mensch zu sein. Ich brauche ja nur ... Jetzt ist es freilich schon zu spät, aber morgen ... Oh, ich habe ein Vorgefühl, und es muß, es muß so kommen! Ich habe jetzt zehn Louisdor und fünfzig Gulden, zusammen fünfzehn Louisdor, und ich habe früher schon mit fünfzehn Gulden angefangen zu spielen. Wenn man am Anfang vorsichtig ist ... Aber bin ich denn wirklich ein so kleines Kind? Begreife ich denn nicht, daß ich ein verlorener Mensch bin? Aber doch ... warum sollte ich nicht auferstehen können? Ja! Ich brauche nur ein einziges Mal im Leben ein guter Rechner zu sein und Geduld zu haben; das ist alles! Ich brauche mich nur ein einziges Mal charakterfest zu zeigen, und in einer Stunde kann ich mein Schicksal völlig umändern! Die Hauptsache ist Charakterfestigkeit. Ich brauche nur daran zu denken, wie es mir in dieser Hinsicht vor sieben Monaten in Roulettenburg ging, in der Zeit vor meinem völligen Zusammenbruch. Oh, das war ein merkwürdiger Beweis von Entschlußfähigkeit! Ich hatte damals alles verspielt, alles. Ich verließ das Kurhaus, da merkte ich, daß in meiner Westentasche noch ein Gulden steckte. »Ah«, dachte ich, »da habe ich ja noch etwas, wofür ich Mittagbrot essen kann!« Aber nachdem ich hundert Schritte weitergegangen war, wurde ich anderen Sinnes und kehrte wieder um. Ich setzte diesen Gulden auf *manque* (beim vorigen Mal war *manque* gekommen), und wirklich, es ist eine ganz besondere Empfindung, wenn man ganz allein, in fremdem Land, fern von der Heimat und allen Freunden, ohne zu wissen, was man an dem Tag essen soll, den letzten Gulden setzt, den allerletzten! Ich gewann, und nach zwanzig Minuten verließ ich das Kurhaus mit hundertsiebzig Gulden in der Tasche. Das ist eine Tatsache! Da sieht man, was manchmal der letzte Gulden ausrichten kann! Aber was wäre aus mir geworden, wenn ich damals den Mut verloren und nicht gewagt hätte, einen kühnen Entschluß zu fassen? . . .

Morgen, morgen wird alles zum guten Ende kommen!

Romane, Erzählungen, Prosa

Carl von Linné. Lappländische Reise
Mit Zeichnungen des Autors. Aus dem Schwedischen von H.C. Artmann. it 102

Jack London. Der Ruf der Wildnis und andere Erzählungen
Mit Illustrationen von Krista Slawik. it 352
– Die Goldschlucht
und andere Erzählungen. Mit zeitgenössischen Fotografien. it 407

Longus. Daphnis und Chloë
Ein antiker Liebesroman. Aus dem Griechischen übersetzt und mit einem Nachwort von Arno Mauersberger. Mit Illustrationen der »Edition du Régent«. it 136

Sir Thomas Malory. Die Geschichte von König Artus und den Rittern seiner Tafelrunde
Übertragen von Helmut Findeisen auf der Grundlage der Lachmannschen Übersetzung. Mit einem Nachwort von Walter Martin und Illustrationen von Aubrey Beardsley. Drei Bände in Kassette. it 239

Guy de Maupassant. Mont-Oriol
Roman. Deutsch von J. Halperin. Herausgegeben und mit einem Nachwort von D. Oehler. Mit den Bildern der Originalausgabe. it 473
– Bel-Ami
Aus dem Französischen von Josef Halperin. Mit zeitgenössischen Illustrationen. it 280
– Das Haus Tellier
und andere Erzählungen. Aus dem Französischen von Karl Friese und Helmut Bartuschek. Ausgewählt von W. Berthel. Mit zeitgenössischen Illustrationen. it 248
– Pariser Abenteuer
und andere Erzählungen. Ausgewählt von Werner Berthel. Mit zeitgenössischen Illustrationen. Aus dem Französischen von H. Bartuschek und K. Friese. it 106
– Unser einsames Herz. Roman
Herausgegeben und mit einem Nachwort versehen von Dolf Oehler. it 357

Wilhelm Meinhold. Maria Schweidler. Die Bernsteinhexe
Herausgegeben von Elisabeth Kidelon. it 329

Romane, Erzählungen, Prosa

Hermann Melville. Moby Dick
Aus dem Amerikanischen von Hans und Alice Seiffert. Mit einem Nachwort von Rudolf Sühnel. Zwei Bände. it 233

Prosper Mérimée. Carmen
Novelle. Mit Zeichnungen von Pablo Picasso. it 361

Conrad Ferdinand Meyer. Das Leiden eines Knaben
und andere Novellen. Mit Illustrationen von Reinhard Michl. it 470

Mirabeau. Der gelüftete Vorhang oder Lauras Erziehung
Aus dem Französischen von Eva Moldenhauer. Nachbemerkung von Norbert Miller. it 32

Eduard Mörike. Alte unnennbare Tage. Ausgewählte Gedichte
Herausgegeben und mit einem Vorwort von Hermann Hesse. Zeichnungen von Eduard Mörike und mit einem Essay von Wolf von Niebelschütz. it 246
– Die Historie von der schönen Lau
Mit Illustrationen von Moritz von Schwind und einem Nachwort von Traude Dienel. it 72
– Maler Nolten
Novelle in zwei Teilen. Mit zeitgenössischen Illustrationen und einem Nachwort von Wolfgang Vogelmann. it 404
– Mozart auf der Reise nach Prag
Eine Novelle. Mit Illustrationen von Hugo Steiner-Prag und einem Nachwort von Traude Dienel. it 376

Karl Philipp Moritz. Anton Reiser
Ein psychologischer Roman. Mit den Abbildungen der Ausgabe von 1785. it 433

August Klingemann. Nachtwachen von Bonaventura
Mit Illustrationen von Lovis Corinth. Herausgegeben und mit einem Nachwort versehen von Jost Schillemeit. it 89

Ovid. Liebeskunst
Mit etruskischen Wandmalereien. it 164

Petronius. Satiricon oder Begebenheiten des Enkolp
Übersetzt von Wilhelm Heinse. it 169

Romane, Erzählungen, Prosa

Edgar Allan Poe. Grube und Pendel
und andere Erzählungen. Mit einem Nachwort versehen von Franz Rottensteiner und Illustrationen von Harry Clarke. it 362

Jan Potocki. Die Handschrift von Saragossa
Herausgegeben von Roger Caillois. Aus dem Französischen von Louise Eisler-Fischer. Aus dem Polnischen von Maryla Reifenberg. Mit Bildern von Goya. Zwei Bände. it 139

Francisco de Queredo. Der abenteuerliche Buscón
Deutsch von H.C. Artmann. Nachwort von Fritz Schalk. Mit Illustrationen von Christoph Krämer. it 459

Thomas de Quincey. Mord als eine schöne Kunst betrachtet
Herausgegeben und eingeleitet von Norbert Kohl. Mit zeitgenössischen Illustrationen. it 258

Wilhelm Raabe. Die Chronik der Sperlingsgasse
Herausgegeben und mit Anmerkungen versehen von Hans Werner Peter. Mit Zeichnungen Wilhelm Raabes. it 370

François Rabelais. Gargantua und Pantagruel
Herausgegeben von Horst und Edith Heintze. Mit Illustrationen von Gustave Doré. Zwei Bände. it 77

Die Rache des jungen Meh
oder das Wunder der zweiten Pflaumenblüte.
Aus dem Chinesischen von Franz Kuhn. it 353

Die Räuber vom Liang Schan Moor
Aus dem Chinesischen von Franz Kuhn. Zwei Bände. it 191

Rainer Maria Rilke. Geschichten vom lieben Gott
Mit Illustrationen von E.R. Weiß. it 43
– Über den jungen Dichter
und andere kleine Schriften aus den Jahren 1906 bis 1926 in zeitlicher Folge. it 340
– Wladimir, der Wolkenmaler
und andere Erzählungen, Skizzen und Betrachtungen aus den Jahren 1893–1904. Ausgewählt und zusammengestellt von Volker Michels. Vignette und Zierleisten von Aubrey Beardsley. it 68
– Zwei Prager Geschichten
und »Ein Prager Künstler«. Mit Illustrationen von Emil Orlik. Herausgegeben von Josef Mühlberger. it 235

Romane, Erzählungen, Prosa

Jean-Jacques Rousseau. Königin Grille
und andere Kleinprosa. Herausgegeben von Dietrich Leube. it 332

Leopold von Sacher-Masoch. Venus im Pelz
Nachwort von Gilles Deleuze. it 469

Der Sachsenspiegel in Bildern
Aus der Heidelberger Bilderhandschrift ausgewählt und erläutert von Walter Koschorreck. Mit 48 Abbildungen im Vierfarbendruck und Bilderläuterungen. it 218

Charles Sealsfield. Das Kajütenbuch
oder nationale Charakteristiken. Nachwort von Franz Adolf Hünich. Mit Illustrationen von Theodor Eberle. it 392

Paul Scheerbart. Rakkóx der Billionär
und »Die Wilde Jagd«. Mit Illustrationen von Felix Vallotton. Nachwort von Franz Rottensteiner. it 196

Schiller. Der Geisterseher
und andere Erzählungen. Mit einer Einleitung von Emil Staiger und Erläuterungen von Manfred Hoppe. it 212

Walter Scott. Im Auftrag des Königs
Die gefährlichen Abenteuer des Quentin Durward. Mit einem Nachwort von Traude Dienel. Mit Illustrationen. it 188

Stendhal. Die Kartause von Parma
Aus dem Französischen übersetzt von Walter Widmer. Mit einem Nachwort von Uwe Japp. it 307
– Rot und Schwarz
Vollständige Ausgabe. Übersetzt von Walter Widmer. Mit einem Nachwort von Uwe Japp. it 213

Laurence Sterne. Yoricks Reise des Herzens durch Frankreich und Italien. Aus dem Englischen übersetzt und mit einem Nachwort versehen von Helmut Findeisen. Mit zwölf Holzschnitten nach Tony Johanot. it 277

Robert Louis Stevenson. Die Schatzinsel
Mit Illustrationen von Georges Roux. it 65
– Entführt
Die Erinnerungen des David Balfour an seine Abenteuer im Jahre 1751. it 321

Romane, Erzählungen, Prosa

Der Traum der Roten Kammer
Ein Roman aus der frühen Tsing-Zeit. Aus dem Chinesischen übertragen von Franz Kuhn. Mit zeitgenössischen Illustrationen. it 292

Anton Tschechow. Die Dame mit dem Hündchen
und andere Erzählungen. Mit Zeichnungen von András Karakas. Ausgewählt und mit einem Nachwort von Werner Berthel. it 174
– Der Fehltritt
und andere Erzählungen. Mit Illustrationen von Lutz Siebert. Ausgewählt von Werner Berthel. it 396

Iwan Turgenjew. Erste Liebe und andere Novellen
Aus dem Russischen von Ena von Baer und Ekkehard Jäkel. Mit einem Nachwort von F. Schwarz. it 257
– Väter und Söhne. it 64

Der Turm der fegenden Wolken
Altchinesische Novellen. Aus dem Chinesischen von Franz Kuhn. Mit chinesischen Steinabreibungen. it 162

Mark Twain. Ein Yankee am Hofe König Artus' it 437
– Huckleberry Finns Abenteuer
Vollständige Ausgabe. Mit Illustrationen von Eberhard Binder. Deutsch von Barbara Cramer-Nauhaus. it 126
– Der gestohlene weiße Elefant
und andere Humoresken. Mit Illustrationen von H. Schrödter. it 403
– Leben auf dem Mississippi
Mit Illustrationen von Klaus Ensikat. Aus dem Amerikanischen von Helene Ritzerfeld. it 252
– Tom Sawyers Abenteuer
Illustriert von Eberhard Binder. Bearbeitet von Karl Heinz Berger. it 93

Villiers de L'Isle-Adam. Grausame Geschichten
Aus dem Französischen von Helene und Herbert Kühn. Mit einem Nachwort von Herbert Kühn und Illustrationen von Paul Destez. it 303

Voltaire. Candide oder der Optimismus
Mit 26 Federzeichnungen von Paul Klee und einer Nachbemerkung von Jean Orieux. it 11
– Sämtliche Romane und Erzählungen
Mit einer Einleitung von Victor Klemperer und Illustrationen von Moreau le jeune. Zwei Bände. it 209/210

Romane, Erzählungen, Prosa

Adalbert Stifter. Bergkristall und andere Erzählungen
Mit einem Vorwort von E. Y. Meyer. Mit den Illustrationen der Erstausgabe. it 438

Theodor Storm. Am Kamin
und andere unheimliche Geschichten. Mit Illustrationen von Roswitha Quadflieg. Ausgewählt und mit einem Nachwort von Gottfried Honnefelder. it 143
– Der Schimmelreiter und andere Erzählungen
Mit Illustrationen von Max Schwimmer. Herausgegeben von Gottfried Honnefelder. it 305

August Strindberg. Ein Lesebuch für die Niedern Stände. it 402

Jonathan Swift. Gullivers Reisen
Mit Illustrationen von Grandville und einem Vorwort von Hermann Hesse. Aus dem Englischen übersetzt von Franz Kottenkamp. it 58
– Ein bescheidener Vorschlag, wie man verhindern kann, daß die Kinder der Armen ihren Eltern oder dem Lande zur Last fallen, und andere Satiren. Mit einem Essay von Martin Walser: Die notwendigen Schritte. it 131

Claude Tillier. Mein Onkel Benjamin
Deutsch von Rudolf G. Binding. Mit Schattenrissen, gezeichnet von Emil Preetorius. it 219

Felix Timmermans. Dämmerung des Todes
Mit Illustrationen des Autors. Aus dem Niederländischen von Rein A. Zondergeld. Mit einem Nachwort von Jörg Krichbaum. it 297

Leo N. Tolstoi. Anna Karenina
Herausgegeben von Gisela Drohla. Mit Illustrationen von Theodor Eberle. Zwei Bände. it 308
– Die großen Erzählungen
Mit einem Nachwort von Thomas Mann. Aus dem Russischen von Rudolf Kassner und Arthur Luther. it 18
– Kindheit, Knabenalter, Jünglingsjahre
Aus dem Russischen von Hermann Röhl. Revidiert und herausgegeben von Gisela Drohla. it 203
– Der Überfall
und andere Erzählungen aus dem Kaukasus. Mit Illustrationen von Theodor Eberle. it 367

Insel taschenbücher
Alphabetisches Verzeichnis

Die Abenteuer Onkel Lubins 254
Aladin und die Wunderlampe 199
Ali Baba und die vierzig Räuber 163
Allerleirauh 115
Alte und neue Lieder 59
Alt-Kräuterbüchlein 456
Andersen: Märchen (3 Bände in Kassette) 133
Andersen: Märchen meines Lebens 356
Artmann: Christopher und Peregrin 488
Lou Andreas-Salomé: Lebensrückblick 54
Apulejus: Der goldene Esel 146
Arnim/Brentano: Des Knaben Wunderhorn 85
Arnold: Das Steuermännlein 105
Aus der Traumküche des Windsor McCay 193
Balzac: Beamte, Schulden, elegantes Leben 346
Balzac: Die Frau von dreißig Jahren 460
Balzac: Das Mädchen mit den Goldaugen 60
Baudelaire: Blumen des Bösen 120
Bayley: 77 Tiere und ein Ochse 451
Beaumarchais: Figaros Hochzeit 228
Beecher-Stowe: Onkel Toms Hütte 272
Beisner: Adreßbuch 294
Benjamin: Aussichten 256
Bédier: Der Roman von Tristan und Isolde 387
Berg: Leben und Werk im Bild 194
Bertuch: Bilder aus fremden Ländern 244
Bierbaum: Zäpfelkerns Abenteuer 243
Bierce: Mein Lieblingsmord 39
Bierce: Wörterbuch des Teufels 440
Bilibin: Märchen vom Herrlichen Falken 487
Bilibin: Wassilissa 451
Blake: Lieder der Unschuld 116
Die Blümchen des heiligen Franziskus 48
Boccaccio: Das Dekameron (2 Bände) 7/8
Böcklin: Leben und Werk 284
Borchers: Das Adventbuch 449
Bote: Eulenspiegel 336
Brandys: Walewska, Napoleons große Liebe 24
Brecht: Leben und Werk 406
Brentano: Fanferlieschen 341
Brentano: Gockel Hinkel Gackeleia 47
Brillat-Savarin: Physiologie des guten Geschmacks 423
Brontë: Die Sturmhöhe 141
Das Buch der Liebe 82
Das Buch vom Tee 412
Büchner: Der Hessische Landbote 51
Bürger: Münchhausen 207
Busch: Kritisch-Allzukritisches 52
Campe: Bilder Abeze 135
Carossa: Kindheit 295
Carossa: Leben und Werk 348
Carossa: Verwandlungen 296
Carroll: Alice hinter den Spiegeln 97
Carroll: Alice im Wunderland 42
Carroll: Briefe an kleine Mädchen 172
Caspari: Die Sommerreise 416
Cervantes: Don Quixote (3 Bände) 109
Chamisso: Peter Schlemihl 27
Chateaubriand: Das Leben des Abbé de Rancé 240
Chinesische Liebesgedichte 442
Claudius: Wandsbecker Bote 130
Cocteau: Colette 306
Cooper: Lederstrumpferzählungen (5 Bände) 179-183
Cooper: Talleyrand 397
Cortez: Die Eroberung Mexikos 393
Dante: Die Göttliche Komödie (2 Bände) 94
Das kalte Herz 330
Daudet: Briefe aus meiner Mühle 446
Daudet: Tartarin von Tarascon 84
Daumier: Macaire 249
Defoe: Robinson Crusoe 41
Denkspiele 76
Deutsche Heldensagen 345